Stay where you are

그 자리에, 있어

그 자리에, 있어

1판 1쇄 찍음 2017년 9월 27일
1판 1쇄 펴냄 2017년 10월 12일

지은이 | 조유연
펴낸이 | 고운숙
펴낸곳 | 봄 미디어

기획·편집 | 김민지, 김자우, 홍주희, 김현주

출판등록 | 2014년 08월 25일 (제387-2014-000040호)
주소 | 경기도 부천시 원미구 길주로 64, 1303(굿모닝 오피스텔)
영업부 | 070-5015-0818 편집부 | 070-5015-0817 팩스 | 032-712-2815
E-mail | bommedia@naver.com
소식창 | http://blog.naver.com/bommedia

값 9,000원

ISBN 979-11-5810-391-0 03810

조유연 장편 소설

그 자리에, 있어

Stay where you are

CONTENTS

Prologue

"오늘 정말 끝내줬어. 우리 속궁합 하나는 진짜 잘 맞는
것 같아."

관계 후 침대에 널브러진 시운이 감상평을 늘어놓았다. 돌
아오는 대답도 없는데 혼자서 재잘재잘 잘도 떠든다.

경원은 침대 맡에 걸터앉아 긴 머리를 틀어 올렸다. 열꽃
을 가득 피운 채 땀에 젖은 몸이 질척였다. 어서 샤워가 하고
싶었다. 경원은 시운이 뭐라고 혼잣말을 하던 신경도 쓰지
않고 맨몸으로 자리에서 일어섰다.

"벌써 씻으려고? 같이 씻을까?"

"욕실에서 또 애먼 짓할 생각 모를 줄 알고?"

"에이, 들켰네?"

7

그가 천진난만하게 웃어 젖혔다.

실없기는. 경원은 다리가 후들거렸지만 시운이 뒤따라 들어올까 봐 재빠르게 욕실 문을 걸어 잠갔다.

여전히 적응 안 되는 괴물 같은 크기의 욕실은 제집 거실만 했다. 누구는 4층짜리 빌라의 반지하에서 사는데, 누구는 금수저를 물고 태어나 이런 으리으리한 욕실이 딸린 오피스텔에서 산다. 자존심 세기로는 동네에서 소문난 경원이지만 이따금 스스로에게 자괴감이 들 때가 있었다.

경원과 시운은 고등학교 3년 내내 같은 반이었다. 심지어 대학도 같은 곳으로 진학하여 지금까지 진득한 인연을 이어오고 있었다. 물론 학과는 달랐지만.

경원은 국문학과에 수석 입학한 데다 매 학기 장학금을 놓치지 않는 모범생이었다. 그래야만 빠듯한 집안 살림에 조금이라도 보탬이 되니까.

시운은 공부를 못 했던 건 아니지만 명문대 중에서도 상위권에 속하는 한국대에 들어가긴 조금 빠듯했던 성적이라 특례 입학의 힘을 빌려 경영학과에 들어갔다. 이 정도면 놈이 금수저를 물고 태어난 게 아니라 고대의 신화처럼 알에서 태어난 것일지도 모른다는 생각이 들었다. 번쩍번쩍 황금으로 된 알 말이다.

"신화에는 나라를 건국한 왕들이 종종 알에서 태어났다고 전해진대."

언젠가 시운이 TV를 보다 말고 감탄한 듯이 중얼거렸다.
국사 시간에 안 배웠냐며 타박을 주려다가 체념하고 눈을 흘
긴 경원이 맞받아쳤다.

"너희 아버지도 알에서 태어난 거 아냐? 아니면 너도?"
"푸핫, 무슨 소리야?"

시운이 가볍게 허리를 꺾으며 웃었다. 그는 이런 시시한
농담에도 곧잘 웃음을 터트리곤 했다. 생긴 건 부잣집에서
태어난 귀티 나는 도련님인데, 은근히 허당 기질이 있었다.
잠자리에서만큼은 다르지만.
어쩌다 그와 이런 부적절한 관계가 되어 버린 건지.
경원은 내리쬐는 물줄기에 구석구석 몸을 닦기 시작했다.
가슴 둔덕에 붉그스레한 자국이 남아 지워지지 않았다. 흔적
만은 남기지 말아 달라고 했는데. 아주 제멋대로인 도련님이
다.

"우리 친구잖아."
"응."
"근데 이래도 돼?"

"궁금하지 않아? 나와 섹스하면 어떤 기분일지."

"음……."

"난 궁금한데. 너와 섹스하면 어떤 기분일지."

처음엔 그저 호기심으로 벌어진 야릇한 관계. 시발점을 알리는 횃불을 당긴 건 그녀였고, 시운은 아무래도 좋다는 듯이 따랐을 뿐이었다. 망설일 것도, 아쉬울 것도 없다는 듯이.

그는 언제나 그런 식이었다. 또래 친구들이 그 나이에 뻔한 용돈을 받고 다녔을 때부터 시운의 지갑은 돈다발로 채워져 늘 두둑했다. 어디서든 확연히 튀는 인물이 아닐 수 없었다. 누가 봐도 인정할 미소년 같은 외모와 웃을 때마다 제법 귀엽게 생기는 손톱 모양의 보조개는 그의 트레이드 마크였다.

인기는 말할 것도 없이 좋았고 씀씀이 또한 헤펐다. 그뿐이랴, 사교성은 어찌나 뛰어난지. 주변에서 남녀 할 것 없이 누구나 권시운에게 잘 보이고 싶단 생각을 했을 것이다. 단지 성격이 좋아서가 아니라 그에겐 사람을 당기는 특별한 매력이 있었다.

게다가 웃는 얼굴에 침 못 뱉는다고 하지 않았던가. 시운은 자신이 어떻게 행동해야 사람들에게 주목받고 사랑받을 수 있는지 잘 아는 것처럼 보였다.

사실 시운은 경원의 첫사랑이었다. 열일곱 소녀의 케케묵은 옛 첫사랑. 물론 지금은 훌훌 털어 버린 지 오래였지만 문득 그때의 기억이 떠올랐다.

햇살보다 더 눈부신 미소를 가진 아이였다. 시답잖은 농담에도 잘 웃고 상대방을 위해 반응할 줄 알던 아이. 처음엔 그저 웃기만 해서 어디 모자란 게 아닌가 싶었는데, 상대방의 마음을 현혹하는 재주를 지녔던 것이었다.

하지만 경원은 한창 그를 짝사랑하다 얼마 지나지 않아 깨달았다. 시운은 누구에게나 호의적인 남자지만, 더불어 빈틈도 없다는 것을. 오픈된 마인드를 가진 듯 보였어도 타인과 은근히 선을 긋는 면이 있었다. 본인에게 도움이 되지 않을 일도 절대로 하지 않았다. 제 이미지를 돋보일 수 있는 게 아니라면.

경원은 가슴 뭉클하게 느끼는 이 사랑이란 감정을 그에게선 절대 받을 수 없겠구나, 하고 생각했다. 물론 그녀도 유치하게 사랑 타령이나 할 처지가 아니었다. 제힘으로 노력하고 성장하지 않으면 안 되는 집안에서 태어났다. 공사판에서 일용직으로 근무하는 아버지와 식당을 다니는 어머니, 그리고 생떼 같은 어린 동생 둘.

경원은 자신이 한가로이 짝사랑 따위나 할 처지가 아니란 걸 빠르게 깨달았다. 어차피 상대와 이루어질 가능성도 없었기 때문에 마음을 쉽게 접을 수 있었다.

고개를 저으며 생각을 정리한 경원이 샤워기에서 나온 물을 그대로 맞고 있었다.

잠시 후 샤워를 마친 그녀가 젖은 머리카락을 털며 밖으로 나왔다.

"오늘은 자고 가."

화장대 앞에 선 그녀의 어깨 너머로 나른한 목소리가 툭 튀어나왔다.

"멀쩡한 집 두고 내가 왜."

"그냥 자고 가. 늦었잖아."

"됐어. 혼자 있기 외로우면 다른 여자 불러."

"쌀쌀맞기는."

시운이 구시렁거렸지만 경원은 그러거나 말거나 화장대에 있는 것 중 가장 무난해 보이는 로션을 집어 들었다. 사내 녀석이 꼭 비싼 브랜드만 골라 쓴다. 그래서 피부가 좋은가.

거울을 통해서 흘깃 그의 모습을 살펴보았다. 토라진 듯 침대 위에 몸을 뒤집고 누워 있었다.

"시원하니?"

"섹스할 땐 그렇게 엉기더니. 볼 장 다 봤다 이거지?"

"너 지금 굉장히 꼴사나운 거 알아?"

"알게 뭐야. 됐어. 얼마 뒤면 안녕인데……."

로션을 펴 바르던 경원의 손짓이 허공에 멈췄다.

"그때까지만이라도 좀 상냥할 수 없냐."

"안녕이라니, 그게 무슨 소리야?"

"전에 얘기했잖아. 샌프란시스코로 갈 것 같다고. 확정이
야."

두어 달 전인가, 시운이 흘리듯 내뱉은 말이 떠올랐다. 지
루한 전공 수업이 끝나고 교내 식당에서 점심을 먹고 있을
때였다. 그가 눈앞에서 냉면 그릇을 싹싹 비워 내며 남 얘기
하는 것처럼 말하기에 딱히 새겨듣지 않았었다. 샌프란시스
코에 아버지가 투자한 회사가 있는데 졸업하면 그곳으로 떠
날지 모른다고.

"나 가지 말까?"

가지 말라고 하면, 안 갈 수 있는 거니.

경원은 차마 말을 잇지 못했다. 예기치 못한 전개가 펼쳐
지자 갑작스러워 당혹감이 서렸다. 졸업하려면 그래도 아직
시간이 남았는데…….

"오늘만 자고 가."

시운이 무슨 의미로 이렇게 조르는 건지 이해할 수가 없었
다. 외박은 내키지 않는다며 늘 고집을 부려 그의 오피스텔
을 나서던 경원이다.

단지 섹스를 위한 만남은 아니었나. 낮에는 그저 평범한
친구 사이로, 밤에는 종종 서로에게 좋은 섹스 파트너가 되
어 주는 걸로 내정되어 있던 관계였다. 그래서 그의 자고 가
라는 말이 더욱 의아했다.

질척거린다며 키스조차 마다하는 사이였다. 두 사람 사이

의 정해진 법칙 중에는 키스 금지, 서로 애인이 생길 시 연락 금지 조항이 있었다. 이 이상 발전되는 관계는 원치 않았기 때문에 서로 딱 그 정도의 관계를 추구했고, 만족했었는데. 무슨 심경의 변화가 온 걸까.

"왜 대답 안 해?"

그가 시트에 파묻었던 고개를 내밀더니 천천히 몸을 일으 켜 세웠다. 흐트러진 갈색 머리칼 사이로 묘한 눈빛이 비추 어졌다.

"싫어."

"왜?"

"거리를 두는 거야."

"꼭 둬야 해?"

"어."

"왜?"

의미 없는 질문이 반복되었다. 시운은 마치 어린아이가 떼 를 쓰는 것처럼 굴었다.

"친구잖아."

"친구?"

"그래."

"너 나랑 방금 섹스했잖아."

경원은 슬그머니 열이 올랐다. 곧 다른 나라로 떠난다는 걸 이제야 밝혔으면서 애처럼 투정을 부리려는 게 마음에 들

14

지 않았다.

이러려고 규율을 정해 놓고 이어 온 관계가 아닌데.

그녀는 더 이상 대꾸하고 싶지 않아 입을 꾹 다물었다. 잠시 시운의 얼굴을 보다 수건으로 꽁꽁 싸매고 있던 머리를 풀어헤쳤다. 가운을 벗고 차례로 옷을 주워 입었다.

"왜 그래?"

"……."

"자고 가라는 게 열 받을 일이야?"

그가 격앙되어 목소릴 높이자 경원이 코웃음으로 받아쳤다.

"네가 날 여자로 보는 것도 아니잖아. 넌 그래 봤자 백마 탄 왕자님 같은 꼴사나운 짓거리는 못 하니까."

군더더기 없이 깔끔한 사실이었다. 경원은 침착하게 단추를 모두 잠그고 어깨에 가방을 둘렀다. 침대 맡에 걸터앉은 시운은 꽁꽁 얼어붙어서 아무 말도 잇지 못했다.

거봐, 넌 이런 놈이야.

통보하듯이 샌프란시스코에 간다는 말부터가 재수 없었다. 거기다 '나 가지 말까?' 라니. 우스운 헛소리였다. 저를 시험해 본 게 분명했다. 본인은 마음을 더 내줄 생각 따위 없지만 상대방이 제게 매달리는 꼴을 보면 기분 좋을 테니까.

"넌 다른 여자들하고 달라."

시운이 말했었다. 너는 내게 특별하다고, 다른 이들과 다르다고.

하지만 그런 식으로 사람을 곁에 묶어 둘 줄만 알지, 제대로 보살필 줄은 모르는 놈이란 걸 그녀는 잘 알고 있었다. 질펀한 섹스 후에도 다음날이면 스스럼없이 다른 여자를 옆에 끼고 돌아다녔으니까.

경원은 입가에 비릿한 미소를 띤 채 인사도 없이 그의 오피스텔을 벗어났다. 일기 예보대로 바깥은 눈이 쌓이고 있었다. 세상이 온통 하얗다. 더럽혀진 데 없이 깨끗해 보일 정도로.

"하아……."

경원은 내리는 눈을 고스란히 맞으면서 가방끈을 쥔 손에 힘을 주었다.

얼마 후, 시운은 정말 샌프란시스코로 떠났다. 그가 출국하기 전 공항에서 마지막으로 전화를 걸어왔을 때도 경원은 매정하다 싶을 정도로 짧은 인사말만을 건넸다.

"잘 가. 다신 보지 말자."

─그게 다야?

"그럼? 앞으로 폰섹으로 대신하자는 얘길 해야 하나."

시운이 어이없단 듯이 바람 빠지는 소리로 웃었다.

"그러니까 잘 가. 우리 다신 서로 엮이지 말자."

한땐 정말 가까운 친구 사이였는데. 너도 이런 식으로 멀어지는 게 아쉬운 거겠지. 그렇다고 내 마음이 편한 건 아니야.

쓸쓸한 이별이었다.

애초에 육체적 관계로 이어지지 말았어야 했다. 제 감정을 추스르지 못하고 그저 마음에 이끌려 몸을 나누다 보니 관계가 깨져 버렸다. 그냥 적당히 선을 긋고, 그 선을 넘지 말았어야 했다.

아니, 처음부터 그를 마음에 담지 말아야 했는지도 모른다.

1. 조우하다

6년 후.

오전부터 각 부서 팀장들은 물론, 경영지원팀의 대리 직급인 경원까지 참석한 회의가 정신없이 진행되었다.

정부 지원금과 연구 재단의 승인을 받고 실행된 신약 개발 프로젝트의 마감을 한 달 앞두고 비상 대책 회의가 소집된 것이다. 계획된 스케줄과 규정에 맞추어 억대의 지원금이 80% 이상은 소진되어 있어야 하는 시점인데 그러질 못한 게 문제였다.

하나의 프로젝트를 시작하면 지원받은 비용을 기간 내에 각 비목에 맞추어 모두 소진해야 하는 것이 가장 기본적인 규율이었다. 법적으로 정해진 부분이라 정해진 금액을 초과

하거나 너무 못 미쳐도 고스란히 회사가 물어내야 할 몫이었
다.

뿐만 아니라 이런 중요 시점에서 프로젝트의 회계 담당자
가 돌연 퇴사해 버렸다. 팀은 다르지만 회계 담당자와 업무
를 분담했던 경원은 얼결에 비상 회의에 소집되었다. 전 회
계 담당자는 빡빡하고 복잡한 재단 규범에 적응하지 못했었
다. 그렇다고 무단으로 퇴사해 버릴 줄은 몰랐지만.

"그럼 담당자를 따로 고용하기까지 시간이 걸릴 테니, 그
동안 경영지원팀의 이경원 대리가 책임을 맡아 주는 걸로 합
시다."

"제가요?"

노트에 회의 내용을 적던 경원이 놀라 고개를 들었다.

"그나마 경원 씨가 우리 회사에서 재단 쪽으론 빠삭하잖
아. 이번 프로젝트만 무사히 끝나면 적당한 후임자를 고용할
게요."

"하지만 전 연구비를 직접 다뤄 본 경험이 없습니다."

"퇴사자 PC에 관련 매뉴얼이나 그간 소진해 온 결재 리스
트 파일이 있을 거예요. 참고해서 업무에 수용하도록 해요.
부탁할게요."

맙소사, 대뜸 새로운 업무 인수라니. 이거 완전히 덤터기
썼는데.

경원은 쓴 물을 집어삼킨 듯한 표정을 지었다.

가뜩이나 밥 먹듯이 하는 야근에 불만이 이만저만 아닌데. 적어도 프로젝트 종료까지 한 달은 죽은 듯이 회사에서 일만 해야 한다는 소리였다.

착잡해진 경원은 한숨을 내쉬며 이마를 짚었다.

그래, 이곳에선 먼저 퇴사하는 사람이 승자다. 뒷일은 남은 사람의 몫이지.

"알겠습니다."

결국 그녀는 망조가 보이는 프로젝트에 새로운 회계 담당자로 지정되었다.

이곳 신약 개발 연구 센터에 입사한 지도 3년 차에 접어들었다. 입사 당시만 하더라도 이곳은 그녀의 부푼 꿈과 밝은 미래가 가득 담긴 곳이었다. 덕분에 업무 능력 상승에 박차를 가해서 입사 6개월 만에 주임으로 승진해 대리 진급까지는 2년도 채 걸리지 않았다. 앞으로 승승장구할 날만을 기대하며 잦은 야근에도 꿋꿋하게 버텨 왔다.

하지만 언제나 '을'인 그녀를 대하는 '갑'의 입장은 달랐다. 회사에선 업무를 빠르게 처리하는 그녀를 급할 때마다 여기저기 갖다 붙이기 바빴다. 사람을 부려먹는 방법도 참 여러 가지였다. 바로 지금처럼.

회의를 마치고 자리로 돌아온 경원은 기운이 쏙 빠져 뭐부터 시작해야 할지 눈앞이 캄캄해졌다.

"이 대리님, 파이팅."

파티션 너머로 정 주임의 응원의 메시지가 들렸지만 애석하게도 전혀 위로가 되지 않았다. 해야 할 일은 산더미인데 월급은 제자리, 야근은 필수인 데다 새로운 업무 분담은 기본이었다. 그러니 기운이 날 리 만무했다. 통장은 월급날이 되면 풍족해졌지만 그것도 한순간이었다. 각종 공과금과 생활비가 빠져나가면 금방 '텅장'이 되어 버렸다.

그게 바로 오늘이었다. 텅 비워진 통장처럼 그녀의 마음도 빈 듯했다.

"정 주임, 나랑 날 잡고 노동부에 쳐들어갈래?"

"그런다고 뭐가 달라지겠어요. 어차피 그만둘 거 아니면 그냥 참으세요."

"그치? 참는 게 맞는 거지?"

"네. 아니면 이직할 곳이라도 찾아보고 저지르세요. 매달 나가는 공과금과 월세 생각도 하셔야죠."

정 주임의 객관적이고 현실적인 답변이 경원의 가슴에 비수로 꽂혔다. 어느 하나 반박할 것 없는 소리였다. 다른 곳으로 직장을 옮긴다 한들, 뭐가 바뀌겠는가. 회사 생활이야 어느 곳이나 마찬가지일 테지.

그나마 덜 짜증나는 상사와 덜 빡빡한 업무가 기다리는 회사는 그만큼 월급도 적고 단점도 많았다. 그런 면에서 세상은 참 공평하다. 모든 것에 장단점이 존재하니까.

경원은 긍정의 마인드를 되새기기 위해 사무실을 둘러보

기 시작했다. 이 포스트잇을 색상별로 마음껏 쓸 수 있는 건 장점이지. 어떤 회사는 기본적인 사무 용품조차 제대로 갖추어져 있지 않아서 눈치를 보며 써야 한다고 들었다.

경원은 침착하게 자아 성찰의 시간을 갖기 위해 휴게실로 향했다. 휴게실에는 넓은 테이블과 푹신한 의자가 있어 직원들이 틈틈이 휴식을 취할 수 있었다. 또한 한쪽에 인덕션이 있고 그 주변에는 각종 커피와 티백은 물론, 쿠키 같은 간식거리까지 고루 갖춰져 있었다.

그래, 어떤 회사는 커피도 믹스만 마신다던데. 반면 여기는 천국이지.

경원은 눈에 보이는 것들의 장점만 새기기 위해 노력했다. 커피 머신에 마음에 드는 캡슐을 넣고 흡족하게 미소를 지어 보였다. 비품 담당 직원에게만 잘 보이면 이런 캡슐쯤이야 책상 서랍에 쟁여 두고 즐길 수 있었다.

"뭐 하세요?"

그녀가 턱 끝을 매만지며 커피 머신과 주변 환경에 집중하는 사이, 뒤에서 귀에 익은 목소리가 들려왔다. 돌아보니 연구팀의 최지원 연구원이었다. 사내에서 여직원들의 스타로 군림하고 있는.

"이 회사의 장점을 생각하는 중이에요."

"얼마나 찾았는데요?"

그는 주름 한 점 없이 깔끔한 실험실 가운 차림으로 서서 해사하게 웃어 보였다. 입사한 지 1년밖에 되지 않았지만, 명문대를 졸업하고 학위를 받자마자 들어온 수재였다.

지원이 애매하게 웃고 있는 자신의 곁으로 와 컵을 꺼냈다. 가까이서 보니 외모가 더욱 출중했다.

"아직 두 개. 커피 마시려고 왔어요?"

이 회사의 장점, 하나 더 찾았네. 최지원 같은 꽃미남 사원 덕분에 종종 눈이 즐겁다는 것.

"전 커피 잘 안 마셔요. 카페인에 약해서. 물 좀 뜨러 왔어요."

"그래요? 난 커피 중독인데. 카페인에 약하면 뭐에 강해요?"

"글쎄요. 카페인 빼고는 다……."

그가 말끝을 흐리며 미간을 좁혔다가 풀었다.

상큼하군. 경원은 피식 웃으며 커피를 받았다. 그윽한 커피 향이 순식간에 휴게실 안을 점령했다.

"수고해요."

툭툭. 휴게실을 나오기 전 그의 어깨를 가볍게 쳐 주었다.

생각해 보면 분명 장점들이 존재하는 회사였다. 연차를 쌓으면 자연스럽게 팀장 자리에도 오를 수 있고. 그럼 지금보다는 일이 수월해질 테지. 어차피 상사에게 눈칫밥을 먹는 신세는 똑같지만.

경원은 스스로 위로하며 입안에 커피를 머금었다. 평범한 일상의 어느 오후였다.

✳   ✳   ✳

띵. 엘리베이터 문이 열리자 연회장 안 사람들의 시선이 한데 모아졌다. 말쑥한 체형에 기품 있는 분위기, 머리부터 발끝까지 명품 같은 남자. 그를 향하는 시선들은 언제나 선망을 품고 있었다.

다부진 슈트 차림의 그가 연회장 중앙을 향해 곧은 자세로 걸음을 옮겼다. 오늘 이 자리의 주인공이자 잘나가는 사업가인 친구를 축하해 주기 위해.

"이 자식, 권시운! 진짜 왔네?"

재욱은 오랜만에 마주 보는 친구의 얼굴에 반가움을 느껴 격하게 반응하였다. 들고 있던 위스키 잔을 내려 두고 시운에게 다가섰다. 그가 외국에 나가 있던 기간 동안 종종 찾아가 만남을 이어 왔지만, 오늘만큼은 감회가 새로웠다.

"이제 아예 한국으로 들어온 거야?"

"일단은. 다른 계획은 없어."

"짜식, 환영한다!"

재욱은 오늘 이 자리가 자신의 생일 파티인 것을 떠나 절친했던 친구를 맞이하게 되어 기분이 좋았다. 두 사람은 대학에서 같은 전공으로 맺어진 사이로 알고 지낸 기간은 짧지만 서로 공통점이 많았다. 덕분에 시운이 외국에 나가 있는 동안에도 꾸준히 연락을 하고 지냈다.

"약혼녀하고 결혼한다며. 날 잡았어?"

"아, 올해 10월쯤. 넌 결혼 안 하냐? 만나는 여잔 있어?"

재욱의 쏟아지는 질문에 시운이 웃으며 고갤 저었다.

"너 미국 가서 새로운 성에 눈을 떠 온 거냐? 천하의 바람둥이 권시운이 왜 여잘 안 만나?"

"천하의 바람둥인 너였지. 난 그냥 바람둥이고."

"야, 말은 바로 하자. 나는 그래도 한 번 만나면 석 달은 갔다. 근데 넌 뭐야, 나보다 훨씬 더 자주 갈아탔잖아!"

"그냥 친한 여자 친구들이 많았던 거지. 사귀었던 게 아니고."

시운이 부정하자 재욱은 기가 막힌다는 듯이 코웃음을 쳤다.

"예전에 이경원하고는 고등학교 때부터 친구라서 몸 정도 나눴냐?"

재욱의 입에서 거론된 이름에 시운은 금세 표정을 굳혔다.

오랜만이다, 그 이름.

분명 그리운 이름이었다. 하지만 썩 기분이 좋진 않았다. 시운의 표정이 어두워지자 재욱은 자신의 말실수를 눈치채고 화제를 돌렸다.

"너 뭐 따로 만나는 여자 없으면 내가 괜찮은 여자 소개시켜 줄게. 이제 너도 연애가 아니라 결혼을 고려하면서 만나야지. 너희 어머니도 기대하고 계실 거 아냐."

"안 그래도 맞선 자리 잡혔어. 나 한국 오자마자 어머니가 잡아 놓으셨다더라."

"역시 어머니, 나이스하시다."

시운은 테이블에 앉아서 호박색으로 출렁이는 위스키를 따라 마셨다. 여기저기서 낯선 이들의 시선이 닿아 따끔거렸다.

모두 한 번씩을 시운을 돌아보았다. 일반인임에도 수려한 외모와 명품 일색의 모습이 시선을 사로잡았다. 그는 언제나 사람들의 이목을 집중시켰고, 사교적이었으며 적당한 매너를 보였다. 누구도 그에게 부정적이지 않았다. 오히려 알랑방귀를 뀌어서라도 가까워지고 싶어 했다.

시운은 얼음을 채운 잔에 반사되어 보이는 제 눈을 응시했다. 아버지의 재산 중 일부를 물려받기 위해 어렸을 때부터 무조건 어머니가 하라는 대로만 살아왔다. 학교를 선택하는 것부터 어떤 친구를 사귀어야 하는지, 사람들에게 어떻게 대해야 하는지 모두 어머니가 가르친 대로 행동했다. 그리고 아버지와 본가의 친척들에겐 얼마나 잘 보여야 하는지, 어떻게 하면 조금이라도 더 눈에 들 수 있는지.

그래서 제 마음을 정리하고 미국까지 다녀왔다. 그곳에서 아버지가 원하는 대로 차곡차곡 경영인으로서의 능력을 쌓

앉고 이젠 모국으로 돌아와 새로운 자리에 들어서게 되었다. 어쩌면 인생 자체가 꼭두각시 같은 노릇이었다. 남들은 그의 타고난 배경과 눈부신 재력에 군침을 흘리며 부러워했지만 정작 본인은 아무 감흥도 없었다.

그의 헛헛한 마음을 채울 수 있는 건, 오로지 여자. 부드러운 여체와 살을 섞고, 교감을 나누는 것만이 그의 가슴 속 구멍을 채울 수 있었다. 이제는 그마저도 지겨워질 지경이지만.

"재욱아."

"왜?"

알코올에 녹아드는 얼음을 바라보며 시운은 간결하게 질문을 던졌다.

"경원인 아직도 동기 모임에 안 나와?"

그의 갑작스런 질문에 재욱의 두 눈이 커졌다. 경원은 재욱과 같은 동아리 출신이었다. 때문에 경원과 시운의 애매한 사이를 알고 있는 유일한 인물이었다.

"그럼냐?"

"그냥 생각나네."

생각나니까 보고 싶기도 하고.

시운은 재욱의 부담스러운 눈길을 느끼면서 잔에 든 위스키를 단번에 마셨다. 목구멍이 타들어 갈 듯 썼다.

"이경원 만날 수 있는 자리 좀 알아봐 줄까?"

재욱은 시운의 마음을 엿보았다. 벌써 햇수로만 6년이란 세월이 지났는데도 이경원에 관해서 관심을 보이는 그가 흥미로웠다. 오랜만에 찾은 고국에서 옛 추억을 회상했기 때문일까. 왠지 두 사람을 재회시키면 재밌는 일이 벌어질 것 같은 예감이 들었다. 정확히는 오는 여자 안 막고, 가는 여자 안 붙잡는 제 친구 녀석의 반응이 궁금했다.

"무슨 꿍꿍이야?"

"이번 주 일요일에 동아리 동기 중에 진영이라고, 결혼하거든. 너도 알지? 국문학과 최진영."

경원과 가장 친하게 지내던 여학생을 그가 모를 리 없었다. 거기에 교양 수업을 같이 들어 안면도 있었고, 재욱이 회장으로 있던 동아리 모임의 일원인 것도 알고 있었다.

"걔가 이경원하고 친하기도 하고 유일하게 지금까지 연락하고 있는 사이라 결혼식에 꼭 올 거야."

"그래서 나보고 거길 참석하라는 거야?"

"응. 나랑 같이 가면 되지. 진영이한텐 미리 말해 둘게. 완전 좋아할걸? 네가 축의금만 두둑이 챙겨 온다면."

"별로 친하지도 않았는데 내가 거길 왜 가?"

"싫음 말든지."

재욱이 아무렴 상관없다는 듯이 제스처를 취하자 시운은 괜스레 목이 탔다.

"하긴 네가 가는 것도 좀 그렇겠다. 이경원이 혹시 애인하

28

고 같이 오면 어떡해? 그건 너무 비운의 재회잖아. 우리 권 도련님 심장에 스크래치 생길라."

"도재욱. 생일 선물 안 받고 싶어?"

"아니, 그건 아니지!"

시운은 그가 너스레를 떠는 모습을 노려보았다. 흥미로운 상황을 만들어 보겠단 수작이겠지.

그때의 일은 다시 생각해도 어처구니없었다. 자신이 미국에 가고 얼마 지나지 않아 경원은 연락처도 바꾸고 홀연히 잠적해 버렸다. 당시에는 너무 황당하고 열이 받아 미치는 줄 알았는데. 그 나쁜 계집애 때문에 불면증에 시달리기도 했었다.

시운은 고개를 가로저으며 경원의 이름을 지우기 위해 애썼다. 그러나 이미 그의 머릿속엔 온통 그녀 생각뿐이었다.

"팀장님이 웬일이지? 피자를 다 쏘시고."

퇴근 시간이 얼마 안 남은 시점, 때아닌 피자 파티가 벌어졌다. 사무실 한가운데에 테이블을 끌어와 그 위에 피자와 음료를 세팅하자 직원들이 도란도란 모여들었다.

"이 대리님이 마감 임박한 프로젝트에 투입됐다고 응원차 쏘신 거 아닐까요?"

입안에 피자를 넣고 우물거리던 여직원이 대꾸했다.

"무료 쿠폰 유효 기간이 하루 남으셨단다."

잠자코 있던 경원이 냉랭하게 받아치자 여직원이 머쓱하게 그렇구나, 하고 수긍했다. 설마하니 쪼잔하기로 유명한 양 팀장이 직원 하나를 위해서 피자를 세 판이나 쐈을 리 만무했다. 양 팀장은 경원의 사수이자 그녀가 신입 사원일 때 가장 혹독하게 업무를 가르치던 최악의 인물이었다. 그 망할 놈의 사수 때문에 회사를 때려치우고 싶은 적이 한두 번이 아니었다.

"그런데 이번에 퇴사한 연구팀 회계 담당자, 대체 왜 나간 거래요?"

"모르지, 뭐. 더 좋은 데 취직됐을 수도 있고."

"괜히 우리 이 대리님만 고생하게 생겼잖아요. 어떡해요."

"그럼 신영 씨가 같이 고생해 주는 게 어떨까? 참 고마울 텐데."

"네? 그건 좀……."

농담이었는데 바로 부정해 버리는 그녀를 쏘아본 경원이 먹던 피자 조각을 마저 입에 쑤셔 넣었다. 어차피 오늘은 야근 당첨이라 저녁을 어떻게 해결할지 고민하던 찰나에 잘됐다. 전형적인 한국인 입맛이라 패스트푸드나 기름진 음식은 영 취향이 아니었지만 출출한 배를 채우기 위해 피자를 세 조각이나 해치웠다.

"참, 지금 상무님 자리 공석이잖아요. 다음 주 중에 외부에서 누가 새로 오신다던데."

"진짜? 제발 전에 계시던 상무님보다 덜 깐깐했으면 좋겠다."

"맞아요. 전 상무님이 워낙에 깔끔하셔서 매일 아침마다 10분은 청소했잖아요. 덕분에 우린 출근 시간보다 훨씬 일찍 와야 했고."

상무가 새로 온다고? 경원도 직원들이 하는 소릴 주워들으며 궁금해했다. 그들의 말처럼 전 상무라는 사람은 깐깐하기로는 대표님 다음으로 최고였다. 아랫사람들의 퇴사 욕구를 증진시키는 데 가장 큰 몫을 하는 몹쓸 상사.

직원들은 이번엔 제발 제대로 된 상사가 들어왔으면 하고 바랐다. 여기서 그들이 바라는 제대로 된 상사라 하면 직원들이나 회사 일에 무관심, 혹은 무능력하거나 지극히 쿨한 사람을 일컫는다. 물론 그런 상사는 세상 어디에도 없었다. 오너가 아닌 이상 상사 위에 또 상사가 존재하노니. 이 세상에 자기 아랫사람을 괴롭게 하지 않는 상사가 어디 있겠는가. 피라미드형 먹이 사슬의 변하지 않는 진리였다.

경원은 그저 앞으로 한 달간 야근이 당첨된 한낱 대리일 뿐이라 이번 프로젝트가 무사히 끝나기만을 바랐다. 그래 봤자 눈을 돌리면 또 새로운 프로젝트가 눈부시고 찬란하게 자신을 기다리고 있겠지만.

별안간 사무실 자동문이 열리더니 누군가 안으로 들어왔다. 최지원 연구원이었다.

"최 선생님, 같이 피자 먹어요!"

그의 등장에 여직원들의 얼굴이 눈에 띄게 밝아졌다. 방금까지만 하더라도 새로 온다던 상무를 거론하며 표정을 굳히던 그녀들이었다. 이 삭막한 사무실에 꽃 같은 남정네가 걸어 들어오는데 표정이 어찌 안 밝을 수 있으랴.

경원은 이해한다는 듯이 고개를 끄덕거리며 콜라를 따라 마셨다.

"괜찮아요, 저녁 약속이 있어서. 아, 이 대리님."

지원이 경원에게 다가오자 특유의 체취가 확 풍겼다. 거북하지 않은 은은한 머스크 향이었다.

"지난번에 주신 업체 정보 좀 다시 뽑아 줄 수 있어요?"

"아, 물론이죠. 지금 뽑아 줘요?"

"마저 드시고 해 주세요."

"다 먹었어요. 기다려 봐요."

경원은 휴지로 손을 닦고 자리로 가서 PC를 켰다. 지원도 폴더 목록을 살펴보기 위해 경원의 옆에 서서 허리를 굽혔다.

"이거예요? 세움바이오?"

"아뇨, 그 밑에."

경원이 마우스를 잡고 휠을 돌리는데, 그가 자연스레 터치하면서 그녀의 손을 치우고 마우스를 잡아 줘었다.

"여기, 진영바이오요."

"아, 금방 뽑아 줄게요."

순식간이지만 놀랐다. 너무 자연스럽게 닿던 그의 손길 때문에. 별거 아닌 일에 놀란 자신이 머쓱해서 괜스레 헛기침했다. 여직원들이 피자를 입에 물고 일제히 쳐다보는 시선도 느껴졌다.

"여기. 이거면 돼요?"

"네."

원하던 자료를 받아 든 지원이 흡족하게 미소 지었다. 그만 사라지세요. 여직원들의 부담스러운 눈초리에 몸이 탈 것 같으니까. 경원이 어서 가라는 의미로 눈인사를 하자 그도 묵례를 해 보이곤 사무실을 나갔다.

경영지원팀과 연구팀은 자동문 하나를 두고 이어진 부서라 마주칠 일이 잦았다. 특히 실험실에서 쓰이는 업체 정보를 담당하고 있는 경원은 일적으로 연구팀과 교류하는 경우가 타 직원들보다 더 많았다.

경원이 자리로 돌아오자마자 기다렸단 듯이 여직원들의 뒷말이 새어 나왔다.

"봤죠."

"봤어. 손 부딪쳤잖아. 나 무슨 드라마 보는 줄 알았어. 슬로우 모션으로 보여서."

"꺄, 이 대리님 좋겠다! 어떡해!"

일 때문에 손 잠깐 닿은 게 뭔 대수라고. 지원은 사내에서 명실상부 스타답게 행동과 몸짓 하나에도 여직원들을 열광시켰다.

"지원 쌤 실험 안 시키고 여기 서 있게 하면 안 돼요? 그 모습 보고 힘내서 열심히 일할 자신 있는데."

"그럼 여직원들 업무 상승도 200% 보장이지. 대표님한테 한 번 건의해 볼까?"

실현 가능성이 없는 소리였지만 그녀들은 매우 진지해 보였다. 남직원들이 한심하단 눈길을 보내는데도 아랑곳하지 않았다.

경원은 예전에 비슷한 상황이 있었다는 걸 깨달았다. 최지원 같은, 가만있어도 주변의 시선을 사로잡고 이목이 쏠릴 수밖에 없는 인물이 있었다. 생김새나 성격은 달랐지만, 경원은 지원을 보면 문득 시운이 떠오르곤 했다. 주변의 스타로 군림하는 면모가 똑 닮은 듯했다.

하지만 외모 탓인지 두 사람의 분위기는 확연히 차이가 났다. 지원은 쌍꺼풀 없는 눈에 샤프한 호남이지만, 시운은 잘 웃고 여리여리한 귀공자 같은 느낌이었다. 정확히 말하자면 시운은 생전 고생이라곤 안 해 봤을 것 같은 이미지였다.

시간도 많이 흘렀으니 변화가 생겼을 수도 있겠다. 좀 더 선이 굵어지고 남자다워졌으려나. 이미 결혼을 한 유부남일

지도 몰랐다. 아니, 한 여자에 만족하고 안주하는 스타일이
아니었으니 여전히 싱글이려나.

불현듯 떠오른 시운 생각에 경원은 씁쓸히 웃었다.

일요일, 친한 친구인 진영의 결혼식이 있었다. 신랑, 신부
를 축복해 주려는 듯이 날씨는 전날보다 훨씬 맑고 쾌청했
다. 예식장은 곧 무수한 하객들로 붐비기 시작했다.

경원은 아침부터 공들여서 화장하고 가장 아끼는 원피스
를 꺼내 입었다. 진영이 대학 동창이었기 때문에 이곳에 오
면 낯익은 얼굴들을 많이 볼 거라 예상했다. 오랜만에 만날
사람들이 신경 쓰여 유난히 공들여 치장할 수밖에 없었다.

역시나 눈에 익은 이들이 종종 보였다. 학생 때의 풋풋하
던 인상은 어디 가고 다들 성숙한 어른이 되어 있었다.

신부 대기실로 들어가자 진영이 울상인 얼굴로 그녀에게
말했다.

"경원아! 내가 결국 오세찬하고 결혼하다니. 믿기지 않아.
내 인생 망하는 거 아냐?"

대기실에 앉아 있는 순백의 아름다운 신부 입에서 나오는
말치고 제법 거칠었다. 신부인 진영은 같은 동아리 선배와
오랜 연애 끝에 버진 로드를 걷게 되었다.

"이제 시작인데 망하긴 뭘 망해. 네 선택이야. 후회하지마."

경원이 불안해 보이는 신부를 나무라며 대꾸했다.

"그래. 후회하더라도 날 탓해야지, 누굴 탓하겠어. 경원아, 나 너무 긴장했나 봐. 떨려 미치겠어."

"떨리는 게 당연하지. 네 생애 가장 중요한 날인데. 그래도 너무 걱정하지 마. 세찬 선배, 내가 봐도 좋은 사람이야. 둘이 잘 어울리니까 분명 오래오래 잘 살 거야."

"정말? 네가 그렇게 말해 주니까 좀 진정이 될 것 같아. 요즘 너무 예민해졌나 봐."

"예쁜 얼굴로 인상 쓰지 말고, 오늘만큼은 꼭 활짝 웃어야해. 긴장 풀고. 내 말 무슨 뜻인지 알지?"

"응. 고마워."

신부가 가까스로 웃음을 되찾자 경원은 흐뭇하게 그녀를 바라보았다. 청초하고 아름다운 모습이었다. 부디 행복하게 잘 살기를 바랐다.

똑똑.

누군가 노크를 했다. 신부를 보러 온 하객으로 생각하고 경원은 살짝 옆으로 비켜섰다.

"와, 최진영. 예쁜데?"

"재욱아!"

신부가 자리에서 일어설 만큼 반가운 인물은 도재욱이었

다. 그는 경원과도 여러모로 인연이 깊었다. 경원도 놀라서 눈을 동그랗게 떴다. 재욱은 몇 년 만에 보는 데도 크게 달라진 구석이 없었다. 스타일은 좀 바뀌었지만, 여전히 서글서글한 인상이었다.

"이게 누구야? 우리 동아리 제일의 잠수꾼 이경원 아냐?"

잠수꾼이라니. 비아냥대는 말투였지만 그의 얼굴에서 반가움이 묻어났다. 재욱은 자연스럽게 악수를 청했다.

"촌스럽게 악수는 무슨, 반갑다. 오랜만이야."

"여전히 쿨하네. 잘 지냈어?"

"평범한 직장 다니면서 월급쟁이로 잘 지내고 있지."

"그래? 다행이네. 진짜 보고 싶었는데."

재욱이 느끼하게 코를 찡긋거리자 옆에서 진영이 대놓고 토하는 시늉을 했다.

"으엑, 느끼해! 넌 볼 때마다 어째 변함이 없다? 발전을 안 하는 건가. 암튼 오래간만에 모였으니까 우리 사진이나 찍자. 작가님, 저희 좀 찍어 주세요!"

진영이 양옆에 친구를 끼고 사진작가에게 손짓을 해 보였다. 신부의 키에 맞춰서 허리를 굽힌 재욱이 근사한 슈트 차림으로 환하게 웃었고, 경원도 오늘만큼은 어느 때보다 밝게 미소 지었다. 셋이서 사진을 찍는 건 아마 처음일 것이다. 문득 대학교 시절로 돌아간 듯한 향수가 느껴졌다.

이어서 다른 친구들도 신부 대기실로 진영을 찾아왔다.

"세상에, 너 경원이니? 이경원?"

"맞네, 이경원! 여기서 다 보네?"

낯익은 얼굴들이 재회하자 동창 모임이 된 신부 대기실이 한바탕 시끌벅적해졌다. 경원은 저를 알아보는 친구들에게 멋쩍게 웃어 보인 뒤 정신없이 인사를 주고받았다. 짧은 시간 동안 혼이 쏙 빠지는 줄 알았다. 하지만 입가에 미소가 지워지지 않았다. 현실에 치여 잊고 살았지만 그리운 얼굴들이었다.

—잠시 후에 식이 진행될 예정입니다. 하객 여러분들은 모두 자리에…….

어느덧 식을 알리는 안내 음성이 장내에 울려 퍼졌다. 신부에게 덕담을 건네고 사진 촬영까지 마친 하객들이 서둘러 식장으로 걸음을 옮겼다.

자리를 막 옮기자 많은 하객들이 오늘의 주인공인 신랑과 신부를 기다리고 있었다. 사회자가 마이크를 잡았다.

—지금부터 신랑, 신부의 동시 입장이 있겠습니다. 신랑, 신부 입장!

사회자의 힘찬 외침에 박수와 함성이 홀 안을 가득 메웠다. 오늘의 신랑과 신부가 동시에 버진 로드를 가로지르며 입장했다. 오랫동안 알고 지내 온 두 사람이 식을 올리게 되어 모두의 감회가 남달랐을 것이다.

경원은 객석에 앉아서 성심껏 두 사람의 백년가약을 축하

했다. 간드러진 피아노 선율의 결혼 행진곡은 언제 들어도 가슴이 벅차올랐다.

이어서 경건한 분위기로 주례가 진행되었다. 모두가 신랑과 신부가 나란히 선 곳을 지켜보았다. 부케를 안고 다소곳하게 고개를 숙인 진영의 뒷모습이 눈부시게 아름다웠다.

주례를 마치고 이어진 축가 순서에도 경원은 무대에서 시선을 떼지 않았다. 그러다 어느 순간, 인기척이 느껴졌다.

"왔냐?"

경원이 앉은 테이블에는 재욱을 포함한 세 명의 친구가 자리 잡고 앉았는데 방금 남은 한 자리가 채워졌다. 열의를 다해 손뼉을 치면서 무대에 집중하고 있던 경원은 비어 있던 자리의 새 주인과 눈이 마주쳤다.

순간 온몸의 신경이 얼어붙는 기분과 함께 주변의 소음까지도 멈춘 듯했다. 시운이었다.

"올 생각 없다더니."

재욱이 옆자리를 채우고 나타난 시운에게 상체를 기울여 귓속말을 건넸다. 시운은 그의 질문에 대답하면서 시선은 맞은편에 있는 경원을 향해 있었다.

"하객은 많을수록 좋은 거 아냐?"

"귀여운 놈."

시운은 경원이 자신의 등장으로 인해 얼어붙는 모습을 지켜보았다. 축가 공연으로 객석의 조명은 어두워진 상태였지만, 그의 눈에 비치는 경원의 모습은 선명했다.

머리가 많이 길었네. 그동안 몇 번이나 잘랐을 텐데도 그 렇게 긴 거겠지.

시운은 천천히 그녀를 감상했다. 고집스럽게 닫힌 입 모양 은 여전했다. 하지만 6년 전과 다르게 고고한 성숙미가 넘쳤 다. 젖살이 남아 있던 얼굴형은 훨씬 갸름해졌고, 살짝 올라 간 고양이 같은 눈매가 도드라져 보였다. 풍성하게 풀어헤친 검은 생머리도 잘 어울렸다.

진작 봤으면 더 좋았을 것을.

"자! 신랑, 신부 지인들 모두 모이세요!"

예식이 끝나고 포토 타임이 이어졌다. 사진작가의 호명에 각자 객석에 흩어져 있던 지인들이 모두 모였다. 신부 쪽으 로 치우치긴 했지만, 중앙에 서게 된 경원은 어쩌다 보니 시 운과 나란히 어깨가 닿고 말았다.

"모두 이쪽 보시고, 카운트 세고 바로 찍겠습니다!"

경원은 카메라 렌즈를 직시하면서 입가에 경련이 날 것처 럼 웃고 있었지만 눈빛은 담담했다.

"오랜만이네."

그가 먼저 말을 건넸다.

"하나, 둘, 셋!"

찰칵. 플래시가 터졌고, 사진작가는 한 번 더 찍겠다고 소리쳤다.

"네가 여기 올 정도로 진영이와 친한지는 몰랐어."

"안 친한데 온 거야."

"왜?"

"너 보려고."

찰칵. 다시 플래시가 터졌다.

경원은 심장이 떨렸다. 문득 생각나곤 했던 녀석이 갑자기 제 눈앞에 나타나 버린 게 솔직히 놀랄 만한 일이긴 했다. 그것도 더 멋있어진 모습으로.

"커피나 한잔해."

식당에 들리지도 않고 바로 식장을 나서던 중이었다. 저를 부르는 목소리에 경원은 걸음을 멈추고 뒤를 돌았다.

시운이 고개를 비스듬히 하고 자신을 내려다보고 있었다. 눈이 마주치자 초승달같이 눈매가 휘어졌다.

"어딜 그리 급하게 가?"

"약속 있어."

"무슨 약속?"

시운은 말끝마다 생글생글 웃었다. 여전하네. 자신을 내려다보는 그의 시선을 정면으로 받아들인 경원이 홀로 팔짱을 꼈다.

"데이트."

뻔뻔한 거짓말이었다. 하지만 알 게 뭐야. 경원은 그와 다시 엮이고 싶지 않았다.

"데이트? 애인이 있나 보지?"

"그래."

"오늘 왜 같이 안 왔어?"

"내가 너한테 그런 사정까지 얘기해 줘야 하니?"

경원은 코웃음을 쳤다. 그와 얽혀 봤자 좋을 일은 하나도 없었다. 복잡한 감정 소비는 더 이상 하고 싶지 않았다.

"그럼 연락처라도 주고 가."

"너랑 연락하고 지낼 생각 없는데?"

"난 너랑 연락하면서 지내고 싶어. 우리 친구잖아."

"친구잖아, 가 아니고 친구였지."

"그래도 줘, 연락처. 데이트에 늦고 싶어?"

시운도 만만치 않게 뻔뻔하게 대응하고 나섰다. 당당히 내밀어진 그의 휴대폰에 경원은 기가 차서 웃었다.

"얼른 주라. 너 만나려고 여기까지 왔어."

그는 휴대폰 잠금 화면을 풀고 다이얼에 숫자를 입력하기 시작했다. 경원이 홱 노려봤지만 아랑곳하지 않고 번호가 불리길 기다렸다.

"지금 너한테 내 번호 알려 줘도 수신 차단하고 안 받으면 그만이야."

"꼭 그렇게까지 할 필요 있어? 대체 이유가 뭐야?"

"너랑 별로 엮이고 싶지 않아."

그녀는 끝내 연락처를 알려 주지 않았다. 망설임도 없이 돌아서 도도한 걸음으로 예식장을 빠져나갔다.

홀연히 멀어져 버리는 뒷모습에, 시운은 아쉽게 입맛을 다시며 휴대폰을 주머니에 넣었다.

✻   ✻   ✻

월요일 오전은 언제나 그랬듯이 바빴다. 주말 동안 누린 휴식의 배로 에너지를 쓰게 하겠단 듯이 업무가 밀려들었다.

점심시간 전까지 업체에 넘겨야 할 자료를 수정하느라 경원은 한껏 예민해져 있었다.

아니, 제조팀은 왜 꼭 당일에 일을 떠넘기는 거야?

그녀의 불만이 속에서 메아리쳤다. 엎친 데 덮친 격으로 느린 속도에 말까지 안 듣는 PC 때문에 짜증이 치밀었다.

"이 대리님, 도와줘요?"

정 주임이 선뜻 물어왔다. 오전부터 정신없어 보이는 경원이 신경 쓰인 모양이었다.

"진짜? 그래 줄래?"

"네. 반씩 나눠서 작업해요. 메신저로 파일 보내 주세요."

"정 주임, 땡큐. 내가 점심때 커피 살게."

"전 딸기 프라페에 휘핑 가득이요."

"날 구원해 주는데. 그 정도는 해 줘야지!"

그나마 정 주임이 도와준다니 다행이었다. 가까스로 여유를 되찾았지만, 경원은 다시 모니터와 눈싸움을 이어 갔다.

고등학교 때 남들 놀 때 안 놀고 열심히 공부해서 서울 명문대에 진학했는데, 결국은 회사원이었다. 그녀가 졸업하고 처음으로 입사한 회사는 이곳보다 좀 더 큰 규모의 기업이었다. 업무량이나 상사들로부터 받는 스트레스의 양은 비슷했지만, 동기들과 트러블이 생겨서 그만두었다. 사내를 장악한 악성 루머의 중심엔 그녀가 있었다.

빡빡한 업무와 짜증나는 상사를 만나는 것보다 더 그녀를 수렁으로 몰아넣었던 건, 사람들의 이기적인 눈과 입이었다. 안 좋은 소문에 주변 사람들이 저를 쳐다보는 시선이 끔찍했다. 대놓고 자신을 험담하는 소리도 그녀의 정신 건강에 악영향을 끼쳤다.

그래서 경원은 지금의 회사에 입사한 후론 어떤 일에서든 트러블을 만들지 않기 위해 노력했다. 자신이 누군가의 상사가 되어서도, 적당히 선을 그으면서 가벼이 받아 주었다. 전회사에서 터득한 사회생활에서 살아남는 원칙이었다.

기운 내야지. 경원은 고작 업무 과다로 회사를 때려치우고 싶지 않았다.

별안간 사무실 출입구에 자동문이 열렸다. 소리가 나는 쪽으로 자연스레 고개를 돌린 경원은 양 팀장의 얼굴을 확인하고 심드렁해져 다시 고개를 돌렸다.

"자, 이쪽으로 안내하겠습니다."

어디서 귀한 손님이라도 모시고 나타난 것인지 잔뜩 각이 잡힌 말투였다.

그러거나 말거나 경원은 열심히 마우스를 딸깍거리면서 작업에 몰두했다. 제조팀에서 보내 온 요청 자료는 업체마다 구매하기로 지정된 시약들의 단가를 기존에 계약된 금액과 맞추어 조정하는 것이었다. 완료되면 해당 파일을 팀장에게 컨펌을 받고 업체로 전송해야 했다.

정 주임까지 도와준다고 나섰으니 여유가 없는 건 아니었다. 경원은 그녀에게 진심으로 고마운 마음이 들었다.

스물일곱, 여덟쯤 됐을까? 확실히 자신보다 어리고, 수수한 얼굴에 차분한 성격이 좋았다. 다행이었다. 그래도 괜찮은 동료를 만나서.

"모두 주목하세요. 새로 오신 상무님이십니다!"

소문의 상무가 드디어 온 건가. 직원들이 하나둘씩 자리에서 일어섰다. 서둘러 파일을 수정한 경원도 자리에서 일어났다. 순식간에 놀란 토끼 눈처럼 동공이 벌어졌다.

"안녕하십니까, 권시운입니다. 앞으로 여러분들을 서포트해서 업무에 임할 예정입니다. 많이 도와주세요. 잘 부탁드립니다."

권……시운?

"저희야말로 잘 부탁드립니다!"

직원들의 환호와 박수갈채가 이어졌다. 하지만 경원은 자신도 모르게 입이 벌어졌다.

어떻게 이럴 수가 있는 거지? 갑자기 머릿속의 모든 사고 회로가 멈춘 듯했다. 다른 직원들처럼 박수를 칠 수도 없었다. 자신을 보지 못한 건지, 원래부터 알고 있던 건지 시운은 평소처럼 여유로운 모습으로 직원들의 인사를 받았다.

"제 방은 어디죠?"

"이쪽으로 모시겠습니다!"

하필 상무의 방은 경영지원팀과 같은 사무실에 딸려 있었다. 경원은 기가 막혀서 말도 나오지 않았다.

양 팀장의 안내를 받으며 방으로 들어가던 시운이 살짝 뒤를 돌아봤다. 안 그래도 커져 있던 경원의 눈이 더 커다래졌다.

"젠장……."

경원은 다리에 힘이 풀려 자리에 주저앉았다. 자신과 눈이 마주친 시운이 입꼬리를 올리는 모습을 보았기 때문이었다.

그러니까 정말, 젠장이었다.

2. 신경이 쓰여

"이 대리님, 안색이 안 좋아요. 뭔 일 있어요?"

점심시간이 되자마자 정 주임, 은영과 지하 1층의 사내 식당에 왔다. 경원은 자신이 무슨 정신으로 작업을 마무리하고 이곳까지 끌려왔는지 기억이 없었다. 맞은편 자리에 식판을 내려놓은 은영이 걱정스레 물었다.

"아침부터 너무 정신없었나 봐."

"원래 그런 걸요. 얼른 드세요. 오랜만에 날씨도 좋은데 밥 먹고 나가서 걸어요."

"응. 좋지."

떨떠름하게 수저를 든 경원은 식판을 내려다보았다. 국 표면 위로 두둥실, 권시운의 얼굴이 떠올랐다.

"난 팀장님이 연예인을 데리고 오는 줄 알았어. 우리 회사에서 계약한 새로운 전속 모델인가 했지."

새로 온 젊은 상무의 이야기가 점심시간에 거론되지 않을 수 없었다.

"이제 우리 경영지원팀도 연구팀 못지않은 스타가 생긴 거지."

"그냥 지원 쌤하고 상무님이 같이 서 있기만이라도 했으면 좋겠다. 그럼 나 진짜 열심히 일할 자신 있어요."

대체 어제부터 그놈의 지원 쌤은 왜 그렇게 세우는 거야.

경원이 고개를 가로저었다. 한숨이 새어 나왔다. 지금 이게 말이나 되는 상황인 건가. 샌프란시스코에서 쭉 살 거라고 생각했는데. 아니었나?

같은 사무실에 있는 이상 필시 그와 하루에 한 번 이상은 마주칠 것이다. 상무의 방은 그녀가 앉은 자리와 그리 멀지 않았고 맞은편에서도 잘 보이는 위치였다.

불안한 예감이 전신으로 엄습해 왔다. 가뜩이나 어제 예식장에서 그렇게 콧대를 세우며 연락처조차 주기를 거부했는데. 그 일을 빌미로 복수라도 하는 거 아닌지 뒤가 구렸다. 그와의 재수 없는 악연이 아직 이어져 있는 게 분명했다. 경원은 이런저런 걱정에 밥이 입으로 들어가는지, 코로 들어가는지 알 수 없었다.

✳　　　　✳　　　　✳

　　"개인 사무실은 마음에 드십니까? 원하시면 새로 리모델링해 드리겠습니다."

　　경원의 머릿속에 시운이 가득해진 그 시각, 그도 점심을 먹고 있었다. 직원들보다 이르게 시작한 점심이었지만 회사 대표와 전무가 함께해 자리가 길어졌다. 시운은 한정식의 찬으로 나온 전복구이를 입에 넣었다. 쫄깃하게 녹아든 풍미 깊은 맛에 고갤 끄덕였다.

　　"그렇게까지 신경 써 주시지 않아도 됩니다. 얼른 드세요. 음식이 식겠어요."

　　"여기가 이 근방에선 가장 품위 있는 맛집으로 소문난 한정식집입니다. 입엔 맞으십니까? 해외에서 오래 지내다 오셔서 한식은 멀리하실 줄 알았는데, 정 여사님께서 상무님이 이곳의 음식을 좋아하실 거라 언질해 주셔서 놀랐습니다."

　　노 전무가 입가에 주름을 잡으며 능구렁이같이 말했다. 정 여사는 시운의 모친이었다. 모친이 거론되자 조금 거슬린다는 듯 눈살을 찌푸리던 시운이 이내 웃었다.

　　"어머니는 제 입맛을 가장 잘 아시는 분이죠. 정말 맛집이라 불릴 만하네요."

　　"그렇습니까? 하하하!"

　　형식적인 대화와 웃음. 시운은 속을 드러내지 않으려 노력하면서 식사를 이어 갔다.

시운의 부친인 권 회장은 국내에 있는 웬만한 의료 기업이나 제약 회사를 손에 넣고 주무를 수 있을 정도의 재력가였다. 그 덕에 남들보다 훨씬 빠른 시일 안에 상무 자리에 앉을 수 있었다. 물론 아버지가 몸소 머물고 있는 본사에는 아직 발길도 내밀지 못했지만.

여간해서 남들이 부러워할 만한 자리를 차지했는데도 시운은 만족스럽지 못했다. 그렇다고 해서 아버지의 자리를 넘볼 만큼 야망이 있는 남자는 아니었다. 하지만 그의 마음에 불씨를 지피는 건 언제나 모친인 정 여사의 뜻이었다.

"회장님께서 이번에도 큰 도움을 주셨습니다. 게다가 권 상무님까지 우리 회사로 모셔 오니 천군만마를 얻은 기분이군요."

센터장인 강 대표가 복분자주가 담긴 백색의 자기 주전자를 내밀었다.

"술은 괜찮습니다."

"한 잔 정도는 업무에 아무런 영향도 끼치지 않습니다."

강 대표의 예리한 눈길이 시운을 응시했다.

"그럼 한 잔만 받겠습니다."

두 남자 사이에 묘한 기류가 흘렀다. 시운은 강 대표가 자신을 환영하면서도 경계하는 눈치라는 걸 알아챘다. 그럴 수밖에. 강 대표는 지금까지 권 회장의 도움으로 회사 주가를 올렸고 승승장구했다. 그런데 권 회장의 자식인 시운이 상무로 오게 되었으니 앞으로 더욱 돈독한 거래가 있을 예정이었다.

하지만 강 대표에게 시운은 은인이면서도 원수가 될 수도 있는 요주의 인물이었다. 제 아버지의 힘을 등에 업고, 언제든 센터장 자리를 탐낼지 모르는 일이었다.

강 대표의 서늘한 미소에 시운은 그저 맑게 웃었다. 시운은 그동안 자신의 웃는 낯으로 상대를 방심시켜 왔다. 자신을 경계하던 상대가 방심하는 순간, 모든 걸 차지했다.

불문율의 법칙이랄까. 시운은 자신의 원활한 미래를 위해 강 대표를 제 편으로 만들어야 했다. 이 묘한 기류가 흐르는 눈치 싸움의 시작을 알리는 경종이 울렸다.

시운은 식사 후에 바로 사무실로 돌아왔다. 사원들의 점심시간이 끝나는 1시가 되기 전이라 아직 전등이 켜져 있지 않아 바깥보단 조금 어두운 사무실 광경이 눈앞에 드리워졌다. 눈에 익혀 두었던 경원의 자리로 간 시운은 그녀의 책상을 매만졌다.

색색별로 부착된 포스트잇이 정신없게 흩어져 있었다. 글씨체도 깨알 같아서 당사자가 아니고서야 몰라볼 내용이었다. 그녀가 이 자리에 앉아 정신없이 업무에 몰두했을 모습을 상상하니 입가에 미소가 새어 나왔다.

학생이 아니라 어엿한 사회인이 되어 만났다. 그녀의 오피스 룩이 아직 낯설었지만 허벅지에 딱 달라붙던 스커트 차림이 묘하게 섹시했다.

경원이 이 회사에서 근무하고 있다는 사실은 어젯밤에서야 알았다. 출근 전날, 노 전무를 통해서 미리 발급받은 IP로 회사 공유 서버에 접속했다. 사내의 전체적인 분위기를 파악하기 위해 부서별 팀원 현황을 확인했는데 거기서 우연히 경원의 입사 기록을 확인했다. 회사의 주축인 경영지원팀 대리. 증명사진 덕분에 자신이 알던 그녀가 맞다는 것도 확인했다.

세상에 인연은 따로 있다더니. 이런 게 인연이 아니면 달리 뭐가 인연이라 해야 할까?

천천히 눈으로 그녀의 자리를 훑다가 방으로 돌아왔다.

"너랑 별로 엮이고 싶지 않아서 그래."

도도하게 콧대를 세우고 돌아섰던 그녀의 모습이 생생하게 떠올랐다. 그렇게 엮이고 싶지 않다더니, 이를 어째? 한국에서의 생활이 막 지루해질 찰나, 아주 흥미롭고 기대되는 상황과 조우하게 되었다.

"대표님하고 식사 잘하고 오셨습니까?"

업무 자료를 가지고 방으로 찾아온 경영지원팀 양 팀장이 풍채 좋은 몸으로 굽신댔다.

"예. 내일 점심은 팀장님들과 같이 하고 싶은데요?"

"스시 좋아하십니까? 그럼 제가 요 앞에 스시를 기가 막히게 잘하는 데로 미리 예약해 두겠습니다! 점심시간에 가면 아주 북적북적하거든요."

"좋죠. 아, 자료 하나만 더 요청할게요. 사내 구성도가 작년 12월 기준으로 업로드되어 있던데. 최근 데이터로 수정해 주실 수 있을까요?"

"아, 그렇습니까? 안 그래도 지난달에 올라온 안건인데 아직 처리 중인가 봅니다. 바로 시정하겠습니다!"

"그럼 부탁할게요."

양 팀장은 시운에게 허릴 굽히더니 문밖으로 나갔다. 첫날이라 부서마다 전달 받을 업무 내용도 많고 파악해야 할 일들이 산더미 같았다.

하지만 업무에 집중하기도 전에 다시 방문을 두드리는 소리가 들렸다.

"네."

짧게 답한 시운은 모니터 화면에서 시선을 떼지 않았다. 마감이 임박한 프로젝트 중 하나가 문제인 것처럼 보였다. 억대의 정부 출연금 중 일부는커녕 반밖에 소진하지 못한 상태였다. 누가 담당자이기에 일을 이런 식으로 처리한 건지. 시운은 자신의 방을 찾은 누군가를 쳐다보기 전에 눈살을 찌푸렸다.

"어떻게 된 거야?"

경원이었다. 문을 닫고 들어선 그녀가 어느 순간 제 앞에 서 있었다.

"어떻게 된 거냐니. 밑도 끝도 없이 본론부터 대는 게 어디 있어?"

"나 여기서 일하고 있는 거, 알고 있었니?"

"내가 스토커도 아니고, 회사까지 쫓아왔겠어?"

시운이 모니터에서 시선을 떼고 의자 깊숙이 몸을 기댔다. 깍짓손을 하고 여유롭게 그녀를 올려다보았다. 뭔가 벼르고 있는 듯한 경원의 표정이 볼만했다. 앙큼한 얼굴이었다.

"그래? 우리 참 별난 인연이다. 다신 마주치고 싶지 않았는데."

"유감이네. 원하던 바를 못 이뤄서."

"이왕 이렇게 된 거 앞으로 회사 생활에 서로 피해되지 않았으면 좋겠어."

"무슨 피해? 나 너 좋아하잖아. 내가 너한테 피해를 줄 일이 뭐 있어."

시운이 천연덕스럽게 대꾸했다. 경원은 이 와중에도 그가 자신에게 말장난을 치는 것이 마음에 들지 않았다.

"앞으론 서로 존댓말 쓰고, 직원들한테 우리가 동창인 사실이 알려지지 않았으면 좋겠어. 여긴 회사고, 소중한 내 직장이야. 구설에 오르기 싫어."

"Of course. 나도 마찬가지야."

문제없단 식으로 시운이 어깨를 으쓱였다. 사람들의 입방아에 오르는 건 그도 원치 않던 일이었다. 하지만 대놓고 자신을 경계하는 모습에 뭔가 대응하고 싶었다.

용건을 마친 경원이 방문 손잡이를 잡아 돌렸다. 제 할 얘기가 끝났으니 나가 버리겠단 건가. 시운이 그녀의 뒷머리에 대고 짓궂은 말을 툭 내뱉었다.

"어제 못 받은 연락처는 알아서 저장할게. 마지막 번호는 그대로더라. 0420, 네 생일."

그의 말이 끝나자마자 쾅, 부숴질 듯 방문이 닫혔다.

점심 후에 나른하게 졸음이 찾아오기 딱 좋은 오후. 사무실 여기저기서 하품 소리와 기지개를 켜는 광경이 벌어졌다. 남들은 나른해서, 아직 퇴근하려면 시간이 한참 남아서 표정이 어두운데 경원은 달랐다.

새로 온 권 상무가 원인이었다. 어떻게 꼬여도 이렇게 꼬이는지. 턱을 괸 그녀는 창밖에 빌딩으로 지어진 도시 숲을 내다보았다. 명상이라도 하고 싶었는데 바깥의 숨 막히는 회색빛 도시 때문에 오히려 기분이 더 삭막해졌다.

"지난번 전체 회식 때 찍은 사진이에요. 모두 다섯 장씩."

비품 관리와 비서 업무를 전담하는 여직원이 나타나 간단하게 설명을 하고 사진을 전달했다.

"이 대리님도. 단체 사진 두 장 포함한 거예요."

총 다섯 장의 사진이 경원의 책상에 놓였다. 회사에서 또 이런 쓸데없는 짓을.

"별로 소장하고 싶지 않은데."

경원은 귀찮다는 듯이 얘기했다. 그녀가 심심한 반응을 보이자 여직원이 툭툭, 하고 사진을 두드렸다.

"그래도 다른 여직원들은 부러워할 텐데요? 연구팀 최지원 선생님하고 단둘이 다정하게 찍은 컷도 있어요."

"네?"

언제 단둘이 찍었단 거야? 경원은 믿기지 않아 사진을 들여다보았다. 이건 1차 회식 장소 안에서 전체로 찍은 사진. 그리고 이건 2차에서……

다섯 장의 사진 중에서 그녀의 말대로 최지원과 단둘이 찍은 사진이 나타났다.

평소에 그렇게 친하지도 않은 사인데, 사진 속 두 사람은 사이좋게 웃고 있었다. 주변 배경을 보아하니 2차 회식 장소에서 찍힌 사진이었다.

전무님이 부서별로 자리에 앉지 말고 섞어서 앉으라며 지시했기에 우왕좌왕했던 때였다.

대표님을 필두로 직원들이 돌아가면서 올해의 포부를 밝히는 시간을 가졌다. 올해의 포부니 뭐니, 그런 유치하고 쓸데없는 짓을 전 직원들 앞에서 할 생각에 경원은 바싹 목이 타들어 갔었다. 정신없는 사이 제 옆에 최지원 연구원이 아주 잠깐이지만 머물다 갔다.

"긴장돼요? 표정이……."

그가 먼저 말을 건넸다.

"이런 거 왜 하는 걸까요. 의미 없고 쓸모도 없잖아."
"대표님이 원하시니까 어쩔 수 없죠."
"후우, 나 무대 공포증 있거든요. 그래서 대학 다닐 때도 발표는 무조건 피했어요."
"무대 공포증이요? 안 어울리는데요."
"내가 생각해도 웃겨요."
"그럼 대리님 차례 오기 전에 술이라도 더 마셔요. 술김에 확해 버리면 되잖아요."
"그럼 건배나 좀 해 줘요. 흥이라도 나게."

자연스레 이어진 대화였다. 연신 술잔을 비우고 난 뒤에 두 사람이 마주 보면서 웃었을 때 카메라에 잡힌 것 같았다. 현실과 다르게 참으로 다정해 보였다. 어이없었지만 소장 가치는 있겠지.

모두가 퇴근한 시간. 경원은 홀로 사무실 자리를 지키고 있었다. 내일 오전까지 상위 기관에 승인받아야 할 자료가 있었다. 아침부터 우왕좌왕할 바엔 미리 해 놓고 속 편하게 퇴근하잔 생각이 들자 모니터에서 시선을 뗄 수 없었다.

처음엔 그저 생소했던 실험실 용어와 관련 내용이 이제는 눈에 익어 한결 수월했다. 서당 개 삼 년이면 풍월도 읊는다고 했으니. 경원은 프로그램을 열고, 정신없이 수식을 입력하기 시작했다. 너무 집중한 탓에 눈이 침침했다.

달칵.

그때 어디선가 인기척이 들렸다. 귀를 기울이지 않고는 들을 수 없을 정도로 작은 소음이었다. 고요한 사무실에 저밖에 남지 않았다는 것을 생각해 낸 순간 소름이 돋아서 주변을 둘러보았다.

아무도 없다는 걸 확인한 후 이대론 너무 으슥한 것 같아 사무실을 좀 더 밝혀야겠단 생각이 들었다. 너무 피곤해서 환청을 들었나 의심하면서 자리에서 몸을 세웠다. 자동문 열림 장치 옆에 사무실 전체를 밝히는 전등 스위치가 있었다. 얼핏 보이는 불투명한 자동문 밖은 고요하고 어두침침했다.

"집에나 갈 걸 그랬……."

혼잣말을 중얼거리며 전등 스위치에 손을 가져다 대는데, 불쑥 낯선 움직임이 포착되었다.

"꺅!"

텅 빈 사무실에 저 아닌 다른 무언가가 있다는 것 자체로 소름 끼치는 일이었다. 경원은 너무 놀라 그대로 비명을 내질렀다.

"너, 너! 왜 거기서 나와!"

부들부들 떠는 손으로 그 형체를 가리켰다. 낯선 등장의 주인공은 다름 아닌 시운이었다.

탁. 스위치를 누르자 사무실 전체가 환해졌다.

시운은 그저 제 방에 두고 온 업무 파일을 놓고 가 다시 들어온 참이었다. 들어설 때 자동문이 열리는 소리가 났을 텐데 경원은 모니터에 온 신경을 집중하고 있어 듣지 못한 모양이었다. 코트 깃을 여미며 옆을 지나가는데도 저를 알아보지 못했다. 볼일을 다 보고 나가려 하니 그제야 비명을 지르면서 그의 탓을 했다.

"뭐 놓고 간 게 있어서. 왜 그렇게 놀라?"

"언제 들어 왔어? 아까 분명 퇴근했잖아!"

"방금 왔는데. 네가 집중하길래 그냥 내 볼일 봤지."

하, 사람 간 떨어지게 정말. 경원이 놀란 가슴을 진정시켰다. 너무 업무에 몰두해 있다 보니 문이 열리는 소리도 못 들은 모양이었다.

"그러게 겁도 많으면서 왜 혼자 야근이야."

시운은 피식피식 웃음이 새어 나왔다. 순간이나마 저를 보고 깜짝 놀란 그녀가 귀여웠다. 어울리지 않게 새가슴이네.

"일이 많으니까 그러지! 누군들 야근을 하고 싶어서 해?"

"그러니까 왜 너 혼자만 일이 많으냐고. 다른 직원들은 이미 퇴근했잖아."

"그냥 신경 꺼."

"좀 도와줄까?"

"됐으니까 볼일 다 봤으면 빨리 가."

이성을 되찾은 그녀가 냉정하게 받아쳤다. 이쯤 되면 경원은 자신을 원수처럼 생각하는 게 분명했다.

"이 프로젝트, 네 담당이었어?"

경원의 단호한 말에도 자연스레 다가온 시운이 모니터 화면을 들여다보았다. 현재 진행 중인 프로젝트 중에서도 가장 문제로 지목되었던 그 골칫덩이의 내용이 화면에 떠 있었다.

"이거 문제 많던데."

"문제 많은 거 아니까 이러고 있지."

"그럼 왜 일처리를 이렇게 해 온 거야?"

부드러운 말투였지만, 속엔 씨가 박혀 있었다. 경원은 그의 말을 무시하고 프로그램을 종료시켰다. 누군들 이렇게 말도 안 되게 처리된 업무를 인수받고 싶었겠느냐 말이다. 무능력한 건 자신이 아니라 기존 담당자들이었다.

하지만 시운의 앞에서 섣불리 다른 직원들을 욕할 순 없다. 이미 퇴사한 회계 담당자를 비롯해서 양 팀장을 포함한

각 팀의 담당자들까지 연루된 내용이었다. 경원은 대꾸하는 대신 책상 위에 늘어놓았던 짐을 챙겼다.

"액수가 제법 크던데. 잘할 수 있겠어?"

"걱정 마. 알아서 잘하고 있으니까."

"회사에 손해가 될 수도 있어."

"하, 과연 임원진다우시네요."

경원이 비꼬아 존대를 썼다. 벌써 제 상사 노릇을 하고 나서는 게 같잖아 마음에 들지 않았다. 물론 누가 봐도 엉망진 창으로 진행된 프로젝트였지만, 경원은 제가 맡은 임무에 최선을 다하는 중이었다. 기분 상하게 재수 없는 소릴 해 대는 그가 마음에 들 리 없었다.

시운과 엮이지 않으려고 동창들과도 연락을 끊으면서 지내 왔는데, 결국 빼도 박도 못하게 회사에서 만난 게 원통했다. 이젠 정말 잊었다고, 정리했다고 생각했다. 10대의 끝자락과 20대의 문턱에서 함께했던 그를 완전히 지워 냈다고.

"네가 걱정이라 그래. 겁도 많으면서 왜 혼자 남아 이러고 있어?"

이 바람 같은 남자를 보고 있으면.

"잔소리 안 할 테니까. 우리 같이 저녁 먹자."

스스로를 제어할 수 없을 만큼 너무 좋아질 것 같으니까. 그게 두려웠다.

종잡을 수 없이 떠도는 이 남자를 잡고 싶어지니까. 심장

저릿한, 그 애잔함을 다신 품고 싶지 않았다.

"응? 같이 먹자."

늘 이런 식이었다. 흠잡을 데 없이 근사한 모습을 하고서 거절할 수 없는 말들로 졸랐다. 하지만 거절당해도 아무렇지 않은 듯이 금세 저를 받아 줄 다른 상대를 찾았다. 그렇게 다람쥐 쳇바퀴 돌 듯 그 자리에서 벗어나지 못했다.

경원은 그에게서 완전히 돌아서기로 마음먹었다.

"그만 치근덕대. 번지수 잘못 짚었어."

"같은 회사 사람끼리 저녁도 같이 못 먹어?"

"남자 친구가 싫어해. 결혼식장에서도 얘기했잖아."

그의 억지 때문에 자연스럽게 거짓말이 나왔다. 이렇게라도 해서 시운을 멀리할 수밖에 없었다. 완벽으로 무장하고 나타나는 그를 가능한 한 멀리해야 했다.

"남자 친구가 이 사람?"

시운이 그녀의 책상에 있는 사진을 가리켰다. 오후에 전달받은 회식 사진이었다.

경원은 순간 대답을 망설였다. 총 다섯 장의 사진 중 가장 위에 올라와 있던 게 최지원 연구원과의 모습이었다.

같은 회사 사람이라 이건 아니지 싶어서 바로 부정하려는데 시운이 먼저 순서를 낚아챘다.

"하긴 우리가 과거에 그렇게 진하게 얽힌 사인데, 애인이 알면 싫어하겠지. 하나만 물어도 돼?"

"아니. 묻지 마."

"잠자리는 잘 맞아? 난 아직도 너만 한 여잘 못 찾았는데."

"변한 게 하나 없구나, 너?"

이 정도면 정말 소나무처럼 한결같은 녀석이다. 경원은 기가 찼고 왜 자신이 이런 영양가 없는 대화를 나누고 있는지조차 납득하기 어려웠다.

"알았어. 장난."

하나도 재미없는 그놈의 장난. 경원은 그의 특화된 웃는 낯을 한 대 쳐 주고 싶었다.

"너무 그렇게 노려보지 마. 먼저 갈 테니까 조심히 들어가고. 밤길 위험해."

너만 아니면 위험할 건 없어.

순순히 물러선 시운이 문밖으로 나갔다. 넓은 사무실에 다시 혼자 남았다. 처음과 같이 텅 빈 이곳에.

제발 내 앞에서 그렇게 웃지 마.

다음 날, 점심이 지나고 전체 회의가 소집됐다. 경원이 맡게 된 프로젝트에 관한 회의였다. 경원은 낯설었지만 막중한 업무를 지닌 것에 책임감을 느꼈다. 팀장이야 어차피 프로젝

63

트 전반의 분위기를 살피고 컨펌을 내 주는 역할이었고, 가장 중요한 건 아랫사람들의 몫이었다.

하지만 각자 업무를 대충해 온 건지 프로젝트의 전체적인 흐름이 연결되지 않았다. 아무리 회계나 지출 담당자가 따로 정해져 있다 하더라도 팀원이라면 서로의 시스템을 공유하고 있어야 했다.

경원이 지켜본 결과, 퇴사한 담당자에게만 너무 업무가 치우쳐져 있었던 것 같았다. 프로젝트를 함께하는 직원들은 하나같이 담당자는 정해져 있으니 내 일이 아니면 상관없다는 식이었다.

"이 대리, 프로젝트 종료일 유예 요청은 어떻게 됐어?"

"담당 간사님하고 통화했습니다. 금요일까지 확답을 주시겠데요. 그런데 아마 안 될 것 같습니다."

"되게 하던가, 문제없이 처리하던가. 둘 중 하나라도 해야지."

양 팀장이 파일을 내려치면서 말했다. 그걸 모르는 사람은 여기 없었다.

"그러니까 문제되면 퇴사자한테 책임을 물어야죠."

연구원 중 한 명이 혼자 팔짱을 끼고 말했다.

"퇴사자는 이제 회사하고 관련이 없는 사람인데요."

경원이 발끈해서 대꾸했다. 그녀에게도 원수 같기만 한 퇴사자지만 이미 떠난 사람에게 책임을 떠맡기는 것은 말이 되지 않았다.

"관련 없는 게 아니죠. 상황이 이 지경이 된 마당에. 아니, 애도 둘이나 딸렸다는 아줌마가 책임감도 없지 말이야. 종료한 달밖에 안 남기고 그렇게 무책임하게 나가는 게 어디 있어? 자식 교육 퍽이나 잘 시키겠네."

허서은 박사였다. 선임급이지만 경원이 보기엔 무능력하고 직급만 높아 보였다. 밀린 실험은 제대로 안 하고 매번 자리에서 인터넷 쇼핑이나 하고 있던데.

"무책임한 건 맞죠. 애가 둘이나 딸린 것과는 상관없지만요."

"뭐?"

"그런데 여기서 퇴사한 담당자만 무책임했을까요? 박사님은 프로젝트 기간 내내 실험 기록이 저조하던데요. 연구팀 쪽에서 열심히 데이터를 생성해 줘야 회계 담당자가 제대로 업무를 진행할 수 있는 겁니다. 단지 퇴사자의 무책임한 언행의 문제가 아녜요."

"이 대리, 말이 좀 아니꼽네? 실험 시스템에 대해서 얼마나 안다고 떠들어?"

허서은이 날렵한 눈매로 경원을 흘겨보았다. 아무리 부서가 달라도 직급도, 연차도 낮은 주제에 저를 가르치듯이 말하는 게 영 탐탁찮은 것이다.

"두 사람, 여기 직장이야. 어디서 언성을 높여?"

보다 못한 양 팀장이 그녀들을 제지하고 나섰다.

"팀장님, 이 대리를 투입시킬 바엔 사무 보조를 새로 하나 더 뽑으셨어야죠."

"저 들으라고 하는 말씀이세요?"

"그럼 이 대리가 뭐 대단한 임무라도 맡은 줄 알았어? 다른 거 맡고 있는 게 없으니까 넣어 준 거 아냐."

경원은 손에 잡힌 볼펜을 힘껏 움켜쥐었다. 지난주부터 내내 야근을 하면서 업무 파악에, 매뉴얼 숙지로 몸이 둘이어도 부족할 지경인데 그녀의 한마디에 제 노력이 다 무너지는 것 같아 억울할 정도였다. 감정이 격앙되어 상대의 시선을 피한 경원이 입술을 물었다. 마음 같아선 자리를 박차고 나가고 싶었다.

어색한 침묵이 찾아온 때에 마침 회의실 문이 열렸다. 삭막해진 분위기를 깨고 시운이 들어섰다.

"상무님, 회의는 내일부터 참석하신다고 하셨지 않습니까."

"다른 스케줄이 취소가 되어서요. 앉아도 되죠?"

"예, 이쪽에 앉으십시오."

양 팀장이 얼른 상석을 비켜 주었다. 시운은 묘한 기류가 흐르는 팀원들을 지켜보았다. 특히 경원의 표정이 좋지 않았다.

"하던 얘기마저 나누시죠."

"아, 예."

양 팀장이 허서은 박사를 향해 조용히 신호를 보냈다. 퍼뜩 자세를 고쳐 앉은 그녀가 프린트한 자료를 가지고 회의를 이었다.

"아직 재단 측으로부터 답변은 받지 못했지만, 잔여 출연금을 이달 안에 모두 소진하는 쪽으로 스케줄을 조정하는 중입니다. 먼저 우리 회사와 가장 활발하게 거래하고 있는 업체의……."

"죄송합니다만, 성함이 어떻게 되시죠? 제가 아직 연구팀 현황을 파악하지 못해서요."

"아, 허서은입니다. 이 프로젝트의 연구 책임을 맡고 있습니다."

"아아, 연구 책임 허서은 박사님이시군요."

그와 눈이 마주치자 허서은은 묘한 설렘을 느꼈다. 딱 벌어진 어깨와 훤칠한 몸에 꼭 맞는 슈트 차림이 남달랐다. 여직원들이 입에 침 마를 새도 없이 칭찬을 하며 소란을 피우더니. 그럴 만하단 생각이 들었다. 서류를 검토하며 내리깐 눈길조차 지적이고 섹시했다. 새초롬해진 허서은 박사가 얌전하게 귀엣머리를 넘겼다.

"그럼 어떻게 책임지실 겁니까?"

"네?"

"책임자라면서요. 어떻게 책임지시겠습니까?"

"전 연구 관련해서만 책임을 맡았는데요."

"그러니까 연구 관련해서 어떻게 책임지실 겁니까? 최근까지의 실적이 형편없으시던데. 실적이 없으니 지출도 원활하게 이루어지지 못한 거 아닙니까?"

상사의 허를 찌르는 지적에 그녀는 사색이 되었다.

사실 시운은 회의실에 들어서기 전, 안에서 주고받는 대화들을 엿들었다. 이 프로젝트에 경원이 뒤늦게 합류하게 되었다는 것까지. 중간에 투입되었다는 게 믿기지 않을 정도로 그녀는 책임감이 넘쳤다.

시운이 웃음기를 뺀 얼굴로 이번엔 양 팀장을 주시했다. 양 팀장이 눈에 띄게 움츠러들었다.

"양 팀장님?"

"한 달이면 충분합니다! 너무 걱정하지 마십시오. 문제없을 겁니다."

"확실합니까?"

"예, 물론입니다."

"그럼 업무 플로우 다시 설정해서 저한테 컨펌 받으세요. 어느 한쪽으로도 치우치지 않게 효율적으로 분담하란 얘깁니다."

"프로젝트가 곧 마감인데 플로우를 다시 짜라니……."

"누구는 6시 정각만 되면 쏜살같이 짐 챙겨서 퇴근하는데 누구는 제 시간에 퇴근도 못 하고 남아서 밀린 업무를 처리해야 하는 게, 너무 불공평하지 않습니까?"

양 팀장은 꿀 먹은 벙어리가 되었다. 나이도 어리고, 실없이 잘 웃는 상이어서 조금은 만만하게 봤는데. 보이는 모습이 전부가 아니었다.

"무슨 말인지 아시죠?"

"알겠습니다."

"뭘 안다는 겁니까?"

"그러니까 전반적으로 업무를 효율적으로 나눠서……."

"팀장님, 그게 바로 팀워크입니다."

이내 회의실이 고요해졌다. 그의 부드러운 카리스마에 모두 제압당하고 말았다.

✽   ✽   ✽

회사 건물 1층에 직원들이 자주 오가는 커피숍이 있었다. 개인 사업장이라 가격도 저렴하고 맛도 좋아 손님을 끌었다.

경원도 이곳의 단골이었다. 주문을 넣고 종업원에게 받은 진동벨이 울리길 기다렸다. 그런데 휴대폰 진동이 먼저 울렸다. 전화를 받자마자 상대는 용건부터 늘어놓았다.

─왜 아직도 입금을 안 해? 메시지 보냈는데 답장도 없고.

"오늘 은행 못 갔어. 내일 부쳐 줄게."

모친에게 걸려 온 전화였다. 지난주가 월급날이었던 걸 귀

신같이 알아채고 있었다.

　─아니, 인터넷 뱅킹으로 그냥 쏘면 될 걸 가지고 은행은
무슨. 왜 그런 핑계를 대니?

　"보안 카드를 잃어버려서 그래. 내일 점심때 부쳐 줄게."

　경원은 좁은 창가 자리로 다가가 목소릴 낮추었다. 모친은
대출금과 카드 값이 밀렸다며 매달 이 시기쯤 전화나 메시지
를 통해서 그녀를 박박 긁었다. 아직 학생인 동생들 뒤치다
꺼리를 하느라 돈 나올 구멍이라곤 경원의 통장밖에 없었다.

　모친은 식당 일을 그만두고 얼마 전부터 보험 설계사 일
을 하고 있었다. 하지만 수입이 영 시원찮은 모양이었다. 금
전적인 문제를 남편이 해결해 주지 못하니, 장녀인 경원에게
기댈 수밖에 없었다.

　─정신을 어디에 팔아먹고. 알았어, 그럼 내일 잊지 말고
보내. 엄마 힘들다.

　"나도 엄마 때문에 힘들어. 무슨 딸내미한테 전화하자마자
돈 얘기밖에 안 꺼내?"

　─네 애비가 못났으니 그러지! 버는 식구가 너랑 나랑 둘
밖에 없는데 그럼 어쩌니? 내 속도 말이 아니야. 경수랑 경
아 등록금에, 용돈에, 다달이 대출금에 공과금까지. 아주 머
리가 터질 것 같아!

　나왔다, 신세 한탄. 경원은 절로 인상을 찌푸렸다.

　─경아, 고 계집애는 벌써 남자에 홀딱 빠져서 외박이나

해 대고. 첫째가 정신 차리나 싶더니 이젠 둘째가 말썽이야. 어휴, 박복한 내 팔자야.

"경수하고 경아한테 이제 생활비 정도는 아르바이트라도 해서 벌라 해. 언제까지 그렇게 싸고돌려고 그래?"

─겉보기만 성인이지, 걔들이 어른이야? 아직 애잖니, 몰라서 그래? 안 그래도 경수는 아르바이트 자리 알아보고 다니더라. 기특한데 안쓰러워 죽겠어, 아주.

"엄마, 난 스무 살 때부터……. 아니다, 나 일하는 중이야. 끊어."

경원은 쓸데없이 통화가 길어질까 봐 하려던 말을 거두었다. 괜히 동생들과 자신을 비교하고 싶지 않았다. 그래 봤자 모친의 앓는 소리만 주구장창 들어야 할 테니까. 씁쓸해지기만 할 뿐이었다.

모친과 나누는 통화가 길어질수록 머리만 아팠다. 경원에게 가족은 두통 같은 존재였다. 외면하고 싶어도 제 머릿속을 온통 어지럽게 해서 신경 쓸 수밖에 없는.

"음료 나왔습니다."

차가운 커피가 목울대를 넘어가자 조금 살 것 같았다. 회의에서 허서은 박사와 한바탕 신경전을 벌이고, 양 팀장까지 괜한 눈치를 주었다. 돌연 회의실에 나타났던 시운도 한몫했다.

업무 플로우를 다시 조정해서 올리라는 명을 받았으니 양 팀장이 불만의 눈초리로 경원을 흘겨보았다. 귀찮은 일을 떠맡았다고 그걸 또 남의 탓을 했다.

여기저기 괴로운 일들만 터졌다. 가족이나, 회사나, 제 상사가 되어 나타난 시운이나. 경원은 바로 사무실에 올라가지 않고 다시 창가에 자리 잡았다.

기분 전환이 필요했다. 머리는 이미 과부하 상태인데 누구도 돌봐 주지 않았다. 회의 때 잠깐 시운에게 고마움을 느꼈던 것을 제외하면.

경원은 빨대를 입에 물고 시운을 생각했다. 그는 상사로서 당연한 일을 했다. 그런 일 하나에도 고마움을 느낀다는 게 어딘지 모르게 씁쓸했다.

"여기서 땡땡이치고 계셨어요?"

귀에 익은 목소리가 들려 빨대를 입에 문 채 고갤 돌렸다. 실험실 가운을 입은 지원이 테이크 아웃 잔을 들고 서 있었다.

"자체 휴식 중이에요. 과로사할 지경이라."

"왜요. 일이 잘 안 풀려요?"

그가 자연스럽게 의자를 끌어다 앉았다. 흰 가운과 셔츠의 조합이라 누가 보면 의사인 줄 알겠다. 하지만 전문적이고 지적이게 보이는 느낌이 괜찮았다. 지원은 언제나 평온해 보였다. 감정의 굴곡이 잘 나타나지 않지만 늘 차분했다.

"지원 쌤은 일이 할 만한가 봐요? 한 번도 투덜대는 걸 본

적이 없네."

"원래 하고 싶었던 일이라 만족하면서 다니고 있어요."

하고 싶었던 일이라…….

그가 부러워졌다. 자신이 하고 싶은 일을 하고 사는 사람이 몇이나 될까. 경원은 제 꿈이 무엇이었는지조차 잊었다. 그저 시간이 흐르면 흘러가는 대로, 세월이 하란 대로 이끌려 살아온 것 같았다.

"설마 퇴사하실 건 아니죠?"

지원이 경원의 표정을 살피고는 물었다.

"다른 곳에서 받아 주기나 할지 모르겠네. 아직까진 그럭저럭 버틸 만해요. 그러니까 있는 거지. 이렇게 고생해서 번 돈으로 마음껏 커피도 사 마실 수 있고, 아직은 좋네요."

아직은 말이다. 경원은 쭉 기지개를 켜더니 자릴 털고 일어났다.

"갈까요? 땡땡이치는 거 너무 티 나면 안 되니까."

사무실로 올라가기 위해 함께 커피숍을 나왔다. 엘리베이터 앞에 서서 문이 열리길 기다렸다. 커피 한 잔의 여유를 가진 덕분인지 조금이나마 마음이 가벼웠다.

띵. 엘리베이터가 도착했음을 알리는 소리가 들렸다.

"어라, 둘이 어디 갔다 와?"

문이 열리자 안에 타고 있던 양 팀장과 정면으로 맞닥뜨렸다. 그 옆엔 시운도 있었다. 지하에서 올라온 것인지 1층에서 내리지 않고 탑승한 채로 함께 올라갔다.

"1층 커피숍에서 만났어요."

지원이 팀장에게 대꾸하고서 새로 온 상무의 얼굴을 알아 보고 가볍게 묵례를 했다.

"오, 그래? 몰래 데이트라도 하고 들어온 줄 알았네."

"이렇게 쉽게 들킬 거면 안 그러죠."

"그렇지? 하하하!"

지원과 양 팀장이 시답잖은 대화를 이어 가는 동안, 경원 은 딱딱하게 정면만 보고 섰다. 좁은 공간이 숨 막혔다. 몰려 탄 사람들과 어깨가 부딪쳤다. 제 오른쪽에 선 시운의 존재 가 몹시 신경 쓰였다. 7층, 8층, 9층…….

띵. 다시 엘리베이터 문이 열렸다. 이 좁은 데서 얼른 벗어 나고 싶은 마음뿐이었다.

"잘 어울리네."

저만 알아들을 수 있도록 말하는 작은 목소리. 눈이 마주 친 시운이 싱긋 웃었다. 양 팀장과 지원은 앞서 복도를 걷고 있었다.

"별말씀을."

경원도 한마디 내뱉고 앞서 걷는 두 사람의 뒤를 따랐다.

퇴근 후, 시운은 고급 레스토랑을 찾았다. 예약을 해도 선 착순으로 식사를 할 수 있다는 이곳은 모친인 정 여사가 주선한 맞선을 보기로 한 장소였다. 입구에서부터 안내를 받아 준비된 자리에 착석했다. 선율이 아름다운 피아노 연주가 홀 안을 가득 채웠다.

8시 5분 전. 손목시계의 시간을 확인한 시운은 상대가 나타나길 기다리며 물로 목을 축였다.

"한성재단 막내딸이다. 나이는 너보다 세 살 어려. 귀하게 자란 아가씨니 매너 있게 대우해 주고. 사진을 보니 얼굴도 그만하면 참하고 예쁘더구나. 어미 생각해서라도 알아서 잘하고 와."

그가 귀국하자마자 정해진 선 자리였다. 알아서 잘하고 오란 말이 거슬렸다. 정 여사는 본인의 이미지에 매우 민감한 사람이었다. 아니, 매사에 민감했다.

시운이 의자에 팔을 걸치고 기대어 입구 쪽을 바라보자 때맞춰 누군가 나타났다. 단정한 머메이드 원피스와 손에 든 클러치부터 액세서리, 스킨 톤의 하이힐까지 모두 명품 일색이었다.

시운은 그녀가 오늘 자신의 맞선 상대임을 직감했다. 애초에 한성병원 금지옥엽 막내딸이면 저런 느낌일 거라 예상했다. 참하게 보이려 반만 묶은 긴 머리는 맑고 흰 피부와 대조되어 청초한 인상을 풍겼다.

시운이 의자를 밀고 자리에서 일어섰다. 여자가 종업원의 안내를 받으며 가까워졌다.

"권시운입니다."

"서은미예요."

여자가 말끝에 머릴 쓸어 넘겼다. 표정을 보아하니 조금 상기된 듯했다. 시운은 상대의 눈을 보고 웃으며 얘기했다.

"식상한 말이라 하지 않으려 했는데, 정말 미인이시네요."

"고맙습니다."

여자가 수줍게 입을 가렸다.

가까이서 보니 여자는 더욱 아름다운 외모의 소유자였다. 거기에 탄력 있는 몸은 적당히 볼륨도 있어 보이고, 어머니가 그렇게 탐내는 한성재단 핏줄이기도 했다. 최고의 신붓감을 눈앞에 둔 것이었다.

하지만 왜일까. 흥분되질 않는다. 성적인 쾌감을 일으키는 그런 흥분이 아니라 기대나 설렘 따위가 느껴지질 않았다. 겉으론 상대를 홀릴 만한 미소와 말투를 건네고 있었지만 시운은 영 부족한 느낌이 들었다.

"얼마 전까지 미국에 계셨다고 들었어요. 한국에서 시작한 일에는 적응하셨어요?"

"미국에 있을 때도 종종 한국을 오갔기 때문에 문제는 없습니다. 새로 부임한 자리도 잘 적응하는 중이고요. 은미 씨는 첼로를 전공하셨다고요?"

"네. 조만간 아이들을 가르치는 일을 하게 될 것 같아요."

"그래요? 왠지 잘 어울리네요. 아이들이 무척 잘 따르겠어요."

여자가 발그레하게 뺨을 밝히는 것을 보면서 시운은 연습한 듯이 술술 멘트를 내뱉었다.

아름다우시네요, 취미도 굉장히 잘 어울리시는군요. 음식은 입에 맞으신지요.

여자는 그를 만족해했다. 아직 제 나이가 어리다고 생각해서 맞선이 부담스러웠는데. 첫 맞선 상대로 시운은 겉모습이 근사한 건 물론, 수려한 말솜씨와 상당한 매너까지 겸비한 것처럼 보였다. 그가 속으로 어떤 딴생각을 하는지는 알아채지 못했지만.

시운은 메인 요리로 나온 송아지 스테이크에 와인을 곁들어 마시면서 엉뚱한 생각을 했다.

"잘 어울리네."

"별말씀을."

만난다던 남자가 같은 회사 연구팀 직원이었나. 저한테는 회사에서 사적인 감정을 숨기고 서로 존대까지 쓰면서 지내자고 했으면서. 생각할수록 영 기분이 나빴다. 정말 참을 수 없는 건, 두 사람이 한눈에 봐도 잘 어울렸다는 거였다. 그게 왜 마음 한구석에 가시처럼 박힌 것인지 스스로를 이해하지 못했다.

너무 갖고 싶어 줄서서 기다리던 인형을 눈앞에 두고 새치
기 당한 기분과 비슷하려나. 어찌 됐던 형용하기 어려웠다.
한국에 돌아오자마자 친하지 않은 동기 결혼식에 찾아갔을
정도로 성의를 보였는데 왜 이경원은 몰라주는 걸까. 그냥
전처럼만 지내도 괜찮을 텐데.

"은미 씨, 건배할까요?"

"네."

쨍, 하는 소리와 함께 와인 잔이 부딪쳤다. 어여쁜 맞선 상
대를 향해 시운은 상냥한 눈빛을 보냈다.

3. 우리 연애하자

　평일 아침의 9호선 플랫폼은 언제나 유동 인구가 넘쳐났다. 급행열차가 들어오고 있다는 전광판의 메시지를 확인하고도 승강장 노란선 안에 줄을 서야만 겨우 탑승할 수 있었다. 방심하면 뒷사람에게 순서를 빼앗기고 다음 열차가 오기만을 기다려야 했다. 너도나도 아침부터 지각은 면해 보겠다고 열차를 향해 달려들었다.

　가까스로 열차에 몸을 실은 경원은 아침부터 기진맥진할 지경이었다. 겨울을 지나 옷차림이 조금이나마 가벼워져서 다행이지, 두툼한 외투를 입고 꽉 들어찬 승객들 틈에 끼면 흑서기나 다름없었다. 열차 안에서 내내 까치발을 들고 도착지까지 간 적도 있었다.

─이번 역은 신논현, 신논현역입니다.

경원은 겨우 숨을 고르며 열차에서 빠져나왔다. 회사에서 업무로 시달리는 것보다 출근길이 더 두려운 날도 있었다. 이 시대의 직장인으로서 살아가는 데 있어 애먹는 일이 한두 가지가 아니었다.

플랫폼을 빠져나온 경원은 걸음을 서둘렀다. 머릿속으론 오늘 처리할 일들을 정리했다. 오전에는 업체와 연락을 하고, 점심엔 은행 업무를 본 다음에 회의 자료를 준비해야 했다. 이번 프로젝트만 끝나면 그래도 여유가 있을 텐데. 숄더백을 쥔 손에 힘이 들어갔다.

오늘도 하루의 시작이다.

"여기. 시약 리스트."

툭. 책상에 업무용 바인더가 던져졌다. PC로 작업을 하고 있던 경원이 눈살을 찌푸렸다. 실험에 사용되는 업체별 시약 리스트였다. 고갤 들자 연구팀 허서은이 삐딱하게 서서 자신을 내려다보고 있었다.

"생각보다 빨리 완성해 주셨네요."

"하도 읇는 소리를 해 대니까 눈치가 보여서 말이지."

상대의 말에 가시가 박혀 있었다. 경원은 눈앞에 업무 자료가 던져졌을 때부터 기분이 나빴지만 감정을 드러내지 않으려 노력했다. 최대한 침착한 손길로 바인더를 들춰 보았다. 그래도 선임급 연구원이라고 정리는 제법 깔끔하게 잘해 온 것 같았다.

"고마워요. 2차 시약 리스트도 다음 주 중으로 주세요. 위에서 서두르길 바라셔서 저도 어쩔 수가 없네요."

"난 경원 씨가 참 대단한 것 같아. 이렇게 융통성 없이 혼자 일을 하면, 다른 직원들이야 눈치는 보이겠지만 회사 입장에선 최고의 인재잖아. 덕분에 대표님도 직원들의 야근이 당연한 줄 알고, 주말도 없이 업무를 처리하는 게 기본이라 생각해 주시니까. 아무튼 대단해."

한껏 비꼬아진 말투였다. 회사에서 눈엣가시로밖에 보이지 않는다는 뜻이겠지.

그녀는 바인더를 덮고 다시 작업에 몰두했다. 일일이 대꾸한들 감정 소모밖에 되지 않았다. 태연하게 키보드를 두드리기 시작했지만 경원은 내심 속이 쓰렸다. 특히 '융통성 없이'라는 구절에선 짜증이 솟구쳤다.

"허 박사님, 왜 저래요?"

서은이 또각거리는 구두 굽 소리를 내면서 멀어지자 상황을 지켜보던 정 주임이 파티션 너머로 고갤 내밀었다.

"내가 싫은가 봐. 융통성 없이 일만 해 대서."

"두 분, 이번에 같은 프로젝트 팀 아니에요? 그래서 저러시나? 원래 좀 예민하기로 유명하잖아요. 너무 신경 쓰지 마세요."

"그래야지."

이럴 때마다 제 편을 들어주는 정 주임이 고마웠다. 회사에서 한 명이라도 제 편이 있는 것에 스스로를 위로했다.

"오늘 점심 뭐 드실래요? 사내 식당 말고, 오랜만에 밖에 나가서 먹을까요?"

"아, 그럴까?"

"날도 풀렸는데 그렇게 해요. 다른 분들한테도 물어볼게요."

직장인들의 하루 중 가장 기대되고 설레는 점심시간. 정 주임이 같이 점심을 먹는 멤버가 있는 메신저 방에 글을 올렸다. 같은 사무실 안인데도 서로 친밀감을 유지하는 멤버는 정해져 있었다. 그들은 종종 온라인상으로 이야기꽃을 피웠다. 점심 메뉴나 최근에 이슈화된 각종 화제들이 주로 오갔다.

작업하면서 틈틈이 메신저 내용을 확인하던 경원은 피식하고 웃었다. 그러던 중 달갑지 않은 새로운 메시지가 도착했다. 모친에게서 온 연락이었다.

〈점심때 회사 앞으로 가마.〉

올라갔던 입꼬리가 내려왔다. 오늘 점심에는 은행에 들러서 입금해 주기로 한 약속이 떠올랐다. 그새를 못 참고 여기까지 오겠다는 건가. 그런 이유가 아니라면 모친이 점심시간에 친히 이곳까지 찾아올 일은 없었다.

경원은 반사적으로 한숨을 내쉬었다. 종종 경원이 생존 신고하듯 본가를 방문하던지, 모친이 직접 그녀를 찾아오곤 했다. 물론 모친이 찾아올 경우에 이유는 언제나 금전적인 내용이 주원인이었다.

이마를 짚으면서 현재 시각을 확인했다. 지금쯤이면 벌써 출발을 했을 터였다.

"정 주임, 나 오늘 점심 따로 먹어야겠다. 엄마가 회사로 오신다고 하네."

"아, 정말요? 알겠어요. 어머니하고 사이좋으신가 봐요?"

"응, 뭐."

마땅히 대꾸할 말이 떠오르지 않았다. 남들이 보기엔 그저 사이가 좋은 모녀지간이었다. 학생 때부터 모친의 식당 일을 도와주러 갔을 때도 식당 아주머니들이나 손님들이 모두 그렇게 말했다.

모녀지간이 참 보기가 좋다고.

그런 소릴 들을 때마다 모친은 부정하지 않으며 오히려 자신이 제일 예뻐하는 첫째 딸이라고 부풀려 말했다. 그래도 가족이니까 외면할 수도, 미워할 수도 없었다. 어렸을 땐 정말 내가 과연 이집 핏줄은 맞는 건지 의심해 본 적이 한두 번도 아니었다. 모친은 동생들과 자신을 너무 다르게 대했다. 그녀에겐 늘 바라는 게 많았고, 그걸 당연하게 생각했다.

어째서 항상 내게만 이러는 걸까, 하고 의구심마저 들던 때가 있었다. 단지 장녀에게 바라는 마음이 너무 크기 때문인지, 아니면 깨물었을 때 그냥 아프기만 한 손가락인지.

"얼른 먹고 은행 가자. 너 보안 카드 재발급 받아야 한다며."

점심시간, 회사 앞 상가 식당으로 모친과 식사를 하러 왔다. 밑반찬으로 나온 나물을 깨작거리던 경원은 탐탁지 않게 고갤 끄덕였다.

"얘가 음식을 누가 그렇게 먹어? 복 달아나게."

"아빠는 좀 어떠셔? 디스크 때문에 검사 받았다며."

"수술할 정도는 아닌데 꾸준히 치료받으러 나오란다. 하여간에 돈 나갈 구멍이 한두 군데가 아니야."

모친은 어떤 내용이든 간에 기승전 '돈'으로 얘기를 끝냈다. 내성이 생긴 탓인지 경원은 묵묵하게 젓가락을 움직였다.

"경아는? 어제도 외박했어?"

"그 계집애, 말도 꺼내지 마! 만나는 놈 보니까 생김새도 그렇고 능력이 변변찮더라. 그러다 애라도 배서 올까 봐 걱정이야."

"능력은 그렇다 치고 생김새는 무슨 상관이야?"

"아니, 경아 걔가 어디 가서 딸리는 외모니? 내 새끼라서

가 아니라 요즘 TV에 나오는 연예인들보다 경아가 훨씬 예쁘더라. 대학도 그럭저럭 괜찮은 데 다니고 있고 학력까지 받쳐 주잖아."

경원은 모친의 말에 실소를 머금었다. 아무리 편애를 한다지만 장녀와 차녀를 바라보는 관점이 이렇게 다를 수가 없었다. 경아는 어렸을 때부터 금이야 옥이야, 귀하게 자란 둘째였다. 삼 남매 중 막내인 경수는 성별이 남자라서 또 금이야 옥이야, 하고 자랐지. 덕분에 첫째로 태어난 경원만 차별 아닌 차별 대우를 받고 자랄 수밖에 없었다. 다른 집에선 장녀가 사랑받는다던데.

경원은 모친이 투덜투덜 말하는 걸 들으며 속으로는 또 시작이란 생각을 했다.

"요즘 명문대 나와도 취직을 못 해서 취업 준비만 하는 사람들 많아. 그러다 공무원 하겠다고 고시원 들어가는 경우도 있고. 경아한테 들어보니까 그 남자 친구는 나름 평범한 것 같은데 너무 타박하지 마."

"그래서 넌 명문대 졸업해서 대기업에 들어가 놓고 왜 때려치우고 나온 거니? 내가 아직도 그것만 생각하면, 어휴! 월급이 두 배야, 두 배!"

"그 얘기는 하지 말라고 했잖아."

경원은 젓가락을 내려놓았다. 입안이 까끌거려 식욕을 잃었다.

"아니면 그때 누구냐. 그 돈 많은 동창이나 꼬셔서 시집이나 갈 것이지. 계집애가 쓸데없이 콧대만 높아서는 다 된 밥에 재를 뿌려 놓치기나 하고. 네 주제에 언제 그런 놈을 만나?"

"엄마!"

경원이 참다못해 언성을 높였다.

"그만해. 내 직장까지 찾아와서 돈 애길 꺼냈으면 그걸로 된 거 아니야? 도대체 얼마나 더 참아 주길 바라는 거야?"

"얘가, 왜 그 녀석 얘기만 꺼내면 발끈하고 그래? 알았어, 밥이나 먹어. 눈에 쌍심지 켜지 말고."

경원은 숨을 가다듬으며 창밖으로 시선을 돌렸다. 만날 때마다 반복되는 말다툼이 싫었다. 차라리 거리를 두는 편이 나았다. 무리를 해서라도 자취 생활을 시작한 계기도 이런 이유였다. 가족을 가까이하면 할수록 오히려 자신만 괴로워질 뿐이었다.

모친은 별일 없었다는 듯이 고상하게 식사를 시작했다. 하지만 그것도 잠시뿐이었다. 점심시간이 끝나기 전에 은행에 들러야 한다며 재촉하는 바람에 경원은 끝내 밥을 반도 비우지 못하고 일어나야 했다. 싸늘한 얼굴로 계산대로 향한 경원은 한숨을 내쉬었다.

"여기서 보네?"

결제를 위해 종업원에게 카드를 내밀던 순간, 갑작스레 느

껴지는 인기척에 숨이 멎을 뻔했다. 입구를 통해서 들어선
낯익은 누군가가 제게 서슴없이 말을 걸었다. 경원은 그대로
바싹 굳어 섰다. 이 순간 가장 마주하고 싶지 않은 사람과 만
나고 말았다.

"뭘 그렇게 놀라?"

"여긴 왜……."

"왜긴. 점심 먹으러 왔지. 안에 일행이 있어."

시운이 뭐가 문제냐는 듯 어깨를 으쓱했다. 하지만 경원은
그와 여유롭게 인사를 나눌 상황이 아니었다. 모친이 계산대
를 향해 다가오고 있는 모습을 본 경원은 질끈 눈을 감았다.

"어머, 너 시운이 아니니?"

이름 정돈 잊은 줄 알았는데. 모친 입에서 그의 이름이 나
오자 경원은 감탄할 지경이었다.

"어? 어머니! 여긴 어쩐 일이세요?"

"맞구나, 맞아! 우리 시운이가 맞아!"

우리 시운이? 경원은 쥐구멍에라도 숨고 싶었다. 차라리
이 몸뚱이가 수증기가 되어서 공기 중에 흩어져 버렸으면.
오전에 사무실에서 듣기로는 타 지역의 거래처와 점심 약속
이 있었다. 때문에 혹시나 하는 불안감을 떨쳐 내고 모친을
만나러 나올 수 있던 건데. 어째서 그가 버젓이 이곳에 나타
나 제게 알은체를 한 걸까.

"어쩜 여전히 아름다우세요? 잘 지내셨죠?"

"우리 시운이를 여기서 다 보네! 외국으로 유학 갔다더니, 이제 돌아온 거니? 언제 왔어? 세상에나, 더 멋있어진 거 봐. 너 멀리서 보고 연예인인 줄 알았어!"

"말씀이라도 고맙습니다. 저 완전히 한국에 들어왔어요. 들어온 지는 얼마 안 됐습니다. 언제 인사 한 번 드리러 찾아뵐 생각이었는데, 여기서 뵙게 되네요. 식사는 다 하신 거세요? 어머니 오시는 줄 알았으면 제가 더 좋은 곳에서 대접해 드렸을 텐데. 경원아, 왜 얘기 안 했어?"

"말 예쁘게 하는 건 여전하구나? 겉모습은 더 근사해졌고. 호호호."

경원은 듣다못해 모친의 팔을 잡아끌었다.

"가요. 나 점심시간 끝나겠어."

"잠깐만. 시운아, 그런데 너야말로 여긴 어쩐 일이니? 난 우리 경원이 회사가 요 앞이라 잠깐 들른 건데. 네가 다니는 회사도 이 근처니?"

"엄마, 은행 간다며."

경원이 낮은 어조로 말했다. 경고의 의미였다. 이곳에서 더는 시간을 지체할 수가 없었다. 점심시간이 문제가 아니라 모친과 시운의 재회를 오래 두고 볼 수가 없기 때문이었다.

"제가 다음번엔 제대로 자리 마련하겠습니다."

"아, 그래. 일행이 있지? 얼른 들어가 봐. 암튼 너무 반갑다, 얘."

"저도요, 어머니. 빠른 시일 내로 꼭 찾아뵙겠습니다."

누구 마음대로? 경원은 그를 홱 노려보고는 모친을 데리고 문밖을 나섰다. 하고 많은 날 중에서 하필이면 오늘, 이 두 사람의 재회는 정말 원치 않았는데. 세상에 제 마음대로 되는 일이 어쩜 이리 하나도 없을까.

밖으로 나오자마자 모친이 붙들린 팔을 쳐냈다.

"아파, 이 계집애야! 비쩍 마른 게 힘은 장사네. 쟤 한국 들어왔다고 왜 말 안 했어?"

"아무 사이도 아니니까. 이제 친구도 아니야. 절교했어. 쟤도 오랜만에 엄마 보니까 민망할까 봐 저런 거야. 제발 부탁이니까 괜한 오해 좀 하지 마."

"오해는 무슨. 딱 보니까 시운이는 그대로네."

"쟤가 원래 가식적이어서 그래. 이제 나하고 상관없으니까 엄마도 제발 잊어."

모친은 시운을 처음 봤을 때부터 마음에 들어 했다.

그가 경원과 같은 대학으로 진학하게 되어 한창 붙어 다녔을 무렵이었다. 어느 날, 시운이 주말에 집 앞으로 차를 몰고 그녀를 데리러 왔었다. 갓 스무 살 난 남학생이 끌고 다니는 것치고는 값비싼 외제차라 모친의 호감을 잡아끌었다. 또래 놈들과 다르게 귀티가 나는 것은 물론, 서글서글하니 인상도 좋아 보였을 것이다. 거기다 고등학교 때부터 동창이라고 하니 더욱 마음이 갈 수밖에 없었다.

"정신 차려, 이 미련한 것아. 네 주제 좀 생각해."

"엄마."

하지만 경원은 모친이 어떤 속내로 시운을 마음에 들어 하는지 뻔히 알았기 때문에 이 자리를 피하고 싶었다.

"너 그러다 내 팔자처럼 돼. 뭔 말인지 몰라? 자존심만 세가지고."

"엄마가 이미 내 인생을 망치고 있어!"

"뭐?"

경원은 모친을 뒤로하고 빠르게 걸음을 옮겼다. 얼굴에 잔뜩 열이 올랐고 홧김에 코끝이 시큰거렸다.

"어디 가! 은행 저쪽에 있는데!"

말이 통하지 않는 엄마가 싫었다. 자신의 의지와 상관없이 그와 엮이는 상황도 싫었다.

"일처리를 어떻게 하는 거야! 정신 나갔어?"

오후, 사무실에서 양 팀장의 언성이 높아졌다. 그 앞엔 은영이 마치 죄인인 양 고갤 숙이고 있었다. 소란스런 소리에 팀원들의 시선이 일제히 집중되었고, 경원도 파티션 너머로 두 사람을 지켜봤다.

"네가 아직도 신입이야? 주임이나 되어 가지곤 말이야! 신입도 안 하는 실수를 해?"

"죄송합니다."

사소한 착각으로 인한 실수였다. 승인 처리해야 할 업체를 혼동한 것이었다. 바로 정정해서 진행했지만 상사가 받아들이기엔 분개할 일이었다.

정 주임이 고갤 조아리는 모습이 보였다. 경원은 잠자코 지켜보다가 인상을 굳혔다. 다른 팀원들이 보는 앞에서, 게다가 저보다 직급이 낮은 사원이 있는데도 불구하고 정도가 심하다 싶었다.

"가뜩이나 바빠 죽겠는데 말이야. 업체한테서 귀찮게 전화나 받게 하고!"

"팀장님."

보다 못해 경원이 자리에서 일어섰다. 양 팀장은 그새 얼굴이 붉으락푸르락해져서 열을 내고 있었다.

"뭐야, 넌?"

"다른 팀원들도 보는데 그만하시죠. 정 주임도 원래 이런 실수 안 하잖아요."

"이경원이, 지금 네가 나설 데냐?"

정 주임이 입 모양으로 괜찮다며 경원을 향해 신호를 보냈다. 하지만 그녀는 이미 자리에서 일어나 팀장 앞으로 걸음을 옮기고 있었다.

"보는 사람이 더 민망해요. 그만하세요. 제가 대신 따끔하게 얘기할게요."

"뭔데 대리 주제에 나서냐고?"

"저 은영 씨 사수잖아요. 봐주세요."

팀장을 달래기 위해 경원이 애써 웃었다. 나름 3년 차 대리인데 '너'라고 불린 것에는 자존심이 상했지만 이런 때에 하극상을 보일 순 없었다. 자신이 욱하면 오히려 정 주임만 난감할 것이다.

"제가 알아서 잘 얘기할 테니까 바쁘신데 그만하세요. 저이러는 거 팀장님한테 배운 겁니다. 팀장님이 제 사수셨잖아요."

경원은 등 뒤로 정 주임을 향해 손짓을 보냈다. 그러자 정주임이 팀장에게 다시 꾸벅 고개를 숙였다.

"이 화상들."

"커피 한 잔 드시고, 그만 노여움 푸세요. 정 주임, 가서 팀장님이 좋아하는 커피 한 잔 부탁할게요."

웃는 얼굴에 침 못 뱉는다는 말이 맞았다. 노발대발하던 양 팀장이 탐탁지 않은 시선으로 경원을 노려보았다. 팀원들이 모두 주목하고 있었다. 그는 마지못해 고갤 돌렸다.

"똥 밟았다 생각해요. 상처 받은 건 아니지?"

경원은 정 주임을 뒤따라 휴게실로 왔다. 팀장이 사용하는 전용 머그잔에 커피 믹스를 털어 넣던 정 주임이 시무룩한 얼굴로 말했다.

"대리님, 고마워요."

"요즘 잠잠하다 싶었어. 양 팀장 히스테리에 정 주임이 괜한 희생양이 된 거야. 너무 마음에 담지 마."

"저 때문에 괜히 대리님이 찍히시는 거 아녜요?"

"팀장님은 원래 나 안 좋아해. 상관없어."

경원은 정말 아무래도 상관없었다. 자신이 이번 프로젝트 건을 맡은 후부터 팀장의 온 이목이 집중된 터라 어찌 되든 상관없었다. 그저 정 주임을 보기에 안쓰러운 마음이 컸을 뿐. 남을 생각할 겨를도 없다고 생각했는데 막상 눈앞에 보이는 상황을 무시할 수 없었다.

"참, 대리님."

"응."

"저, 혹시⋯⋯."

정 주임이 조금 뜸을 들였다.

"점심때, 상무님 만나셨어요?"

"어?"

"아니, 아까 점심때요. 제가 사무실에서 마지막으로 나왔는데, 상무님이 대리님 어디 가셨는지 여쭤시더라고요."

경원은 미간을 찌푸렸다.

"어머니가 오셔서 따로 가셨다고 알려 드렸는데."

"아, 상무님한테 컨펌 받기로 한 자료가 있었거든. 그래서 찾으셨나 보네."

정 주임의 말에 모든 퍼즐이 맞춰졌다. 그는 자신이 엄마와 만나는 것을 미리 알고 점심시간에 우연을 가장해 나타났던 거였다.

자리로 돌아왔지만 일이 머릿속에 들어오지 않았다. 복잡한 수식으로 얽혀 있는 현황 파일을 모니터에 띄어 놓고 경원은 한참 동안 멍하니 있었다.

정말 우연이었다는 듯이, 우연이지만 인연이라는 듯이 반갑게 인사를 건네던 그가 떠올랐다. 모친이 어떤 반응을 보이며 반가워할지, 모두 예상하였을 터였다. 자신이 얼마나 당혹스러워할지도 분명 알고 있었다.

화를 내야 할까? 아니면 무시가 답일까. 6년 전이나 지금이나 수법은 비슷했다. 그 삐뚤어진 애정 표현에 몇 번이나 질겁했던 기억이 났다.

시운은 가지고 싶은 건 언제든 쉽게 가질 수 있었다. 갖고 싶다 마음먹으면 무슨 수를 써서라도 꼭 그것을 가져야만 했다. 그러다 제 마음처럼 안 되는 게 생겼으니 애가 탔을 테지. 관심을 받고 싶은데 자꾸 외면하고 무시하니까 미치겠는 거겠지.

경원은 실소를 머금었다. 분명 사랑은 아니었다. 절대 그가 사랑을 아는 남자라고 생각하지 않았다. 그래 봤자 백마 탄 왕자님 같은 꼴사나운 짓거리는 못 할 테니까. 6년 전이나 지금이나 달라진 게 없는 현실이었다. 그가 이런 식으로 저를 난감하게 만들 때마다 화가 났다. 기대하게만 하고, 정작 기댈 수 없는 사람이면서.

"무슨 일 있어요?"

누군가 인기척을 내 고개를 돌리니 지원이 서 있었다.

"점심 먹고 몸이 나른해져서 졸 뻔했어요. 뭐 요청할 거 있어요?"

"선일바이오 용도 설명서 원본 좀 확인하려고요. 괜찮아요? 안색이 너무 안 좋은데요."

"그래 보여요?"

그의 말이 경원은 괜스레 제 뺨을 만지작거렸다. 기분 탓인지 피부가 더 푸석푸석해진 것 같았다.

"너무 무리하신 거 아니에요? 허 박사님 프로젝트 건 맡으셨다면서요."

벌써 연구팀 전체에도 소문이 난 모양이었다. 경원은 쓰게 웃으며 바인더를 뒤적거렸다.

"무리하는 중이긴 해요. 일정도 너무 빡빡하고. 이거 원본으로 보여 드리면 돼요? 선일바이오랑 재계약하려나 봐요?"

태연해 보이기 위해 밝은 목소릴 냈다. 되도록 회사 안에선 개인적인 감정을 숨기고 싶었다.

"기운 내요. 도움이 될 일 있으면 언제든 말하고요."

그가 나지막이 말했다. 저를 보는 그의 시선에서 진실함을 느꼈다.

"고마워요. 다른 여직원들이 엄청 샘내겠는데요?"

웃으며 넘겼지만, 잠깐이나마 설렐 뻔했다. 부드러운 눈빛에 마음이 흔들려 제 힘든 사정을 모두 털어놓을 뻔했다. 왜 모두가 그를 좋아하는지 알겠다. 마음이 혹할 수밖에 없는 사람이었다. 어느 누구처럼 말이다.

쓸쓸하게 웃어넘긴 경원은 다시 업무에 몰두했다. 오늘은 유난히 긴 하루였다.

"다들 간만에 곱창에 소주 한잔 어때?"

"좋은데요? 이 대리님도 같이 가요."

오랜만에 경원도 칼같이 퇴근 준비를 하고 있을 때였다.

"난 패스. 다음에요. 오늘은 좀 피곤하네."

퇴근 후에 회포를 풀기 위해 모여든 팀원들에게 경원은 적당히 거절의 표시를 보였다. 그들과 웃으며 술잔을 기울일 기분이 아니었다. 저만의 아늑한 공간으로 돌아가고 싶었다.

"그럼 내일 봬요."

회사 앞에서 그들과 헤어지고 경원은 날씨가 좋아서 조금 걷기로 했다. 평소처럼 지하철이 아닌 버스 정류장이 있는 곳으로 걸음을 향했다. 선선한 저녁 바람이 이마를 스쳤다. 오늘도 어김없이 의미 없는 하루가 저물어져 갔다.

업무 과다에 치열한 회사 생활, 차라리 남이었으면 하는 피붙이 가족. 피붙이든, 남이든 다루기에 항상 어려움은 있었지만. 머릿속엔 온통 부정적인 단어들만 나열됐다. 제

인생이 그랬다. 항상 꿈보단 돈이었고, 희망보단 부정이 더 많았다.

언제부터였을까. 원래의 꿈은 글을 쓰는 작가였다. 아주 어렸을 때부터 작가가 되는 것이 꿈이었다. 대학도 국문학과로 진학하였고, 초반에는 각종 공모전에 참가해서 수상을 받았을 정도로 나름대로 전망도 있었다.

하지만 어느샌가 회사 생활에 찌들어 있었다. 제 꿈이 무엇이었는지, 진짜 하고 싶었던 일이 무엇이었는지 그 간절함을 잊고 사는 중이었다.

남들이 선망할 만한 대기업에 입사하고 보니 제 꿈에 대한 간절함은 사그라들었다. 첫 직장에서 겪은 일들은 최악이었다. 이력서에 경력 사항으로 간신히 한 줄을 채우기 위해 꾸역꾸역 1년을 버티다 그만두었는데, 휴식을 얼마 갖지도 못하고 곧장 지금의 직장을 다니게 되었다.

학교를 졸업하고 시작된 연이은 회사 생활에 어느새 다른 일은 꿈도 꿀 수 없는 지경이 되었다. 나이가 들어가니까 새로운 돌파구를 찾는 것보다 지금의 생활에 안주하는 일밖엔 할 수 없었다. 거래처를 관리하고, 프로젝트 자료를 준비하고, 상사의 비위를 맞추는 것. 점점 노련함이 생겨 더욱 현실에서 벗어나기가 어려웠다.

정확히는 그 현실을 깨고 싶지 않았다.

한창 저만의 공백에 빠져 있는데, 뒤에서 헤드라이트가 비쳤다. 눈이 부셔 반사적으로 몸을 튼 그녀가 눈살을 찌푸렸다. 환한 빛이 노골적으로 자신을 비추고 있었다.

"타. 집까지 태워 줄게."

열린 창문 틈으로 시운이 고갤 내밀었다. 뻔뻔하신 그분의 등장이다. 산통이 깨지는 기분이 들었다.

"아는 얼굴 보이기 전에 얼른 타."

아는 얼굴 중에 가장 꼴 보기 싫은 사람이 저한테 생글거리고 있었다. 주변의 눈치가 보여 하는 수 없이 보조석에 올라탔다.

어디서부터 얌체같이 제 뒤를 쫓아온 건지. 경원은 창밖에 흘러가는 사람들을 보면서 차분하게 입을 뗐다.

"서로 조심하자고 얘기했을 텐데. 너같이 제멋대로인 사람한테 무리한 부탁을 했나 봐."

그녀의 비꼬아진 말을 듣고도 그는 운전대를 잡은 채 빙긋 웃었다.

"제멋대로여도 자존심 하난 끝내주는데, 이상하게 너한텐 자존심이 안 서네. 집이 어느 쪽이야? 가기 전에 근처에서 저녁이나 같이 먹자."

"정 주임한테 들었어. 점심때 우리 엄마 오신 거 알고 있었지?"

일부러 담담하게 얘기했다. 괜히 관심 받았다고 생각할까 봐.

"그래. 오랜만에 뵈니까 반갑더라. 어머니도 여전히 날 좋아하시는 것 같고."

"내가 회사를 그만두길 바라나 봐. 너 하는 행동이 그래."

신호에 걸려 차가 잠시 정차했다. 무수한 인파가 횡단보도를 건너기 위해 우르르 몰려나왔다. 이 시간엔 언제나 차도 많고 사람도 많았다. 직장인들의 퇴근 시간이 겹친 탓이었다. 신호를 대기하면서 운전대를 두드리던 시운이 빤히 옆자리를 보았다.

"곰곰이 생각해 봤는데 말이야. 너 나 좋아할까 봐 피하는 거지? 친구가 아니라 이성으로."

무심하게 창밖으로 던져져 있던 그녀의 시선이 어느새 그에게로 향했다. 보고 있으면 빠져들 것만 같은 짙은 초콜릿색 눈동자에게.

난 널 그래서 미워해.

경원은 부정도 긍정도 하지 않은 채로 그의 눈빛을 받아냈다.

"아니면 뭐가 두려워서 날 피하는 거야? 난 항상 널 위해서 할 수 있는 건 다 했어. 네 가족을 내 가족보다 더 챙겼고, 네가 만나자고 하면 다른 선약이 있어도 무시하고 너한테 달려갔어. 그런데도 내 정성이 부족했던 거야?"

"그런 네 정성이 부담스러운 거야. 왜 그렇게 나한테 집착해? 그래서 네가 원하는 게 뭐야? 질척거리지 않는 섹스 파트너, 혹은 마음을 터놓을 친구 사이?"

빠앙. 어느새 신호가 바뀌었는지 뒤차가 클랙슨 소릴 냈다.

"아니. 나도 너처럼 마음이 변했어."

그가 정면을 보면서 액셀을 밟았다. 생각지 못한 뒷말이 이어졌다.

"그런 거 말고, 애인 할까?"

그를 바라보던 경원의 눈이 커졌다. 어떤 저의로 그런 소릴 하는지 납득할 수 없었다. 무슨 꿍꿍이속이지.

말끝에 물음표가 붙었으니 분명한 제안이었다. 이렇게 생뚱맞고 유치하게 느껴지는 제안은 처음이었다.

"뭐? 너 미쳤……."

"어제 선을 봤는데 말이야. 한성병원 막내딸이더라고. 외모는 요즘 잘나가는 여배우를 닮았고, 성격은 천생 여자야. 옷 입는 스타일도 딱 내 취향이었고 몸매는 잡지 모델처럼 끝내줬지. 나올 땐 나오고, 들어갈 땐 들어가고."

"그래서 뭐 어쩌자는 거야?"

"그렇게 완벽한 이상형인 여자를 눈앞에 두고도, 머릿속엔 자꾸 네가 떠오르더라."

"……."

"오늘도 하루 종일 내 머릿속을 돌아다녔어."

투둑. 손에 쥐었던 휴대폰이 발밑으로 떨어졌다. 미쳤다.

머리가 돈 게 분명했다. 그래서 이 남자가 지금 헛소릴 하고 있는 거야.

경원은 몸을 뒤로 빼고 그를 노골적으로 훑어보았다. 의심에 찬 눈초리가 구석구석 시운의 겉모습을 훑었다.

"자꾸 내가 무시하니까 방법을 바꿨어? 그렇게 나한테 관심 받고 싶니? 미쳤어?"

"너한테 관심 받고 싶어서 미치겠는 건 맞아."

맙소사. 경원은 경악에 차서 그를 보았다.

"연구팀 최지원하고 사귄다는 거 거짓말이지? 영 아닌 것 같던데."

"거짓말한 적 없어. 네가 그 사람으로 착각한 거지."

"그럼 맞네. 아닌 거."

그가 씨익 입꼬리를 올려 웃었다.

"다행이다. 진짜 줄 알았는데."

아뿔싸. 시운의 말장난에 넘어가고 말았다. 경원은 잔뜩 상기되어 그를 노려보았다.

잠시 뒤, 불판 위에 알맞게 익은 고기 한 점이 접시에 놓였다. 경원은 제 앞에 놓인 접시와 맞은편에 앉은 남자를 번갈아 보았다. 어쩌다 보니 그의 손에 이끌려 저녁상까지 마주하게 되었다. 시운은 한 손엔 집게를 들고, 고기가 익는 족족 접시로 갖다 바쳤다.

"얼른 먹어 봐. 너 고기 좋아하잖아. 냉면도 시킬까?"

"혼자 먹어. 입맛 없어."

"에이, 인상 좀 펴라. 너무 대놓고 그러면 서운하잖아."

재촉하기에 못 이기는 척 젓가락을 들었지만, 그래도 입맛이 나지 않았다. 애꿎은 밑반찬만 몇 번 툭툭 건드리다 경원은 다시 젓가락을 내려놓았다.

"이런다고 우리 사이가 전처럼 되진 않아. 난 분명 얘기했어. 너하고 다시 가까워질 생각 없다고."

"그 생각 내가 바꿀 거야. 나도 마음먹었다고 얘기했잖아."

"어디 한번 해보자는 거야? 너 그렇게 한가한 사람이니?"

"한가하진 않은데, 너한테 내는 시간은 아깝다고 생각해 본 적 없어."

그간 무시당한 일 따위 다 잊었다는 듯이 여유가 넘쳐 보였다. 애인이 따로 없다는 것에 확신을 받고 더 기가 편 듯싶었다. 그렇다고 해서 이미 멀어진 사이가 가까워질 가능성이 있는 것도 아닌데. 단단히 착각을 하고 있었다. 경원은 시운이 다시 예전으로 돌아갈 가능성 따위를 생각한다는 게 마음에 들지 않았다. 이미 6년 전, 그가 떠남과 동시에 닫힌 문이었다.

"난 아닌데. 너와 마주치는 순간들이 너무 아까워. 내 소중한 시간이 쓸데없이 소비되는 것 같아서."

"괜찮아. 안 아깝게 여겨지도록 노력할게."

"노력한다고 해서 다 될 줄 알아? 하긴 네가 못 하는 게 어디 있겠어. 그 약삭빠른 머리는 절대 못 따라가지."

한껏 비꼬아진 말투에도 그는 동요할 기미를 보이지 않았다.

시운은 그녀가 터놓는 불만이든 잔소리든, 일단 이렇게 마주 보고 있을 수 있는 게 좋았다. 일부러 상처 주려는 말만 골라서 하고 서늘한 눈빛을 보내는 것이 느껴졌지만 그래도 좋았다. 주고받는 말들이 갈수록 길어지고 있으니까. 그마저도 가능성으로 생각했다.

이렇게까지 해서 경원과 다시 가까워지고 싶은 건, 스스로도 납득하긴 어려웠다. 단지 추억을 돌이키고 싶어서는 아니었다. 그녀가 친구가 아닌 이성으로 제 곁에 머물게 된다면 어떤 느낌일지 궁금해졌다. 맞선 상대를 앞에 두고도 자꾸만 그런 생각들이 머릿속을 헤집었다. 계속 생각이 나서 보고 싶고, 말을 걸고 싶고, 만지고 싶어졌다. 그래서 그녀에게 다가가려 마음을 먹었다. 이젠 예전처럼 그저 친구나 몸을 섞는 사이가 아닌, 마음을 나누는 사이가 되고 싶어서.

"우리 연애하자."

말을 내뱉음과 동시에 그녀의 두 눈이 커졌다. 고양이같이 앙큼하게 긴 눈매가 커지는 모습이 귀엽다고 생각했다.

"나도 언제까지 이런 식으로 널 귀찮게 할진 장담 못 해.

넌 온갖 악담을 퍼부어서라도 날 멀리하고 싶겠지만, 난 별로 상관없을 것 같거든. 확신이 있어서랄까. 네가 진심으로 그렇게 모진 생각을 할 사람은 아니니까. 일부러 지어내서 하는 소리 같단 생각이 드니까 별로 자극이 안 돼. 오히려 귀엽지."

"나랑 뭘 하자고?"

"너랑 제대로 만나 보고 싶어."

그녀의 굳어지는 얼굴을 보고도 시운은 얌전히 턱을 괴었다. 진짜 귀엽네.

"연애하자, 우리."

음식을 아직 입에 대지 않아서 다행이지, 그녀는 하마터면 헛구역질을 할 뻔했다. 경원은 진심으로 그가 과연 제정신인지 의심하게 되었다. 안 그럴 것 같은 남자가 그런 소릴 하고 있으니까. 듣고도 믿기지 않았고, 믿겨도 믿을 수 없었다.

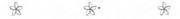

어처구니가 없는 소릴 들은 뒤로 경원은 며칠 동안 어떤 방법으로든 회사에서 그를 멀리하기 위해 노력했다. 하지만 너무 한정된 공간인 데다가 마주칠 일이 하루에도 수없이 벌어졌다.

같은 회의실에서 눈이 마주칠 때마다 그는 눈병이라도 난 사람처럼 한쪽 눈을 찡그렸다. 처음엔 식겁해서 하마터면 소리릴 내지를 뻔했다. 저한테만 보내는 신호인 것을 알아채고도 어찌나 식은땀을 흘렸는지 모른다.

그뿐이랴, 점심때마다 우연을 가장해서 같은 곳에서 자리를 잡고 식사를 했다. 밥이 입으로 들어가는지, 코로 들어가는지도 분간이 안 가 점심시간이 끔찍했다. 괜스레 사원들의 눈치를 보는 건 오로지 그녀의 몫이었다.

부임한 지 얼마 안 된 상무와 대리일 뿐인 그들 사이를 눈여겨보는 이는 없었지만 그런데도 마음을 졸였다. 업무 과다로 받는 스트레스보다 그와 마주치는 일이 더한 스트레스가 되는 지경이었다.

"땡큐."

점심이 지난 오후, 커피 머신으로 갓 내린 커피를 누군가 염치도 없이 낚아챘다. 경원은 기가 막혀서 시운을 노려보았지만 함께 있는 정 주임 때문에 아무 말도 하지 못했다. 상사가 차례도 지키지 않고 자신의 커피를 가져갔다고 뭐라 쏘아붙일 순 없는 노릇이었다. 커피를 빼앗고 유유히 휴게실을 빠져나가는 그의 뒷모습에 소리 없이 저주를 퍼부었다.

정말 미친 거다, 권시운. 미쳐도 단단히 미쳤다.

"권 상무님, 은근히 능구렁이 같은 면이 있으신 것 같아요."

"은근히가 아니지."

경원은 다시 머신에 캡슐을 넣으며 정 주임의 말에 대꾸했다. 은근히가 아니라 완전 능구렁이지, 저거. 화딱지가 나서 죽겠다.

"그래도 멋있지 않아요? 직급에 비해서 권위적이지도 않고. 전무님도 권 상무님한테는 꼼짝 못 하시는 거 같더라고요. 참, 대리님. 이따가 재단으로 미팅 나가시죠?"

"응. 안 그래도 미팅 자료 준비하느라고 정신없었어."

"그래도 좋겠어요. 권 상무님하고 같이 가시잖아요."

"뭐?"

영문 모를 불안한 소리에 경원이 눈살을 찌푸렸다.

"재단에 권 상무님도 가시잖아요."

"나 양 팀장님하고 같이 가는데?"

"아까 상무님이 저한테 재단 자료 받아 가셨는데……."

경원이 예상외의 반응을 보이자 정 주임이 확신을 갖지 못하고 말끝을 흐렸다. 고개를 갸웃거리는 그녀 때문에 경원은 말문이 막혔다.

커피가 새로 받아지자마자 휴게실을 나선 경원은 곧장 팀장이 있는 자리로 향했다.

"팀장님!"

"깜짝이야. 뭐야, 누가 쫓아와?"

휴대폰을 손에 쥐고 게임에 빠져 있던 양 팀장이 화면에서 시선을 떼지 않고 말했다.

"오늘 4시에 잡힌 재단 미팅, 팀장님하고 저만 가는 거 맞죠?"

"거기서 더블이 나오면 어쩌냐, 더블이! 하여간에 개나 소나 다 현질을 해 가지곤. 이길 수가 없네, 아주."

"팀장님!"

"아, 나 말고 상무님이 가실 거야. 가면서 미팅 자료 만든 거 설명해 드려."

"네?"

팀장이 심드렁히 대꾸했다. 정 주임의 추측이 사실이었던 거였다. 오전까지만 하더라도 분명 팀장과 동행하기로 정해진 외부 스케줄이었다. 어느 틈에 수를 쓴 건지 경원은 다시 말문이 막혔다.

"에헤이! 또 졌네, 또 졌어!"

그러거나 말거나 양 팀장은 휴대폰 게임에 빠져서 그녀를 신경 쓰지도 않았다.

경원은 시운의 방문을 노려보았다. 저 문 너머로 그가 커피를 마시며 여유롭게 콧노래를 부르고 있다고 상상하니 속이 뒤집혔다. 아니, 뒤집히다 못해 울화가 치밀었다.

요 근래에 자꾸 이런 식이었다. 어떻게 해서든 엮어 보겠단 심보인데, 관심도 없다는 사람을 붙잡고 어쩌겠다는 건지.

경원은 신경질적으로 머리를 쓸어 넘겼다. 무심함으로 일

관해선 도통 그를 이길 수 없었다. 뭔가 대책을 세우지 않는 한 이런 상황들이 쭉 반복될 것만 같았다.

"예정된 프로젝트 종료 기간에 맞춰서 간략하게 테이블을 짰어. 우리 쪽에 아직 연구비 관련 문제가 있는 걸 재단이 모르게 해야 하니까 먼저 이 기간까지는……. 듣고 있어?"

"응. 듣고 있어."

미팅 장소에는 예정보다 일찍 도착했다. 덕분에 너무 여유가 생겨서 탈이었다. 내키지 않았지만 시운에게 미팅 자료에 대해 설명하기 위해 카페에 들렀다. 나름 성의껏 설명을 늘어놓는데 그는 느긋하게 고개만 끄덕일 뿐이었다. 시선은 오로지 제 얼굴에만 고정되어 있었다. 그 짙은 시선이 피부에 닿아서 따끔거릴 정도였다.

"여길 봐야지. 뭘 듣고 있는 거야?"

청원은 손에 쥔 볼펜으로 자료를 내리치면서 언성을 높였다. 가뜩이나 근무 시간에 둘만 이렇게 외부로 나온 것도 신경 쓰였는데 밖으로 외근까지 나오자 그는 대놓고 노골적이었다.

"우리 끝나고 데이트하자. 바람도 쐴 겸, 가까운 데에 드라이브나 갈까?"

"혼자 알아서 가시고요. 설명이나 잘 듣고 집중해."

"드라이브가 싫으면, 영화는 어때? 너 영화 보는 거 좋아하잖아."

뭐가 그렇게 좋은지. 실실 웃는 얼굴로 끈질기게 달라붙었다. 계속해서 마주치니 저도 모르게 시운의 모습이 익숙해질 것만 같았다. 순간적으로 화가 치밀어도 할 수 없이 차츰 가라앉기 일쑤였다.

"나 영화 보는 거 안 좋아하는데. 다른 여자하고 착각하신 모양이네요."

"아닌데. 너 맞는데."

영화 보는 걸 좋아한다고 생각한 적은 없었다. 시간을 내서 극장을 찾아가고, 예매를 하고, 꼼짝없이 상영관에 갇히는 것도 그다지 맞지 않았다. 차라리 조금이라도 더 걷고, 한적하지만 운치 있는 곳을 찾으러 다니는 걸 더 선호했다.

취미에 맞지도 않는 영화를 보러 다닌 건 단지 같이 본 상대가 좋았다는 하나의 이유였다. 함께인 것만으로도 그냥 좋았던 때가 있었으니까.

"시간 다 됐어. 올라가자."

경원은 일부러 먼저 자리에서 일어났다. 그간 힘들게 쌓아온 벽을 이제 와 무너트리고 싶지 않았다. 도저히 그와 다시 잘해 볼 엄두가 나지 않았다. 시운의 어떤 점이 밉고 두려운 것인지는 말로 형용하기 어려웠다. 그냥 안 될 상대라고 생각하니 곁을 내주고 싶지 않았다.

✳   ✳   ✳

—아니, 대체 어디가 마음에 안 들었던 거야?

퇴근길에 도로를 달리던 시운은 어머니로부터 전화를 받았다. 예상대로 한성병원 막내딸에 관한 얘기가 이어졌다.

"마음에 들었어요. 부족한 데도 없어 보이고."

—근데 왜 연락처도 안 물었어? 마음에 들었으면 서로 연락처도 주고받고, 애프터 신청도 했어야지!

답답함을 참지 못하고 정 여사의 언성이 높아졌다. 스피커를 통해서 쩌렁쩌렁 울려 퍼지는 어머니의 음성에 시운은 잠시 눈살을 찌푸렸다.

"그런데 제 스타일은 아니었어요. 너무, 음……."

마땅히 흠잡을 구석이 떠오르지 않아 말끝을 흐렸다.

—네 스타일이 뭔데! 학생 때나 만나고 다니던 그 날라리 같은 계집애들 말하는 거니?

"아녜요. 걱정하지 마세요. 마음에 드는 사람은 따로 있어요."

—그게 누군데? 나도 아는 아가씨니?

아실 걸요. 그것도 아주 잘 알고 계실 겁니다.

시운은 하려던 말을 되삼켰다. 괜히 모친의 성질을 긁고 싶지 않았다. 지금은 다른 걸 신경 쓰고 골치를 앓을 여유가 남아 있지 않았다.

미팅이 끝나자 경원은 붙잡을 새도 없이 달아나 버렸다. 허무하기도 하고, 멋쩍음에 웃음이 나기도 했다. 데이트는 아니더라도 집 앞까진 데려다주고 싶었는데 그녀는 영 곁을 내주지 않았다. 특유의 뻔뻔함으로 무장해서 막무가내로 굴고는 있었지만 은근히 속이 쓰렸다.

경원이 저를 보면서 선하게 웃어 보인 지가 언젠지도 생각이 나질 않았다. 마치 꿈만 같은, 흐릿한 기억 속의 파편이었다. 잡힐 듯 잡히지 않아서 더 안달이 나게 했다.

퇴근길의 꽉 막힌 도로처럼 당최 빈틈을 보이지 않았다. 어떻게 하면 그녀의 마음속 벽을 허물 수 있을까. 마주하고 있을 때마다 느껴지는 그 벽이 너무 답답하고 단단해 어떻게든 허물어 버리고 싶어졌다. 저는 이렇게 안달이 났는데, 상대는 그저 목석같기만 했다. 제 마음에 더욱 불을 지피려는 듯이 말이다.

─시운아, 엄마는 큰 거 안 바란다. 알지?

"예. 알죠."

한 번도 실망시켜 본 적 없는 아들. 언제나 당신의 기대를 저버리지 않는 아들. 누구보다 반듯하고, 늘 주변의 관심과 사랑을 듬뿍 받으면서 자랐다. 그게 어머니가 바라는 일이자 어머니를 위한 일이었다.

─네가 앉은 그 자리에서 넘어지지 않도록 힘이 되고, 내조만 잘해 줄 아가씨면 돼. 엄마는 우리 아들 믿어.

"우리 어머니 또 진지해지시네. 저 운전 중이에요. 나중에 다시 전화할게요."

—그래. 들어가서 연락해라. 오늘도 수고 많았다.

"예. 저녁 챙겨 드세요."

통화를 마치고 운전대를 돌리는 그의 표정이 짙어졌다. 그럴듯한 위치에 섰는데도 적적한 마음은 가실 줄 몰랐다. 지난날들을 후회하진 않지만, 너무 쉴 없이 앞만 보고 달려왔다.

이젠 어딘가 편히 기댈 곳이 필요해졌다. 잠시 동안이라도 좋으니까.

❀   ❀   ❀

"언니, 여기!"

퇴근 후 경원은 오랜만에 동생인 경아를 만나기 위해 약속 장소로 찾아갔다. 종소리와 함께 가게 안으로 들어가자 테라스와 맞닿은 창가 자리에서 누군가 손을 흔들어 보였다. 생기발랄한 미소를 머금고 있는 경아였다.

여섯 살 터울인 경아는 시원시원한 이목구비로 서구적인 이미지를 가지고 있었다. 자매가 서로 닮은 듯, 닮지 않은 모습이었다. 경원은 유난히 친가의 유전자를 타고 태어났다. 투명할 정도로 흰 피부도 친가의 특징이었다. 반면 경아는 어머니를 닮아서 까무잡잡한 피부를 가지고 있었다.

"나 배고파 죽는 줄 알았어. 여기 파스타 맛있대. 내 맘대로 시켜도 되지?"

"이미 다 골라 놨을 거 아냐. 얼른 시켜."

"오케이. 여기 주문할게요!"

경아는 잔뜩 신이 나서 주문을 했다. 오랜만이지만 특유의 생기 넘치는 모습이 보기 좋았다. 경원은 흐뭇하게 동생을 바라보았다. 저 없이는 제대로 밥도 챙겨 먹지 못하던 어린 시절의 이미지가 아직 남아 있었다. 일을 다니는 부모님 때문에 늦은 시간까지 집은 항상 비어 있어 경원은 학업에 열중하면서도 살뜰히 동생들을 챙겼다.

"요즘 남자 친구 때문에 엄마 속 썩이고 있다며. 학교는 잘 다니고 있는 거야?"

"속 썩이기는 무슨. 왜, 엄마가 또 언니한테 내 욕했어?"

"엄마가 무슨 네 욕을 해. 그냥 걱정되니까 늘어놓는 잔소리지, 뭐."

"하여간에 엄마가 잔소리하면 언니도 대충 흘려듣고 무시해. 언제까지 그걸 다 새겨듣고 있을 거야?"

경아가 불퉁하게 입술을 내밀었다. 삼 남매 중 부모님은 유난히 둘째의 애교와 막내의 투정에 약했다. 언제나 자식으로서의 부담감으로 어깨가 무거운 건 경원이었다. 그런 환경에서 나고 자랐으니 이제는 담담하게 받아들일 수 있었다.

너무 익숙해진 일이었지만 가끔 적나라하게 느껴지는 오늘 같은 날이면 마음 한구석이 허했다.

"참, 언니. 엄마가 시운 오빠를 봤다던데. 진짜야?"

"그 소리 나올 줄 알았어. 너까지 보태지는 마. 권시운하고 나 이제 아무 사이도 아니야."

"세상에, 그 오빠 계속 미국에 사는 거 아니었어?"

한창 시운과 가깝게 지냈을 때 동생들은 중학생, 고등학생 때였지만 몇 번인가 같이 밥을 먹은 적이 있었다. 그땐 시운이 경아와 경수를 제 동생처럼 챙길 정도로 정말 가깝게 지냈었으니까.

그는 경원이 유난히 가족에게 약한 걸 알았다. 그래서 동생들에게 종종 용돈을 쥐여 주거나 선물을 보낸 적도 있었다. 이젠 언제인지 기억조차 할 수 없는 오래전의 일이 되어 버렸지만.

"난 왜 언니가 그 오빠하고 멀어지게 된 건지 모르겠지만 무슨 사정이 있었을 거라고 생각해. 그러니까 엄마 때문에 너무 스트레스 받지는 마."

"그래. 너라도 그렇게 말해 주니 고맙네."

"난 항상 언니 편인 걸. 엄마 얘기 들어 보니까 또 엄청 유난이시더라고. 당사자들은 생각도 안 하시고. 진짜 우리 엄마지만, 너무 피곤해."

동생의 말 한마디에 그래도 기분이 좀 나아졌다. 한동안

속 썩이고 있던 마음이 조금은 가시는 것 같았다. 철부지 같기만 하던 말괄량이 동생이 제 생각을 해서 위로의 말을 건네주니 제법 위안이 되었다. 가족은 밉다가도 미워할 수만은 없는 존재였다. 버겁게 여겨져도 섣불리 떨쳐 낼 수가 없는 것처럼.

"참, 다음 주에 할머니 제사래. 집에 올 거지?"

"응. 알고 있어. 가야지."

봄이 오기 전, 꽃샘추위가 찾아드는 매년 이맘쯤이면 할머니의 기일이 돌아왔다. 초등학교를 졸업하기 전까지만 하더라도 친할머니와 함께 살았다. 아버지가 장남인 데다, 할머니는 처음으로 얻은 손주였던 경원을 유난히도 예뻐했었다. 게다가 친가 쪽 생김새를 똑 닮았으니 눈에 넣어도 안 아플 손녀였을 터였다.

흐릿해진 기억이지만, 부족한 살림에도 할머니는 고이 모은 품삯까지도 아낌없이 내 주셨던 분이었다. 그런 기억들을 잊을 수 없어서 혈연의 끈을 놓을 수가 없었다.

4. 한 번만 더

평소처럼 바쁜 하루가 시작되었다. 재단에서 진행했던 미팅 결과를 파일로 정리해서 프로젝트 팀원들에게 전달해야 했다. 최종적으로 수렴된 자료를 시운에게 보고해야 하는 게 가장 큰 관문이었다.

"저, 이경원 대리님?"

"네, 전데요."

바쁘게 자료를 정리하고 있던 중에 말쑥한 정장 차림으로 서류 가방을 든 낯선 방문객이 그녀를 찾아왔다. 그는 깍듯하게 인사를 하고 명함을 내밀어 보였다. 이어서 가방을 뒤적이더니 명세서로 보이는 서류 한 장을 꺼내 들었다.

"사이언스랩에서 나왔습니다. 연구팀에서 증류수 제조 장치를 구매하셨는데, 결제는 대리님한테서 받아 가면 된다고 하시길래요."

"네?"

업체명도, 구매 내용도 처음 듣는 내용이었다. 명세서를 받아 내용을 확인해 본 경원은 이내 표정을 굳혔다. 결제 날짜가 오늘로 적혀 있었다.

"전 들은 게 없는데요."

"지금 실험실에 기기를 설치 중입니다. 연구팀의 허서은 박사님께서 이경원 대리님을 찾아가 결제를 받으면 된다고 하셨는데……."

"허서은 박사님이요?"

어안이 벙벙했다. 이런 고액의 기기 구매는 협의를 통해 이루어졌어야 하는 부분인데 경원은 전혀 들은 바 없는 내용이었다.

자리에서 일어난 경원은 곧장 연구팀으로 이어지는 자동문으로 향했다. 연구팀 가장 안쪽엔 연구원들이 실험실로 이용하는 공간이 있었다.

경원은 망설임 없이 실험실의 문턱을 넘었다. 해당 업체에서 나온 것 같은 사람들이 실험용 가판대 위에 기기를 설치하고 있었고 허서은은 이를 지켜보고 있었다.

"좀 더 오른쪽으로 맞춰 주세요. 네, 조금 더요."

"박사님."

"어. 결제는 했어?"

"저한테 미리 말씀 안 해 주셨잖아요."

경원은 들고 온 거래 명세서를 펼쳐 보였다. 서은은 심드렁한 얼굴로 명세서 내용을 훑더니 고개를 까딱거렸다.

"응. 이대로 결제해 주면 돼요."

"박사님, 이렇게 높은 금액의 기기는 더 이상 구매할 수가 없어요. 꼭 필요하더라도 미리 저하고 상의는 해 주셨어야……."

"아니, 마감 얼마 안 남았다며. 나보고 실험 제대로 하라며. 뭐가 문제야?"

뭐가 문제냐고? 경원은 순간 말문이 막혀서 서은을 노려보았다. 어느새 다른 연구원들도 하던 일을 멈추고 두 사람에게 시선을 집중했다. 뿐만 아니라 파티션 너머의 다른 직원들도 무슨 일인가 하고 고개를 들고 갸웃거리는 모습이 보였다.

"이거 환불할 겁니다. 설치 그만두고 가져가세요."

상대와 말이 통하지 않을 것을 직감한 경원은 기기를 설치 중인 업자에게 말했다. 한창 균형을 맞추기 위해 땀을 빼고 있던 업자가 어리둥절한 표정으로 고갤 들자 서은이 맞받아쳤다.

"아뇨, 계속 설치하세요."

"설치하지 마시라고요."

"설치하세요."

"박사님, 이렇게 막무가내로 하시면 저도 곤란해요."

"뭐? 막무가내?"

두 여자 사이의 신경전을 지켜보던 업자가 도리어 민망해지는 상황이 벌어졌다.

"이 대리, 팀은 다르지만 난 당신 상사야. 어딜 감히 눈을 치켜뜨고……."

"네. 전 실험실에 어떤 기기가 필요하고 어떤 시약이 중요한지도 몰라요. 하지만 이건 아닌 것 같네요. 개인 돈도 아니고 엄밀히 회사 돈인데 이렇게 함부로 사용하시면 안 되죠. 규율에 맞게 진행해서 요청해 주세요."

어느새 다른 직원들까지 모여들었다. 조용하던 사무실에 소동이 일어나 다들 무슨 일인가 하고 관심을 가지기 시작했다.

모르는 사람이 보면 필시 하극상으로밖에 보이지 않는 상황이었지만 경원은 넘어갈 수 없었다. 이런 식으로 두서없이 일을 처리하면 뒷감당은 오로지 제 몫이 되는 거나 마찬가지였다.

"뭐가 이건 아닌 것 같습니다야? 내가 이 프로젝트 책임연구자야. 누가 규율을 침범하겠대? 순서만 조금 바뀌었다고 뭐가 그렇게 문제되는데? 이 대리, 아무리 꽉 막혔어도 이런 식으로 융통성 없으면 같이 일하기 얼마나 신경질 나는 줄 알아?"

"그래도 순서를 지켜 주세요. 기사님, 설치 중단하고 기기 도로 가져가세요."

함께 있던 연구원들도 답답하단 듯이 경원을 향해 눈살을 찌푸렸다. 하지만 그들과 경원이 처리하는 일은 분명 차이가 있었다. 실제적인 연구 실험은 그들이, 나머지 잡다한 업무 진행은 제 몫이었다. 경원은 고집을 꺾을 수 없었다.

한껏 엉망진창으로 흘러가던 프로젝트를 겨우 정돈하는 중이었다. 그런데 한마디 상의도 없이 이렇게 큰 문제를 일으키는 건 용납할 수 없는 일이었다.

막 실험실로 들어선 지원은 가운을 입다 말고 두 여자를 번갈아 보았다.

"분위기가 왜 이래요?"

그가 영문도 모르고 상황을 주시했다. 한쪽에선 비닐이 뜯기지도 않은 실험 기기가 덩그러니 놓여 있었고, 다른 한쪽에선 두 여자가 사나운 눈빛을 주고받고 있었다.

"아, 지원 씨. 내가 정말 못 살아. 이 대리 좀 말려 봐."

서은이 앓는 소리를 내면서 지원에게 구조 신호를 보냈다. 이 중에서 가장 이성적이고 같은 팀이니 당연히 제 편을 들어줄 거라고 생각했나 보다.

"무슨 일인데요?"

"아니, 내가 프로젝트 마감 때문에 기기를 구매해서 설치 중인데 경원 씨가 자꾸 고집을 부리면서 결제를 안 해 준다잖아. 가뜩이나 이 달 안에 마무리할 것도 많아서 바빠 죽겠는데 구매하는 순서가 바뀌었다느니, 어쩌니. 내가 미치겠어, 정말."

다른 연구원들도 서은의 말에 동의하는 듯 보였다. 잘 알지도 못하면서. 경원은 기가 차서 허리춤에 손을 얹었다. 엮여도 더럽게 엮였다.

멀거니 두 사람을 지켜보던 지원은 가운을 마저 고쳐 입었다. 대충 어떤 분위기인지 감을 잡았다는 듯이 그가 입을 떼기 시작했다.

"박사님, 그럼 순서대로 하는 게 맞지 않을까요?"

"그치! 응? 뭐라고?"

"순서대로 해 주셔야죠. 어려운 일 아니잖아요. 전 이 대리님 입장 이해되는데."

그의 한마디에 별안간 정적이 찾아왔다.

"무슨 일입니까?"

외근을 마치고 복귀한 시운은 뭔가 이상한 낌새를 눈치챘다. 사무실에 있어야 할 정 주임이 뭐 마려운 강아지마냥 안절부절못하고 연구팀 앞을 서성이고 있었다.

"아, 상무님. 다녀오셨어요?"

"왜 저기 다들 모여 있어요?"

"아, 저 그게……."

손톱을 물어뜯던 그녀는 상무의 등장에 놀라 어깨를 움츠렸다. 시운은 우물쭈물 서 있는 그녀를 지나쳐 곧장 실험실로 향했다. 몰려 있던 직원들 중 몇몇이 그를 알아보고 묵례를 했다.

사무실 내에서 일어난 사소한 분란에는 가능한 나서고 싶지 않았지만 무시하고 돌아서기엔 이미 타이밍을 놓친 것 같았다. 무엇보다 그를 잡아챈 건 그 틈에서 발견한 경원이었다.

경원은 가운을 차려입은 연구원들 틈에서 홀로이 서 있었다. 그 앞에 허서은 박사는 얼굴에 잔뜩 열이 오른 상태였다. 그녀는 분통한 속내를 토로하려는 듯이 주절주절 자신의 입장을 늘어놓았다. 듣다보니 심히 거슬리는 내용이었다.

"전 이 대리님 입장 이해되는데. 그만하세요."

시운이 한소리를 내뱉으려는 찰나, 간발의 차로 다른 이의 말이 먼저 들렸다. 최지원 연구원이었다. 연구팀 중에서 눈여겨보고 있던 직원이라 바로 알아볼 수 있었다. 시운은 팔을 꼬고 서서 묵묵히 그를 응시했다.

사내에서 꽤 유명 인사던데. 연구 데이터를 뽑아내는 성적도 좋았고 이사진 회의에선 그를 선임급으로 올리려는 분위기였다. 그만큼 회사에서 유능한 인재로 꼽히고 있었다.

"다들 여기 모여서 뭐합니까. 좋은 구경이라도 났습니까?"

모여 있던 직원들이 시운의 말 한마디에 움찔댔다. 눈에 잔뜩 힘을 주고 있던 허서은 박사도 그의 등장에 더는 언성을 높일 수 없었다.

"이경원 씨는 실험실엔 무슨 일이에요?"

"기기 구매 건으로 잠시 얘길 나누던 참이었습니다."

생뚱맞게도 대꾸한 사람은 지원이었다. 시운은 서늘한 시선으로 그를 훑었다.

"난 이경원 씨한테 물었는데."

경원의 앞을 막아선 것까지 포함해 지원의 모든 행동이 눈에 거슬렸다. 유치하지만 괜스레 열이 오르는 것 같았다.

"상무님께서 오해하실 만한 상황이라 제가 대신……."

"아니, 더 오해할 만한 상황으로 만드는데요. 내가 이경원 씨한테 물었다고 했지 않습니까?"

잔뜩 날이 선 말투였다. 예상치 못한 반응에 지원의 얼굴은 당혹감으로 물들어 갔다. 갑자기 나타난 상사가 지극히 예민하고 의심스런 눈빛으로 저를 보고 있었다.

"상의하지 않은 물품이 구매되어서 제가 허서은 박사님께 여쭈러 온 거예요. 저는 이 기기에 대해서 구매 요청서를 받은 적도 없는데 거래 명세서부터 보게 된 상황이고요."

경원이 차분하게 말문을 열었다. 지원에게는 고마움을 표시하려 잠시 웃어 보였다. 부드럽게 올라갔던 입꼬리는 고개를 돌리자마자 제자리를 찾았다.

뒤바뀌는 표정에 시운은 그녀에게 내심 서운함을 느꼈다. 저한테는 늘 무미건조하게 굴었으면서. 그 시선이 마치 저를 통과해서 벽을 향해 있는 것처럼 느껴졌다.

넌 어째서 매번 그런 얼굴일까.

"그래도 이렇게 보는 눈이 많은 곳은 피했어야죠. 아주 볼 만한 광경을 선보였군요. 이런 식으로 사내 분위기를 흐려도 되는 겁니까?"

"죄송합니다."

경원은 긴말 없이 사과했다. 이런 상황을 원치 않은 건 그녀도 마찬가지였다.

"허서은 박사님."

짧게 숨을 돌린 시운이 이번엔 서은을 지목했다.

"회사를 무슨 생각으로 다니고 계시는지 모르겠지만 선임급이나 되신 분이 참 실망스럽군요. 기업에는 엄연히 규정이 있습니다. 작은 소모품을 구매하더라도 그 순서에 맞게 절차를 밟아야 하는데 윗사람만 모른다면야 상관도 없겠구나, 싶던 겁니까? 어차피 최종적인 사항만 보고를 올리면 되니까 독단적으로 행동한 거고요?"

"아닙니다. 마감이 급해 물품만 먼저 구매해 놓고 결재 루트는 원래대로……."

"지금까지 뒤에서 얼마나 규정을 어겼을지 짐작이 갑니다. 내가 면접관이었더라면 박사님을 채용하지 않았을 겁니다.

아쉽군요."

일순 분위기가 싸해졌다. 그의 지적에 허서은 박사는 더이상 아무 말도 할 수 없었다. 지금 서 있는 이 자리가 너무도 부끄러웠다. 직원들의 시선이 우수수 내리꽂히는 기분이들자 자존심이 상해서 얼굴을 들 수조차 없었다. 잔뜩 달아오른 허서은 박사는 고갤 숙이고 입을 막았다. 보는 이가 더민망해서 못 견딜 지경이었다.

"구매 철회하고, 정상적인 루트를 따르세요. 한가한 사람들은 그냥 여기 계속 모여 있으시던가."

마지막 대사가 상황을 종료시켰다. 직원들은 하나둘 눈치를 보며 황급히 제자리를 찾아갔고, 업체에서 나온 사람들도군말 없이 기기를 회수해 갔다.

하필이면 이때 상무님이 나타나다니. 직원들이 서로 은밀한 신호를 주고받았다.

답답한 마음에 옥상을 찾은 경원은 난간에 기대어 서서 고개를 파묻었다. 허서은 박사를 생각하면 여전히 속에서 불이났지만, 그래도 실험실을 찾아가는 대신 따로 불러서 얘길꺼냈어야 하나 후회가 밀려들었다.

허서은 박사가 같은 연구원의 토닥거림을 받으며 어깨를들썩이는 모습을 보니 묘하게 찜찜한 기분이 들었었다.

시운의 따끔한 말들도 계속해서 귓가에 맴돌았다. 결국 기기 구매는 철회되었고 이번 프로젝트에서 남은 금액은 모두 소모품과 시약 구매로만 제한해 지출하기로 했다. 원하던 대로 됐는데 왜 이리 언짢기만 한지 모르겠다.

"대리님."

어느샌가 옥상으로 올라온 지원이 양손에 커피를 들고 서 있었다.

"아까 나 때문에 괜히 한소리 들었죠. 미안해요."

"미안해요, 말고 고맙다고 해 줄래요?"

그가 테이크 아웃 잔을 내밀며 말했다.

"이 대리님이 좋아하는 1층 커피숍에서 직접 공수해 온 거 예요. 달달한 거 마시고 기분 풀라고 헤이즐넛 시럽 추가했 어요."

"고마워요."

지원에게 진심으로 고마웠다. 연구원들 사이에서 제 편을 들어줄 줄은 몰랐다. 그가 건넨 커피에서 좋은 향이 났다. 옥 상에 불어오는 선선한 바람과 그윽한 커피 향이 마음을 진정 시켰다. 이런 호의를 받아도 되는 걸까.

난간에 팔을 대고 선 지원이 비스듬히 경원을 보았다.

"전 대리님이 옳다고 생각해요. 잘했어요."

"옳기만 한 건 아닐 걸요. 다들 지켜보는 데서 박사님한 테 대들었잖아요. 결국은 원하던 대로 됐는데 통쾌하진 않네 요."

"그냥 참고 지나쳤으면 다음에도 또 이런 일이 생겼을 거 예요. 안 그래요?"

그의 말이 맞았다. 큰소리가 날 게 두려워 혼자서 앓았더라면 분명 그걸로 끝이 아니었을 거다.

허서은 박사가 제게 안 좋은 감정을 가지고 있는 건 분명했다. 하지만 업무적으로 개인 감정을 나타내면 언젠가는 꼭 사달이 나기 마련이었다. 그동안에도 이런 비슷한 일들이 많았다. 공동체 생활에선 부지기수인 일이었다.

입사하고 한동안은 묵묵히 참고 버텨 내기만 했었는데 연차가 쌓이다 보니 표현하는 방식이 변해 가는 것 같았다. 비록 후련하진 않더라도 후회하진 않았다.

누군가 버젓이 나서서 제 편을 들어주었던 것도 나름 의미 있는 발견이었다.

경원이 자리에 보이지 않았다. 일부러 방문을 활짝 열어두고 그녀의 자리를 의식하고 있던 시운이 초조하게 책상을 두드렸다.

검토 중인 서류를 훑으면서도 시선은 자꾸만 경원의 빈자리로 향했다. 서류에 적힌 내용이 도통 머리에 들어오지 않았다. 손톱을 세워 연신 책상을 두드리던 그가 결국 답답함을 참지 못하고 몸을 일으켰다.

얌전히 서 있기만 할 수 없어 정신 사납도록 책상 주변을 돌아다녔다. 대체 어딜 간 거지. 왜 이렇게 오래 자리를 비우는 거야.

아까 최지원 연구원을 의식하느라 사람들 앞에서 그녀를 쏘아붙인 게 생각난 시운은 초조해졌다. 경원이 상처를 받은 건 아닌지 걱정이 되어 일이 손에 잡히지 않았다.

갈 곳 잃은 불안한 시선으로 창밖을 보던 시운은 결국 경원을 직접 찾아 나서기 위해 걸음을 옮겼다. 마주칠 때마다 꾸벅 고개를 숙이는 직원들을 지나쳐 곧장 복도로 나왔다.

설마 화장실에 있나 싶어 직원들이 눈치채지 못하게 조심스레 그 주변을 탐색하기 시작했다. 안에 누군가 있는 것 같기는 한데, 감히 엿볼 수도 없는 노릇이니 애가 탔다.

엄한 오해를 살까 싶어, 딴청을 부리는 것처럼 쓸데없이 휴대폰을 꺼내 들었다. 하지만 온 신경은 화장실 너머로 집중된 상태였다.

"뭐 하세요."

헉. 도둑질하다 들킨 사람처럼 뜨끔했다. 어디서 나타난 것인지 경원이 무뚝뚝한 얼굴로 제게 말을 건넸다.

"전화가 와서. 이게 왜 끊겼지……."

스스로 생각해도 횡설수설한 소리에 뒷목이 당겼다.

"아, 네."

하지만 경원은 상관없다는 듯이 화장실로 몸을 틀었다. 그녀와 나란히 등장한 최지원 연구원은 간단하게 인사를 해 보이고 사무실로 향했다.

뭐야. 둘이 같이 있었나.

시운은 그가 완전히 시야에서 사라질 때까지 시선을 떼지 못했다. 연구원이면서 유별나게 인물은 좋아가지고. 쓸데없이 언짢아졌다. 유치하지만 샘이 나는 것 같았다.

"비켜 줄래요?"

별안간 경원이 페이퍼 타월로 젖은 손을 문지르며 나왔다.

"아, 미안."

비켜서자마자 그녀가 싸늘하게 자신을 지나쳐 버렸다.

"이경원 씨."

"네."

"괜찮아요?"

존대와 반말이 섞인 말투에 그녀가 못마땅한 듯이 눈살을 찌푸렸다.

"기분 좀 풀렸냐고, 요."

"네."

"다행이네요."

두 사람 사이에 순간 정적이 흘렀다. 시운을 상대할 기운이 없었던 경원은 어서 이 자리를 벗어나고 싶었다.

"들어가 봐도 될까요?"

개인적인 감정은 결여된 얼굴이었다. 호의나 악의조차 느껴지지 않는 무표정한 얼굴이 냉소적이었다. 돌아선 그녀를 어떤 말로도 잡을 길이 없었다.

✳   ✳   ✳

금요일 퇴근 시간의 도로는 어느 때보다 빈틈이 없었다. 혹시라도 늦어질까, 초조하게 시간을 확인하던 시운은 가까스로 목적지에 다다랐다. 제 키의 두 배는 되는 듯한 거대한 높이의 창살문을 지나자 탁 트이는 전경을 배경으로 한 저택이 나타났다.

익숙하게 운전대를 돌리며 차를 세운 그는 시동을 끄기 직전 백미러를 통해서 제 모습을 가다듬었다. 상체를 감싼 흰색 셔츠는 먼지 한 톨도 묻어 나오지 않을 것처럼 말끔했고, 자로 잰 듯한 균형감에 기하학적 무늬를 뽐내는 넥타이는 어두운 색상으로 튀지 않게 조화시켰다.

겉보기에 흠잡을 곳 없이 완벽한 상태였지만 시운은 불안한 얼굴로 몇 번이고 제 모습을 확인해 보았다. 매무새를 확인하는 것으로 부족했는지 입꼬리를 올려 가며 웃는 연습까지 시도했다.

다시 한번 시간을 확인했다. 7시 50분. 이제 그만 들어갈 때가 되었다. 뒷좌석에서 명품 브랜드의 로고가 새겨진 쇼핑백들을 챙겨 차에서 내렸다. 싸늘한 저녁 공기가 온몸을 휘감았다. 주차장에는 고급 외제차들이 짝을 지어 세워져 있었다. 눈앞에 펼쳐진 거대한 저택에서는 위압감이 느껴져 한편으로는 을씨년스러워 보이기까지 했다.

본가에 들르는 일은 자체적으로 삼가고 있었는데, 오늘은 아버지의 생신날이라 어쩔 수 없었다. 양손에 짐을 들고 현관으로 향하는 그의 발걸음에 힘이 실렸다.

시운은 이곳의 주인인 권 회장의 피를 이어받은 서자였다. 본가의 안주인 자리는 비어 있었지만 그의 어머니는 환영받지 못했다. 아버지의 본부인이자 안주인이었던 여자는 오래전에 병으로 죽었다. 하지만 본가의 친척들이나 이복형제들은 시운과 그의 모친을 결코 가족으로 인정하지 않았다.

미천한 태생의 첩을 두어서 그들의 눈엣가시로 만든 아버지인데, 그 사이에서 낳은 자식이 반가울 리 만무했다. 정확히는 권 회장의 재산 중 단 1%라도 나누어 가지고 싶지 않은 속내일 터였다.

모친은 늘 본가의 눈치를 보면서 자신을 키워 왔다. 어떻게 해서든 아들의 자리를 챙기기 위해, 인정받기 위해 무던히 노력해 왔다. 그런 어머니로부터 교육을 받고 자란 시운은 생존 본능만큼은 두각을 나타냈다. 살아남으려면, 무시당하지 않으려면 모든 면에서 뛰어나야 했다. 그만의 생존 철학이었다.

"어머, 시운아! 오랜만이네!"

현관문이 열리고 먼저 그를 반겨 준 사람은 이곳에서 20년 가까이 몸담고 있는 입주 관리인, 한 씨였다.

"아주머니, 잘 지내셨어요?"

"세상에나, 너무 멋있어져서 못 알아볼 뻔했잖니."

"말씀만이라도 감사드려요. 이건 아주머니 선물이에요."

"뭐? 내 선물을 사 왔단 말이니?"

"예, 그럼요. 이따 풀어 보세요."

한 씨가 손뼉을 치면서까지 반겨 주자 절로 기분이 좋아졌다.

"뻔뻔한 게 또 왔네."

수아가 시운을 향해 눈을 흘기며 2층 계단에서 내려오고 있었다. 피는 반밖에 섞이지 않았어도 오랜만에 찾아온 오빠에게 내뱉는 말치곤 사나웠다.

"잘 지냈어?"

허나 시운은 속없이 웃어 보였다. 미리 연습하고 온대로 그의 웃음에는 어색함이 없었다.

"누가 말 시키래? 쳐다보지 마, 기분 나쁘니까."

"싸가지는 여전하구나? 너답다, 보기 좋네."

"미친놈."

수아는 휙 하니 그를 지나쳐 갔다. 위로 남자 형제를 셋이나 두고 곱게 자란 막내라 성질머리 하난 끝내줬다. 안주인이 살아생전에도 큰소리 낸 적 없이 보듬어 키웠으니 당연한 일이었다.

시운은 대수롭지 않게 웃어넘겼다. 곧 들이닥칠 다른 가족들을 생각하면 별것도 아니었다. 그저 365일이 예민한 버릇없는 꼬맹이로밖에 보이지 않았다.

"아버진 어디 계세요?"

"아, 서재에."

손에 든 짐들을 한 씨에게 맡기고 시운은 서재가 있는 곳으로 향했다. 이 넓은 집 안에서 둘러본 곳이라곤 응접실과 식당, 그리고 아버지의 서재가 전부였다. 그나마 서재도 노크하고 안에서 들어오란 신호가 들리면 들어설 수 있었다.

"저 왔습니다."

빼곡하게 채워진 책장들 사이에서 아버지의 뒷모습이 보였다. 방 중앙에 있는 책상으로 걸음을 옮기자 벽면을 가득 채운 책 냄새가 났다. 기업인이면서도 학구파인 아버지는 늘 이곳에서 시간을 보내는 것을 좋아했다. 본가를 찾으면 시운이 가장 먼저 들르는 곳이기도 했다.

골프 웨어 차림의 권 회장이 인기척에도 시선을 돌리지 않고 책장을 훑었다. 묵직하고 단단해 보이는 그의 손길이 책장들을 훑을 때면 시운은 그저 뒤편에 가만히 서 있었다. 아버지가 먼저 말문을 열기까진 침묵을 지켰다. 그가 서재에서 있는 시간을 방해받고 싶지 않다는 걸 알고 있었다.

"그래. 회사는 다닐 만하더냐."

"예. 잘 적응하고 있습니다."

"별 사고는 없고?"

"예."

"그래. 네가 알아서 잘하고 있을 테지."

이미 강 대표를 통해서 회사에 관련된 주요 사항들을 보고 받고 있을 분이란 걸 알았다. 시운은 아버지의 어깨에 시선을 두며 대답했다. 돌아보지 않아 그가 어떤 표정을 짓고 있는지는 가늠할 수 없었다.

"얼마 전에 한성병원 막내하고 선을 봤다지."

당연히 아버지의 귀에 들어갔다는 것도 알고 있었다.

시운은 아버지의 단단한 두 어깨를 응시하면서 잠시 생각에 잠겼다. 몇 해 전에 아버지를 찾아 이런 얘길 했었다. 이성이나 결혼과 관련된 부분은 저 스스로가 알아서 하겠다고. 대신 비즈니스와 관련해서는 충분히 따르겠다고. 아버지도 그런 점은 인정해 주었었다.

제 자식인 것을 떠나서 시운은 유능한 기업인으로서 성장할 가능성이 높았다. 보고된 업무의 완성도도 우수했고 인과 관계에도 두각을 나타냈다.

탁. 권 회장이 들고 있던 서적을 덮고 자리를 찾아 책장에 끼워 넣었다.

"마음에는 별로 안 들었던 모양이더구나, 허허. 엊그제 골프 모임에서 한성병원 원장하고 만났는데, 꽤나 서운한 모습을 보이기에 당황했지 뭐냐. 내가 뭐 들은 게 있어야 제대로 대꾸라도 해 주지."

"아버지, 전에도 말씀드렸지만……."

"그래. 그런 일은 네 스스로 알아서 하겠다고 했지. 그래도 이 애비한테 너무 귀띔이 없으니 걱정이 되는구나."

그제야 권 회장이 뒤를 돌아보았다. 오랜만에 마주한 부자 사이에는 잠시 어색한 기류가 흘렀다. 낯가림이 없고 누구에게나 잘 웃는 시운이었지만, 아버지 앞에서만큼은 저도 모르게 경직되었다.

그의 앞에선 단 한 번도 편한 모습을 보인 적이 없었다. 자신의 행동 하나가 곧 어머니가 저를 어떻게 키웠는지 나타내는 일이 된다고 생각하니 어떤 언행도 편히 할 수가 없었다. 하지만 이거 하난 묻고 싶었다.

"아버진 제가 어떤 여자를 만나면 좋으시겠어요?"

"그걸 왜 나한테 묻는 게냐? 애비가 만나라 하는 사람이면 군말 않고 만날 것도 아니면서. 어차피 네가 선택하기로 정한 걸 내가 무슨 수로."

"재벌가의 딸이면 만족하시겠어요?"

시운은 남들이 부러워할 만한 환경에서 자랐지만 실상 불우한 어린 시절을 보냈었다. 동화 속에서나 등장할 것 같은 아름다운 정원으로 둘러싸인 2층짜리 저택에서 어머니와 단둘이 자랐다. 저를 지켜보는 무수한 시선들, 어머니의 사랑, 모든 것들이 넘치다 못해 풍족했었다.

하지만 이내 채워지지 않는 마음 한구석에 텅 빈 느낌을 가지고 살아왔다. 부모님의 절절한 로맨스가 아닌, 남들의 손가락질을 받아 마땅한 불장난으로 태어난 자신의 태생이 싫었다.

단 한 번도 아버지와 같은 집에서 산 적이 없었다. 그나마 아버지를 만날 수 있는 날은 본가에서 친척들이 모두 모여 식사를 하는 자리였고, 당연히 그곳에 어머니는 없었다. 어머니는 늘 아버지를 그리워하셨고, 그리워하다 못해 극심한 우울증까지 앓았다. 물론 지금도…….

시운은 어머니의 기대를 저버리지 못해 아버지와 본가 식구들에게 흠잡히지 않으려 노력하고 있었다. 하지만 정작 사랑하는 여자가 나타나면 그것만큼은 양보하지 않을 생각이었다. 미래의 제 자식들에게 이런 감정을 대물림하고 싶지 않으니까. 그런 끔찍한 일은 저로서 충분했다.

"네가 좋다는 사람이면 네 안목을 믿으마."

"……."

"이게 네가 원하는 대답이지?"

"예."

권 회장이 피식 웃었다. 고집은 꼭 자신의 젊을 때 모습을 보는 것 같았다. 묵묵히 지시를 따르고 제 앞에선 늘 딱딱한 아들이지만 눈빛에서만큼은 그리움, 혹은 원망이 담겨 있었다. 아버지인 저로서도 쉽게 다룰 수 없는 자식이었다.

"어머니한테 종종 연락 좀 주세요."

"그것까진 네가 상관할 바가 아니야."

"……."

"노력은 해 보마."

시운은 더는 대꾸하지 않았다. 별안간 한 씨가 노크를 하고 방으로 들어와 식사 준비가 다 되었다고 알렸다. 시운은 무거운 발걸음으로 아버지의 서재를 나섰다.

저를 못 미더워하는 식구들이 모두 모였을 저녁 만찬에 참가할 때가 왔다. 다시 연극을 시작할 때다. 최대한 감정을 드러내지 않고, 아무렇지 않은 듯 입가에 미소를 머금으면서.

❊　　　❊　　　❊

주말이 오자 경원은 오랜만에 대청소를 했다. 그간 미뤄 두었던 욕실 청소를 하고, 이불 빨래를 내놓으면서 바쁘게 시간을 보냈다.

이제 곧 봄이 온다. 두꺼운 외투들을 장롱 깊숙한 곳에 밀어 넣으며 얇은 옷가지들을 꺼내 정리했다. 잡생각을 떨쳐 버리려고 시작한 일이 대청소로 번지게 되었다.

혼자 사는 집에는 주방이 딸린 거실과 작은 침실이 하나 있었다. 묵은 때를 일일이 찾아 열심히 쓸고 닦으며 정신없이 몸을 움직이다 보니 어느새 하루가 가 버렸다. 직장인들에게 있어서 가장 달콤한 휴식 시간인 주말을 나름 요긴하게 보낸 것 같아 뿌듯했다. 다시 월요일이 찾아오는 불변의 법칙을 이길 수야 없지만 부지런히 혼자만의 시간을 즐겼다.

〈뭐해?〉

메시지를 확인한 건 한참 시간이 지난 후였다. 날이 풀려 옥상에 널어 두었던 빨래를 걷고 내려오니 저장되지 않은 번호로 메시지가 한 통 도착해 있었다.

하지만 익숙한 번호라고 생각이 들자 자연스럽게 시운을 떠올렸다. 짧은 내용이지만 몇 번이나 되새겨 본 경원은 끝내 답장을 보내지 않았다.

다음 날, 일요일에도 같은 번호로 메시지가 도착했지만 역시 무시했다. 그만 좀 괴롭혔으면 좋겠다는 생각뿐이었다. 간신히 쳐 놓은 선 안에서 왜 자꾸만 인기척을 내는지.

그와 연결된 인연의 끈이 너무 질겼던 것일까. 고등학교 땐 서로 친해지는 단계였다. 그대로 졸업했다면 그저 흔한 동창 지간이 되었을 텐데.

역시 대학교 때가 문제였던 것 같았다. 당시에도 같은 학번 중에서 시운은 유명 인사나 다름없었다. 내세울 만한 겉모습에 씀씀이까지 좋아서 선후배를 막론하고 모두 그를 좋아했다. 경원도 그와 고등학교 동창이었다는 이유만으로 주변 사람들의 호기심과 관심의 대상이 되었었다. 딱 거기서 선을 넘는 사이가 되면 안 됐었는데. 생각할수록 과거 그와의 일들이 후회되었다. 그에게 남다른 애정을 받고 있다는 것에 저도 모르게 만족했던 것 같았다. 함께 캠퍼스를 거닐 때마다 쏟아지는 시선들도 좋았다. 왠지 자신도 특별한 사람이 되는 것 같아서.

바람같이 떠도는 그를, 잡지 말았어야 했다.

"허 박사님, 오늘 안 나오셨다며?"

출근 후에 습관처럼 커피를 내리기 위해 휴게실을 찾은 경원은 문 앞에서 누군가 떠드는 소리에 걸음을 멈추었다. 휴게실 문틈을 비집고 들려오는 여직원들의 목소리가 저와 관련된 얘길 하고 있는 것 같았다.

"수요일까지 내리 월차 쓰셨대. 아무래도 지난주에 그 일 때문이겠지?"

"대체 그 일이 뭔데 그래?"

경원은 안에서 새어 나오는 소리를 좀 더 정확히 듣기 위해 온 신경을 집중시켰다. 듣기 싫어도 뒤에서 제 얘기가 나오면 귀가 쫑긋댈 수밖에 없었다.

"경영지원팀 이 대리님이 실험실로 찾아와서 허 박사님하고 한바탕했어. 둘이 요즘 사이가 안 좋아 보이긴 했는데, 진짜 깜짝 놀랐다니깐? 아무리 부서가 달라도 직급이 있는데, 이 대리님이 너무했지."

"어머, 대박. 진짜?"

"그런데 우리 지원 쌤은 또 너무 착해서 괜히 이 대리님 편들다가 상무님한테 한소리 들었잖아."

"헉, 상무님도 보신 거야?"

"말도 마. 그 자리에서 내가 다 민망하더라니까?"

원래 이미지가 좋던 지원은 무얼 해도 뒤에선 욕을 안 먹는구나. 경원은 새삼 세상의 이치를 안 것만 같아 고개를 끄덕이면서 회의감에 잠겼다.

이미지가 이도저도 아닌 본인만 욕을 먹고 말았다. 그녀들이 악의를 품어서라기보다는 그저 남 얘기를 떠드는 게 좋아서라는 걸 알았다. 사람들에게 가십을 만들어 준 자신을 탓해야지, 누굴 탓하겠는가.

"이경원 대리? 여기서 뭐 해요? 안 들어가요?"

너무 집중하고 있던 걸까. 경원은 뒤쪽에서 누군가 말을 거는 바람에 놀라서 어깨를 움츠렸다. 몰래 훔쳐 듣고 있던 자신도 놀라긴 했지만 안에 있던 여직원들이 더 까무러치게 놀란 듯싶었다.

"아, 안녕하세요."

시운이 싱긋 웃으며 휴게실 문을 활짝 열고 들어섰다. 안

에 있던 여직원들은 그를 향해 멋쩍게 고개를 숙였다. 도망
치다시피 휴게실을 나서다 문턱에서 경원과 마주치자 눈치
를 보며 섰다.

"아침부터 활기차 보이네. 들리는 데서 너무 그러지들 말
고, 조심해 줄래요? 아무리 부서가 달라도 직급이 있는데."

"죄송합니다."

경원이 아까 들었던 대로 인용해서 말하자 그녀들이 일제
히 고갤 숙였다. 당사자한테, 그것도 상사한테 들켰으니 꽤
민망할 터였다. 경원은 애써 웃으며 여직원의 어깨를 두드려
주고는 휴게실로 들어섰다.

월요일 아침부터 참, 골치다.

"주말에 메시지 못 봤어요?"

시운이 커피 머신에 전원을 켜고 서 있었다.

"봤어요."

"일부러 씹었나 보네. 배부르겠어요?"

"아침부터 뒤에서 욕까지 먹으니 더 배가 부르네요."

그가 테이블에 기대어 지그시 상대를 응시했다. 단답이라
도 답장을 보낼 줄 알았는데. 실망스러웠지만 막상 그녀의
얼굴을 보니 따지고 싶단 생각이 들지 않았다.

오히려……

"너무 신경 쓰지 마. 어차피 소문이란 건 금방 수그러들
테니까."

"신경 안 써요. 신경 쓰는 건 오히려 상무님이죠. 안 그러셔도 돼요."

저한테서 그만 신경을 꺼 달란 소리지. 시운은 헛헛한 마음이 들어 쓰게 웃었다. 본가를 나서자 어떤 심경인지 모르게 그녀가 그리웠다. 수없이 망설이던 끝에 보낸 메시지였다. 무시당할 걸 알면서도 참을 수 없었다.

회사가 아닌 밖에서도 경원을 보고 싶단 생각이 솟구쳤다. 왜 이렇게 마음이 동요되었는지 알 길이 없었다. 다만 그녀가 예전과 너무 달라졌다는 걸 느꼈다.

너무 오랜 시간이 지나 버려 기회를 잃은 걸까. 돌아서 버린 마음에 비집고 들어갈 틈이 없었다.

"커피 다 됐으면 비켜 줄래요?"

내민 손길을 더는 잡아 줄 마음이 없어 보였다.

"대리님, 워크숍 일정 나왔던데. 보셨어요?"

은영이 의자를 끌고 다가와 안내문을 내밀었다. 키보드에서 손을 떼지 않고 안내문을 내려다본 경원의 표정이 일그러졌다.

"연구팀하고 동반?"

"네. 이번엔 부서별로 짝지어서 진행한다는데요? 장소는 작년과 동일한 리조트요."

아침부터 연구팀 여직원들이 수군대는 소릴 들은 거로도

모자라 동반 워크숍이라니.

경영지원팀만 가는 워크숍이어도 주말을 고스란히 반납해야 하는 일정이라 어떤 핑계를 대서라도 가고 싶지 않건만. 경원은 한숨을 내쉬었다.

"그리고 대리님, 드릴 말씀 있어요."

"응. 뭔데?"

정 주임이 수상하게 뜸을 들였다. 뭔가 긴히 할 말이 있는 것 같았다. 경원이 모니터에서 시선을 떼고 그녀를 응시했다. 단정하게 머리를 하나로 올려 묶어 드러난 어깨선이 참으로 예뻐 보였다.

"자기, 어깨선 참 예쁘⋯⋯."

"저 이번 달까지만 근무하고 퇴사해요."

"뭐?"

"대리님한텐 미리 말씀드리려 했는데. 그래도 팀장님 말고 다른 분들은 아직 몰라요."

벌어진 입술 사이로 아무 말도 나오지 않았다. 경원은 어안이 벙벙해졌다.

"놀라셨죠? 죄송해요."

"아니, 나한테 죄송할 건 없지. 근데, 왜?"

"하고 싶은 다른 일이 생겨서요. 당분간 쉬면서 기분 전환도 할 겸."

"일이 힘들어서 그래?"

"아녜요. 그냥 조금 쉬고 싶어졌어요."

간단하게 대꾸한 은영은 자세한 속내를 드러내지 않았다. 그녀 나름대로 사정이 있었을 것이고, 고심 끝에 내린 결론이었을 테지만, 어째서 이리 서운한 감정이 드는 걸까. 이기적이게도 정 주임이 퇴사하지 않았으면 하는 바람이 들었다.

팀원 중에서 가장 마음이 가고 위로가 되었던 상대였다. 출근하면 자연스럽게 파티션 너머로 인사를 주고받고, 함께 점심 메뉴를 고민한다든가 이런저런 스트레스 받은 이야기들도 주고받았는데.

오늘도 평소와 다름없이 행동했기에 퇴사한다는 말이 더욱 믿기지 않았다. 경원이 한참을 멍해 있자 정 주임이 연신 눈치를 보면서 손가락을 꼬물거렸다.

"많이 놀라셨어요?"

"전혀 생각도 못 했어. 그동안 많이 힘들었어?"

"아뇨. 개인적인 일도 있고 좀 쉬고 싶어서 그래요. 대리님껜 정말 죄송해요. 저 많이 챙겨 주셨는데……."

"자기도 신중히 내린 결정이었을 텐데, 뭘. 그럼 퇴사하고 당분간은 쉬는 거야?"

"네. 종종 뵈러 올게요."

정 주임이 싱긋 웃었다. 하지만 서운함이라는 감정이 무겁게 와닿았다. 가능한 쿨하고 멋진 상사로 보이고 싶은데. 덩달아 입꼬리를 추어올렸지만 눈매는 휘어지지 않았다.

그동안 사회생활을 하며 수많은 만남과 이별을 반복해 왔다. 익숙해질 만하더니 또다시 이별이었다. 대부분이 그저 옷깃만 스치고 지나가는 인연이었지만, 그중 유난히 기억에 남는 사람들이 있었다. 유난히 마음이 갔기에, 나눈 정이 깊었기 때문에 더욱 기억에 남는. 하지만 쓸쓸해도 겸허히 받아들여야 했다.

"오늘은 먼저 퇴근할게요."

시계가 6시 정각을 알리자마자 경원이 퇴근 준비를 마쳤다. 한쪽 어깨에 가방을 메고 직원들을 향해 가볍게 손바닥을 내보였다. 정 주임이 파일을 정리하다 말고 엉거주춤 그녀를 쳐다보았다.

"정 주임, 내일은 퇴근 후 같이 저녁 먹어요. 내가 살게."

"네, 대리님. 조심히 들어가세요."

"응. 수고."

오랜만에 칼같이 퇴근 시간에 맞추어 사무실을 나섰다. 오늘도 역시 정신없는 하루였고 처리해야 할 업무가 아직 남아 있었지만 오늘만큼은 어쩐지 얼른 집으로 가고 싶은 마음이 들었다.

어깨에 멘 가방끈을 쥐고 엘리베이터를 기다리는데 건너편 출구에서 연구팀 직원들이 쏟아져 나왔다. 오전에 휴게실에서 마주쳤던 여직원들도 보였다. 눈이 마주치자 서로 어색한 인사를 주고받았다.

띵. 엘리베이터 문이 열리자 경원은 덤덤하게 그 안에 올라탔다.

이번 워크숍을 연구팀과 같이 간다고 그랬지…… 벌써 골치가 아팠다. 무슨 핑계를 둘러대고 빠질지 고민해 봐야 할 것 같았다. 갑작스레 집에 일이 생겼다고 할까? 아니면 몸살에 걸렸다고 해야 하나? 이 정도 수준의 핑계로는 양 팀장을 속일 수 없을 텐데.

엘리베이터가 1층에 도착하자마자 곧바로 정문으로 향한 경원은 눈앞에 펼쳐진 예기치 못한 광경에 조용히 눈살을 찌푸렸다.

칙칙한 하늘에서 장대 같은 비가 내리고 있었다. 정문의 회전문을 통과하자마자 싸늘한 비바람이 몰아치는 모습에 절로 한숨이 나왔다. 점심때는 투명할 정도로 날씨가 쾌청하더니.

혹시나 하고 가방을 뒤져 보았지만 우산은커녕 비를 피할 만한 어떤 것도 보이지 않았다. 평소처럼 업무용 바인더를 몇 개 챙겨서 나왔으면 도움이 되었을 텐데. 마땅히 손에 집히는 게 없자 경원은 망연자실했다. 빗방울이 갈수록 굵어지는 듯했다.

이 시간엔 택시 잡기도 어려운데. 그러다 건널목 편의점 간판이 눈에 띄었다. 다시 사무실에 올라가 남는 우산이 없는지 찾아보는 게 나을까 고민하던 찰나였다. 건널목의 불이 파란불로 바뀌자 경원은 심호흡을 마치고 냅다 뛸 준비를 했다.

"이거 쓰고 가."

누군가 뒤에서 손목을 잡아챘다. 검은색 우산을 들고 선 시운이 제 손목을 잡아챘다. 잡힌 곳이 아플 정도로 센 힘은 아니었지만 갑작스러운 그의 등장에 놀랐다. 아주 동에 번쩍, 서에 번쩍이시다.

잡힌 손목을 풀어 준 그가 손안에 우산을 쥐여 주었다.

"비 오길래 혹시 너 우산 없을까 봐."

실컷 쏟아지는 빗소리에 파묻힌 그의 목소리는 작았다. 하지만 똑똑히 알아들을 수 있었다. 우물쭈물 말을 마치자마자 제 눈치를 살피며 입술을 앙다문 모습을 보았다. 경원은 말없이 손에 쥐어진 우산과 시운을 번갈아 보았다.

언제 이렇게 가까운 거리에서도 멀게 느껴지게 됐을까. 처음엔 교복을 입은 모습으로 친구들 사이에 둘러싸여 있다가 그다음엔 캠퍼스를 함께 거닐며 스스럼없이 시간을 보냈다. 그때도 이미 어른이 되었다고 생각했는데 지금과는 또 다른 느낌이었다.

우두커니 서 있는 그의 모습이 이상하리만큼 눈에 밟혔다.

"난 차 타고 가면 되니까 그냥 가져가."

우산과 자신을 번갈아 보는 모습이 마음에 안 든다는 것처럼 느껴졌는지 그가 둘러대듯 말했다. 그녀가 냉소적인 태도로 저를 돌아설 것이 염려되었지만, 우산도 없이 빗속을 뚫고 가도록 두고 싶지 않았다.

"고등학교 2학년 땐가. 네가 나한테 생일 파티에 꼭 와 달라고 했었잖아. 기억나?"

이 와중에 왜 궁금해진 건지 모르겠지만, 경원은 입에서 나오는 대로 술술 물었다.

"난 그때 안 갔어. 아니, 그 후로 단 한 번도 네 생일을 챙겨 준 적이 없어. 내가 그런 면에선 무신경한 탓도 있었지만 너도 굳이 말하지 않았으니까. 그냥 대수롭지 않게 여기고 넘겼던 거 같아."

"갑자기 그게 왜?"

"너한테 나란 존재는 딱 그 정도였잖아. 나 말고도 주변에 많은 사람이 있으니까. 너야말로 대수롭지 않았겠지. 내가 왜 너를 멀리하려는 건데. 괜한 기대를 걸고 싶지 않아서야. 그런데 지금 보니 참 우습네. 무슨 심경의 변화로 이렇게 바뀐 거야?"

말로만 특별하다 해 놓고 정작 깊어질 틈도 주지 않으면서. 투정을 부리다시피 물었다. 이렇게 다가올 거였으면 진작 그래 주지, 왜 이제야 변덕을 부려 마음을 뒤흔드는 거냐고 속이 쓰려 물었다.

"뭐야, 진짜로 비야?"

사무실 직원들이 회전문을 통과해서 속속 등장하기 시작

했다. 동시에 시운이 그녀의 어깨를 감싸 쥐고 건물 옆으로 몸을 숨겼다.

어둑해진 하늘과 쏟아지는 빗줄기에 시야가 불분명해진 터라 두 사람의 모습은 눈에 띄지 않았다.

"거봐요. 온다고 그랬잖아요."

"에잇, 사무실에도 우산 남는 거 없던데. 김 대리, 같이 쓰고 가자."

양 팀장과 직원들이 우왕좌왕하는 모습이 보였다. 우산이 펼쳐지는 소리가 났고, 후다닥 뒤쫓는 발걸음도 들렸다.

"정 주임, 뭐해? 안 가?"

"아, 네. 가요!"

양 팀장이 소리치자 정 주임이 맨 마지막으로 걸음을 옮겼다. 이윽고 주변이 잠잠해졌다. 먼 인기척과 빗소리밖에 들리지 않았다. 고요해진 틈에 시운이 입을 열었다.

"줄곧 후회하고 있었어. 널 두고 미국에 간 거."

경원은 그에게 뒤를 잡혀 목소리밖에 들리지 않았다.

"많이 후회했어. 연락이 끊기고, 네가 일부러 날 피하는 걸 알고부터 내내 후회했어. 그러다 다시 만나니까 너와 예전처럼 돌아갈 수 있을 것만 같더라. 그 허황된 상상에 너무 설레고 좋았는데, 그게 답이 아니었어."

그가 천천히 경원의 어깨를 잡아 돌렸다.

"한 번만 더 기대를 걸어 주면 안 될까?"

어둠 속에서 그의 표정이 어땠는지 알 수 없었지만, 한 가지만큼은 분명하게 느꼈다. 그의 목소리가 떨리고 있다는 것. 그 떨림에 경원도 덩달아서 떨리기 시작했다.

5. 숨길 수 없는

밤새 내린 비로 길가엔 온통 물웅덩이가 생겼다. 하늘은 여전히 회색빛으로 물들어 있었고 비바람의 잔해가 싸늘하게 불어닥쳤다. 우중충한 날씨 속, 출근길에 오른 회사원들은 저마다 불만을 품고 옷깃을 여몄다. 하루의 시작을 알리는 아침부터 벌써 어깨가 처져 있었다.

여기 단 한 사람을 제외하고. 어느 때보다 가벼운 발걸음으로 콧노래를 흥얼거리며 사무실에 등장한 이가 있었다. 평소에도 허투루 꾸미고 출근한 적은 없지만 특별히 더 신경을 쓴 모습이었다. 장신의 체격을 휘감는 짙은 슈트에 코트를 걸치고 넥타이는 산뜻한 컬러로 인상을 화사해 보이도록 매치시켰다. 원래 웃음기가 넘치는 인상이지만 오늘따라 유난히 표정이 밝았다.

"상무님, 오셨습니까?"

"안녕하십니까, 상무님!"

여기저기서 그를 향한 인사가 쏟아졌다. 부임한 지 얼마 안 되었지만 시운에 대한 호감도는 상당히 높았다. 부드러운 카리스마를 겸비하고 권위적이지 않아 이미지가 좋았다. 어딜 가든 모두가 그를 반겼다. 반대로 그가 눈치를 보고 신경 쓰던 사람이 있었지만 오늘로써 모든 게 아무렇지도 않아졌다.

"굿모닝입니다. 날씨가 참 선선하고 좋네요."

"그렇죠, 날씨가 참……."

오늘같이 축 처지고 어두운 날씨가 그런 식으로 형용할 만한 날씨던가. 시운과 정면으로 마주한 양 팀장이 의문을 가지면서 대꾸했다. 뭐, 상사가 그렇다면 그런 거지. 토를 달만한 게 아니었다.

"오전 회의는 세미나실에서 진행하겠습니다. 요청하실 게 있으시다면 말씀 주십시오."

"아, 마실 건 제가 준비할게요. 1층에 카페가 있던데."

"예? 아닙니다. 그런 건 제가……."

시운이 손짓으로 양 팀장을 저지하고 인상을 찌푸리는 시늉을 했다.

"이경원 씨도 참여하죠?"

"예, 이 대리도 당연히⋯⋯."

"그럼 이경원 씨하고 같이 내려갔다 오면 되겠군요. 인원수에 맞춰서 사 오려면 아무래도 손이 모자랄 테니까."

"아⋯⋯."

양 팀장이 입을 벌리고 느리게 고개를 끄덕였다. 어찌 됐든 직접 마실 거리를 준비해 오시겠다고 하니 반가운 일이었다. 양 팀장이 멍하니 고갤 끄덕거리며 그에게 순응했다.

파티션 너머로 두 사람의 대화를 듣게 된 경원의 표정이 순식간에 일그러졌다.

"경원 씨, 들었죠? 회의는 10시 반부터니까 한 시간 뒤에 엘리베이터 앞에서 봐요."

시운이 자신의 손목으로 시간을 살피며 덧붙였다. 경원은 정말 그를 못 본 체하고 싶었지만 어쩔 수 없이 대답했다.

"알겠습니다."

그녀가 떨떠름하게 한 대답을 듣고서 시운은 싱긋 웃어 보였다. 아침부터 왜 이리도 설레고 기분이 좋은지 모르겠다. 온 세상이 눈부시고 모든 게 밝아 보였다. 제 눈이 미친 건지 몰라도 오늘 그의 기분은 최근 들어 가장 최상이었다.

"한 번만 더 기대를 걸어 주면 안 될까?"

어제 저녁, 조마조마해서 터질 것 같은 심장을 부여잡고 가까스로 내뱉은 말이었다. 마음 같아선 그간의 행적들을 모두 되돌리고 싶을 만큼 그녀를 향한 후회를 품고 있었다.

"나 무시하지 마. 너한테 관심 받고 싶어 미치겠어."

간절히 바랐다. 그녀와 마주 섰던 그 순간, 또 어떤 냉담한 반응으로 가슴에 못이 박힐까 숨 막히도록 두려웠다.

"기회를 줘, 한 번만. 내게 기대를 걸어 줘."

다행인 건 그 두려운 정적을 깨고 빗소리가 내내 이어졌다는 것이다. 덕분에 어두운 시야를 뚫고 말할 용기를 붙일 수 있었다.

"웃기네. 드라마 찍니?"

갑자기 그녀가 팔을 뻗어 몸을 움직이는 바람에 방심하고 있던 시운은 화들짝 놀라 움찔거렸다.

"기회는 딱 한 번이야. 너 하는 거 보고 결정할 테니까 알아서 해."

시운은 제 눈을 콕 찌를 듯이 뻗어진 그녀의 검지를 응시했다. 일직선으로 자신을 가리키고 있었다.

"그렇다고 허튼 수작 부리면 죽는다."

할 말을 마친 그녀가 태연하게 우산을 펼치더니 금방 빗속으로 사라져 갔다. 차츰 점이 되어 멀어지는 그녀의 뒷모습을 보면서 시운은 한참을 서 있었다.

"푸흐흐."

어제의 일을 회상한 그가 코트를 벗어 옷장에 넣자마자 웃음을 참지 못하고 터트렸다. 속이 간질간질했다. 허파에 바람이라도 든 듯이 피식피식 웃음이 새어 나왔다. 싫지 않은 기분에 취해서 제대로 잠도 이루지 못했었다. 그런데도 버젓이 침대에서 일어나 기지개를 켰고 어느 때보다 가뿐하게 아침을 맞이했다.

시운은 열린 방문 너머로 경원의 모습을 쫓았다. 문 앞에 세워 둔 두툼한 화분에 가려져 얼핏 보이는 그녀는 복사기를 두드리고 있었다.

골반에 손을 얹고 짝다리를 짚은 걸로 보아 복사기가 문제를 일으킨 모양이었다. 저 모습조차 왜 이렇게 귀여운지 모르겠다.

허튼 수작 부리면 죽는다니. 저 연약하고 마른 손에 잡혀 죽어도 그다지 여한이 없을 것 같다는 실없는 생각이 들었다.

시운은 가려진 화분 틈새로 고개를 움직여 가며 주시했다. 무심하게 시야를 지나쳐 가는 직원들 때문에 여간 방해가 되는 게 아니었다.

잠시 후, 실험실 가운을 입은 누군가가 그녀의 주변에서 알짱대기 시작했다. 저 실험실 가운이 상당히 거슬리는데. 마르고 길쭉한 체격으로 보아 최지원 연구원이 분명했다.

"토너 갈 때 된 거 아니에요?"

영문 모를 에러 메시지가 떠서 복사기와 씨름을 벌이던 경원이 뒤에서 들려오는 목소리에 고갤 들었다. 지원이 실험실 가운 주머니에 손을 꽂고 서 있었다.

"아, 지원 쌤. 어쩐 일이에요?"

"지난번에 받아 갔던 용도서 원본 돌려 드리려고요. 뭐라고 메시지가 뜨는데요?"

"토너 문제는 아니고, 뭔가 안에서 걸린 것 같은데……."

"봐 봐요."

지원이 기기를 들여다보며 용지함 주변을 살피기 시작했다. 경원은 한 발짝 뒤로 물러서서 그를 지켜보았다.

"단순히 용지가 걸린 건 아닌 것 같네요. 기사님 불러야 할 것 같은데 급한 거예요?"

"오전 회의 때 쓸 자료라 급하긴 해요."

"연구실 걸로 하면 되죠. 몇 부 필요해요?"

"아, 그럼 그냥 제가 연구실로 가서……."

경원은 말을 다 잇지 못하고 꺼림칙한 표정을 지었다. 연구실의 문턱을 넘자마자 곱지 않은 시선이 쏟아질 예감이 들었다.

"여덟 부만 부탁할게요."

바로 정정했다.

"음료 쏴요."

그가 복사기에 꽂혀 있던 서류들을 뽑아 들고는 피식거렸다. 지난번 일도 그렇고, 지원에겐 여러모로 고마운 일이 많았다. 음료 한 잔 정도야. 경원이 흔쾌히 고갤 끄덕였다.

"주문할게요. 카페 라테 네 잔하고 아메리카노 네 잔, 카모마일 두 잔 주세요. 카모마일 빼고 전부 아이스로요."

"계산은 내가……."

1층의 커피숍. 시운이 카운터에 주문을 넣던 경원을 저지했다.

"됐습니다. 회사 카드 가져왔거든요."

단호하게 거절한 그녀가 카드를 내보였다.

"주문 확인하겠습니다. 카페 라테 네 잔, 아메리카노 네 잔, 그리고 카모마일 두 잔. 카모마일 빼고 모두 아이스 맞으십니까?"

"네. 카모마일 한 잔은 현금으로 따로 결제할게요."

시운은 멀뚱히 서서 그녀를 보았다. 그 한 잔을 누굴 주려고 따로 결제한단 말인가. 머릿속에 의문이 드는 것과 동시에 언짢은 기분이 밀려들었다. 경원은 계산을 마친 뒤 직원에게서 받은 진동 벨을 들고서 빈자리를 찾았다.

머쓱하게 지갑을 넣은 시운도 스리슬쩍 옆자리에 앉았다. 오전의 카페 안은 한산하기 그지없었다. 머신에 원두가 갈리는 소리와 그윽한 커피 향이 물씬 풍겼다.

"이따 저녁에 뭐해?"

"요."

"선약 없으면 나랑 저녁 먹자."

"요, 붙이시라고요."

그녀가 철두철미하게 존대를 부추겼다. 아무리 보는 눈이 없고 작은 목소리여도 회사이기 때문에 신경 쓰이는 건 어쩔 수 없었다.

"그런 말은 존대를 쓰더라도 회사에서 별로 듣고 싶지 않은데. 차라리 메시지를 보내요."

"답장해 줄 거예요?"

"알았으니까. 차라리 그렇게 하시라고요."

시운은 불만 없이 연달아서 고개를 끄덕였다. 이때까지만 해도 경원은 예상치 못했다. 앞으로 휴대폰에 줄기차게 메시지 알람이 뜰 것이라는 것을.

"주문하신 메뉴 나왔습니다."

경원은 지원에게 전해 줄 카모마일 차를 따로 챙기고 나머지는 모두 캐리어에 담았다.

커피숍을 나서면서 경원은 괜스레 시운을 흘겨보았다. 도대체 오늘따라 왜 저렇게 실없이 웃고 있는지 모르겠다. 그에게 다시 기회를 준다고 말하긴 했지만 저렇게 헤벌쭉할 줄 알았으면 좀 더 속을 썩일 걸 그랬다. 생각해 보면 그가 자신의 첫사랑이었던 기간 동안 겪은 마음고생도 꽤나 심했던 것 같았다. 얄미운데 다시 무를까 보다.

"얼른 와요, 얼른!"

앞서서 엘리베이터를 잡고 있던 그가 손에 든 캐리어를 흔들어 보였다. 저 남자가 내가 알던 그 권시운이 맞나. 예전부터 여기저기 웃음을 흘리고 다녔지만 오늘은 어딘가 변한 것 같다. 지난 6년이라는 세월 속에서 뭔가 깨달은 걸까.

"전 사무실에 들렀다 갈 테니까 먼저 세미나실로 가세요. 다들 있을 거예요."

사무실이 있는 층수의 버튼과 그 위의 버튼이 눌러졌다. 아직 회의 시작까지는 여유가 남았는데 그 짧은 시간 동안이라도 시운은 그녀와 둘만의 시간을 가지고 싶었다. 맥없이 계획이 무너지자 조금 시무룩해졌다. 이렇게 철벽이 심한 여자는 난생처음이었다.

그래도 오늘은 기분 좋은 날이니까.

"이경원 씨."

"네."

"이경원 대리."

"왜요?"

"이따 꼭 데이트해요."

띵. 엘리베이터가 사무실 층에 도착했다. 얼굴이 벌겋게 달아오른 경원이 안에서 내렸다. 복도 주변엔 아무도 없었고 엘리베이터 안에도 둘뿐이었지만, 순간적으로 너무 당황해서 얼굴에 열이 올랐다.

"이따 꼭 데이트해요."

시운이 제 귓가에 대고 속삭였다. 아주 작고, 느리게, 야릇한 음성으로. 뜬금없는 속삭임과 미세한 숨결이 생생하게 전해져 왔다. 덕분에 엘리베이터가 떠나고 난 뒤에도 귓가와 목 언저리가 가려웠다. 참을 수 없이 간지러워 온몸을 긁고 싶어졌다.

"이 대리, 왔어?"

세미나실 문을 젖히자마자 양 팀장이 부담스럽게 그녀를 반겼다. 지원에게 음료를 전달해 주고, 잠시 사무실에서 시간을 때우다가 올라온 것인데도 불구하고 다들 여유가 넘치는 모습이었다. 상석에 앉은 시운을 둘러싸고 직원들이 화기애애한 분위기를 연신 풍겼다.

"참, 우리 상무님 부임하신 기념으로 전체 회식이라도 거하게 한 번 진행해야 할 텐데요. 제가 전무님한테 귀띔 좀 드리겠습니다."

"그러니까요, 팀장님. 전체 회식한 지 얼마 안 되긴 하지만, 우리 프로젝트 팀원끼리라도 회식하는 게 어떨까요?"

"오, 정혁 씨. 굿 아이디어!"

굿 아이디어는 무슨. 상사에게 잘 보이기 위한 알랑방귀가 쏟아졌다. 물론 회사 생활의 불문율과도 같은 상황이었다.

경원은 조용히 순응하면서 노트북의 전원을 켰다. 오전 시간은 고스란히 회의에 할애해야 할 것 같았다. 그녀는 시약업체로부터 받은 메일을 확인하고 노련하게 답장을 써 내려갔다.

"참, 상무님. 이번 상반기 워크숍에 참석하시는 거죠?"

"얘긴 들었습니다만, 글쎄요. 제가 가지 않는 게 다들 편할 텐데요."

잘 아시네. 경원은 속으로 비죽거렸다. 자고로 상사란 회사 안팎을 떠나서 같은 공간에 있기가 꺼려지고 불편한 존재였다.

"오히려 다들 상무님이 꼭 오셨으면 할 걸요?"

노트북 화면에 커서를 띄워 두고 경원이 양 팀장을 흘깃댔다. 진정한 아부의 신이다. 경의의 박수를 보내고 싶어졌다.

"그래도 그날은 스케줄이 있을지 몰라서요. 일단 생각은 해 보겠습니다. 회의 시작할까요?"

"알겠습니다."

노트북으로 자동 로그인되어 있던 모바일 겸용 메신저에 새로운 알림창이 떴다. 경원은 내용을 확인하자마자 망설임 없이 노트북을 덮어 버렸다.

〈너 가는 거면 나도 갈래.〉

앞으론 메시지로 보내라고 한 게 반나절도 지나지 않았는데. 뒤늦은 후회가 밀려들었다.

〈무슨 생각해?〉

그냥 멍 때린 거야.

〈뭐가 그렇게 심각해?〉

일하는 중이니까.

〈얼른 퇴근하고 싶다♡〉

읽기만 하고 답변은 보내지도 않는데 수시로 떠오르는 메시지 알림 창으로 인해 도무지 일에 집중할 수가 없었다. 경원은 자리에서 살짝 엉덩일 떼고 건너편의 시운을 노려보았다. 눈이 마주치자마자 그가 방긋거렸다. 바빠 죽겠는데, 저 인간은 왜 저렇게 한가한 거야?

경원은 매서운 눈빛으로 그를 제압하고 다시 자리에 앉았다. 권시운, 단 하루 사이에 아주 신나셨어.

"대리님, 부탁하신 거래 현황표 업로드했어요."

"아, 응. 고마워."

정 주임이 불쑥 말을 건네자 경원은 괜스레 속이 찔렸다. 시운과 눈짓을 주고받았던 걸 본 건 아니겠지?

"오늘 저녁에 같이 식사하는 거죠?"

그녀가 생긋하며 말하자 조용히 속을 쓸어내렸다.

"응. 내가 산다고 그랬잖아. 뭐 먹고 싶어?"

"비싼 거 먹어도 돼요?"

"미리 메뉴나 정해 둬."

"네! 얼른 가서 맛집 찾아봐야지."

이번 달에 퇴사가 결정되었다는 정 주임은 한창 업무 인계를 준비 중이라 이리저리 돌아다녔다. 남의 일 같지 않았다. 자신도 언젠가 하루아침에 이곳을 그만두고 싶다는 생각이

163

들지 몰랐다. 아무리 생계유지 때문에 버틴다 하더라도 한계를 느끼면 결국 사직서를 내 버리는 모습들을 많이 봤다.

경원이 잠시 생각을 정리하는 사이 회의가 끝나자 모두 자리에서 일어났다. 사무실로 돌아온 경원은 맛집을 찾아보겠다며 흥얼거림과 함께 제자리로 향하는 정 주임의 뒷모습을 보았다. 기운이 없어 보이진 않는데.

"어후, 이 대리! 지난주에 허 박사한테서 받은 시약 리스트는 어떻게 처리하고 있어?"

양 팀장이 책상에 파일을 내리치며 말했다. 경원이 그 둔탁한 소리에 깜짝 놀라 두 눈을 껌뻑였다. 어디서 꼬이고 와선 나한테 화풀이를 하는지. 아까 회의실에선 그렇게 기분이 좋아 보이더니. 다혈질의 달인답게 그새 저조해진 듯했다.

"이번 주에 받을 거하고 취합해서 드리려고 했어요."

"아니, 허 박사는 왜 이때 월차를 내가지고."

그가 말끝에 경원을 노려보았다. 지난번에 두 사람이 실험실에서 다투었던 일 때문이라는 듯 눈빛에는 신경질이 가득했다.

"내일 출근하시면 받아서 금방 취합해 드릴게요."

경원은 애써 침착하게 대꾸했다. 확실히 지금 이 시기에 책임자가 월차를 낸 건 문제가 있었다. 양 팀장은 넥타이를 끌어 내리면서 자리에 앉았다.

"지난주 거라도 일단 상무님 갖다 드려."

"네? 아……."

"뭘 넋 놓고 있어? 아까 회의 때 못 들었어? 매주 보고하라는 사항이었잖아."

"알겠습니다."

본인이 일처리를 제대로 못 하고 있는 걸로 오해를 받을까 봐 걱정인 모양이었다. 경원은 한 손으로 머리를 쓸어 넘기며 폴더를 열었다. 상사에게 당당하게 내밀 수 있는 자료는 본인이 갖다 내고 그게 아니면 아랫사람을 시키는 게 하루 이틀 일은 아니었다.

억울하면 그보다 더 진급을 해서 꼼짝 못하게 만들던가, 그냥 잠자코 시키는 일을 하던가. 경원은 인쇄 버튼을 누르고 프린터 앞으로 갔다. 창밖으론 빗방울이 떨어져 내리기 시작했다. 일기 예보에 오늘도 비가 내린다고 했지. 작년 이맘때에도 한창 프로젝트 마감 준비로 바빴던 기억이 났다. 어째 해가 거듭할수록 일이 더 수월해지는 것이 아니라 책임의 소지만 높아졌다.

창가에 비추어져 보이는 제 안색이 굳어져 있었다.

─우리 아들 얼굴 보기 참 힘들다. 주말에도 내내 일 있다고 그러고. 자꾸 엄마한테 이럴 거야?

시운은 어깨에 휴대폰을 대고 보고받은 자료들을 마저 검토했다. 전화 너머 어머니의 음성에는 서운한 기색이 가득했다. 지난주에 본가에 다녀왔던 일이 궁금한지 그의 집으로 든, 사무실로든 찾아오겠다고 성화였다.

시운은 결재 서류에 서명을 하면서 낮게 대꾸했다.

"조만간 제가 찾아뵐게요. 처리할 게 많아서 그래요."

─만날 말로만 그러지. 얼굴이라도 자주 내비치지 않을 거면 좋은 소식이라도 전해 주던가. 다음 선 자리 알아보는 중이니까 이번엔 좀 진지하게 만나 보렴. 엄마가 걱정 안 하게 해 주란 말이야.

"그런 건 제가 알아서 하겠다고 말씀드렸잖아요."

─그럼 대체 네가 마음에 두고 있다는 사람이 누군데? 회피하려고 말로만 그러는 거 아니니? 엄마, 너무 서운해지려 그래.

회피하려는 게 아니라 그 상대가 저를 회피하고 있어서 그런 겁니다. 시운은 덧붙여 말하려다 반듯하게 입꼬리를 올렸다. 정작 서두르고 싶은 건 자신이었다.

어머니와 통화를 이어 가는데 열린 문턱에서 누군가 노크를 하며 인기척을 냈다. 통화와 동시에 서류를 점검하던 그가 시선을 올렸다.

경원이 새초롬한 얼굴로 서류를 들고 서 있었다.

"저 업무 중이라 다시 전화 드릴게요."

바로 휴대폰을 내려 두고 표정에 다 드러나도록 그녀를 반겼다. 저런 새침한 모습도 귀엽단 말이지.

"무슨 일?"

"이거 지난주에 허 박사님한테서 받은 중기청 과제 시약 리스트요. 매주 보고 올리라고 하셔서."

"아, 이리 줘요."

보고 내용 따위는 중요치 않았다. 그녀가 제 방으로 걸어 들어오는 모습이 보기 좋을 뿐. 경원이 제 책상에 서류를 내려놓는 순간, 시운이 그녀의 손끝을 잡았다. 여직원들이 늘 하고 다니는 것 같은 형형색색의 네일 아트도 없이 깨끗하고 단정한 손이었다.

그와 손끝이 닿는 순간 경원이 입술을 앙다물었다.

"잠깐만, 사원증이 돌아갔는데?"

그가 다정한 목소리로 그녀의 목에 걸린 사원증을 앞면으로 뒤집어 주었다. 사원증에는 고딕체로 그녀의 이름이 쓰여 있었고, 흰 블라우스에 대조되는 까만 머리를 깔끔하게 묶은 증명사진이 박혀 있었다.

여분이라도 있으면 꼭 간직하고 싶을 정도로 계속해서 눈에 담고 싶었다.

"저녁 같이 먹는 거죠?"

"선약 있어요."

경원이 최대한 낮은 목소리로 말했다. 어차피 사무실 밖까지 들릴 것 같지는 않았지만 마음을 놓을 순 없었다.

"뭐야, 기대했는데."

"전 같이 먹겠다고 약속한 적 없거든요?"

"그럼 내일은? 설마 내일도 선약?"

"네, 맞아요."

내일은 할머니의 기일이었다. 경원은 제 목에 걸린 사원증을 다시금 만지며 그에게서 멀어졌다.

"그럼 그다음 날도? 아니, 그냥 내년에 약속을 잡으면 되나?"

시운이 불만을 토로하듯 불퉁해졌다. 마치 어린아이가 떼를 쓰는 것 같은 모습이었다.

"언제까지 기다리게 할 셈이에요? 그것만 말해 주면 어떻게든 견뎌 볼게. 그때 되면 내가 이곳 사장이 되어 있을지도 모르겠네. 지금보다 더 멋있어져서. 놓치면 후회할 텐데."

그가 건네받은 서류를 들춰 보는 시늉을 하면서 툴툴거렸다. 멀리서 보면 업무적인 중요한 얘기를 주고받는 것처럼 보였다. 실은 유치하기 짝이 없는 소릴 내고 있을 뿐인데. 경원은 학생 때의 그를 보는 것 같아 참지 못하고 실소를 터뜨렸다.

"모레, 퇴근 후에."

주저리 말을 이어 가던 시운의 눈이 동그랗게 떠졌다. 경원은 뒷말을 생략한 채 걸음을 돌려 나갔다.

그녀의 입가에 웃음기가 서려 있던 모습을 포착하고 나니 시운은 불시에 엔도르핀이 차올랐다. 잠시나마 침울했던 감정이 싹 풀려 버렸다. 사람 마음을 아주 들었다, 놨다 하는 그녀의 행동 하나하나에 기분이 들쑥날쑥해졌다. 할 수 있다면 저 도도한 걸음을 멈추어 세워서 안아 주고 싶은 충동이 들었다.

"대리님, 상무님하고 무슨 사이세요?"

경원은 하마터면 입안에 가득 찬 맥주를 뿜어낼 뻔했다. 퇴근 후에 정 주임과 마주 앉은 자리에서 추태를 보일 수는 없었다. 하지만 뜻밖의 지적을 받고 태연하게 대처하지 못하고 당황했다.

정 주임이 내내 블로그를 뒤지며 고심 끝에 결정했다는 이곳은 일본식 인테리어로 꾸며진 퓨전 요릿집이었다. 보기만 해도 군침이 돌 것 같은 메뉴를 눈앞에 두고 미리 맥주잔을 부딪쳤던 게 후회가 되었다. 정 주임이 경원에게 티슈를 뽑아서 내밀었다.

"역시 뭐 있죠? 그렇죠?"

"뭐라는 거야? 너무 황당해서 말도 안……."

"에이, 아닌데. 뭔가 있는 거 맞는데."

정 주임이 짓궂게 말했다. 밖에서 이렇게 둘이 저녁 식사를 가진 게 처음은 아니었지만, 오늘따라 회사 안에서보다 훨씬 장난기가 넘쳤다.

"있긴 뭐가 있어? 정 주임, 난 이제 사수도 아니라 이거야? 내일 업무 폭탄으로 야근 한 번 해 볼래?"

"왜요. 저한테만 솔직히 말해 주세요. 저 눈치 엄청 **빠른** 거 아시죠? 저번에 대리님 어머니가 점심때 회사 앞으로 오셨다고 했을 때, 상무님이 긴밀하게 저 불러서 대리님 얘기 꺼내셨을 때부터 느낌이 왔었어요. 보니까 두 분이 주고받는 눈길도 보통 아니던데."

농담 식으로 지나치려고 해도 정 주임의 예리한 눈빛이 가시처럼 몸에 박혔다. 경원은 입가를 닦아 낸 뒤에 젓가락을 들었다. 동요하지 말자고 생각하면서도 속으론 언제, 어디서부터 티가 난 거지? 하고 머리를 굴렸다. 설마 다른 사람들도 그렇게 본 건 아닌가 싶어 불안해지기까지 했다.

하지만 양 팀장만은 분명 아무 눈치도, 관심도 없는 게 확실했다. 그게 아니라면 오늘도 틈나는 대로 저한테 다혈질을 부려 댈 리 없었을 테니까.

"쓸데없는 소리. 회사에서 일은 안 하고 나만 본 거야? 정 주임, 내가 그렇게 좋으면 왜 그만둬?"

경원이 장난스럽게 핀잔을 주자 대답을 회피하려는 것이라고 직감한 정 주임이 피식거리면서 화제를 돌렸다.

"제가 이 회사 왜 들어왔는지 아세요? 제 전공이 경영학이었거든요. 회계도 좀 배웠고요. 그래서 여기서 일하면 제가 배운 지식들도 써먹을 수 있고, 또 안정적일 것 같으니까 지금까지 버틴 거예요. 주임이라는 직급 달아도 나이로는 여전히 막내라 틈만 나면 팀장님 커피 심부름에, 비품 정리에 궂은일도 마다하지 않았죠. 그게 불만은 아니었어요. 전문적으로 일을 잘하는 것도 아니고, 연구원들처럼 실험에 능한 것도 아니니까요. 제가 딱 원하는 평범한 회사 생활이었어요."

정 주임이 마치 남의 일이라는 듯이 아무렇지도 않게 제 이야기를 풀어 갔다.

"그래도 대리님처럼 기댈 만한 사람도 있고, 다 좋았어요. 고루고루 다 좋았으니까 저도 가능한 오래 다니고 싶었고요."

"그럼 뭐가 문젠데 그래?"

"지난달에 팀장님이 저 따로 불러서 말씀하신 게 있거든요. 우리 회사 계열사 중에서 지방에 있는 곳으로 파견 나가라고요. 딱 1년만 있다가 다시 돌아올 수 있다고 하셨는데, 솔직히 연고도 없는 데서 제가 잘 적응할 수 있을는지 모르겠더라고요. 팀장님이 저한테 따로 전할 말이 있다기에 진급은 아니더라도 급여에 대해서 말씀해 주실 줄 알았거든요. 제가 전문대를 나왔는데, 같이 입사한 동기하고 애초부터 연봉이 달랐어요. 계약직으로 시작했다가 정규직으로 전환된 거라 그 부분은 이해했는데 갑자기 근무지를 이동시키면 적어도 제가 얻는 게 있어야 할 거 아녜요."

경원은 잠시 말문이 막혀 아무런 대꾸도 할 수 없었다. 본인이 원치 않은 지방 파견이라니. 확실히 본사 격인 이곳보다는 업무적인 환경이나 대우도 다를 게 뻔했다. 그런 일이 있었을 줄은 차마 생각지 못했다. 물론 양 팀장만의 결정이 아니라 위에서 내려진 판단일 테지만.

경원은 손끝으로 입을 가리고 눈살을 찌푸렸다. 단순히 일이 힘들거나 사람 때문이 아니라 위에서 제멋대로 통보를 받았다는 게 언짢아서였다.

"게다가 집안일이나 개인적인 사정 때문에 좀 지친 상태였는데, 엎친 데 덮친 것 같은 기분이 들었어요. 퇴사하겠다고 결정 내리니까 정말 휴식을 갖고 싶기도 하고요."

"그러지 말고 내가 팀장님한테 한 번 말씀드려 볼게. 인원 충원 때문에 그런 것 같은데, 본사에서 말고 그쪽에서 알아서 처리하도록 정정하면 괜찮지 않을까? 그보다 자기, 지금 혼자 나와 살고 있지 않아? 회사 그만두면 퇴직금 받을 거로 당분간 생활이 가능하다 쳐도 그 이후엔?"

"이력서 돌리고 열심히 면접 보러 다녀야죠. 괜찮아요. 선배들한테 부탁해 볼 수도 있고요."

"구관이 명관이랬어. 정말 이 회사에 정떨어진 거 아니면 다시 생각해 봐. 팀장님하고 조율해 보자."

지극히 마음이 쓰였다. 분명 속이 쓰렸을 텐데, 전혀 티를 내지 않았던 것이 더욱 안쓰럽게만 여겨졌다. 경원이 살며시 그녀에게 손을 내밀어 손등을 쓰다듬어 주었다.

"사수인데 아무것도 모르고 있어서 미안해."

"왜 대리님이 미안해요. 이렇게 맛있는 것도 얻어먹는데."

그녀가 활짝 웃어 보이며 씩씩하게 음식을 입에 넣었다. 아무것도 모르고 넘어갈 뻔했다. 업무에, 집안일에 여러모로 스트레스를 받으며 저처럼 애끓고 있는 사람이 주변에도 있을 줄 몰랐다. 도움이 될 순 없어도 그녀를 따뜻하게 보듬어 주고 싶었다.

"자, 이제 대리님도 말씀해 주세요."

"또 무슨 소릴 하려고."

"실은 이거 비밀인데, 아까 대리님 회의 끝나고 회의실 정리하고 계실 때요. 전 다른 회의실 준비하려고 올라갔었거든요."

"그게 뭐?"

"그때 상무님이 문 뒤에서 엄청 사랑스럽단 눈빛으로 대리님이 정리하는 모습을 훔쳐보고 계셨어요. 눈에서 막 꿀 떨어지는데 당장 가서 주워 담고 싶더라니까요."

정말 빼도 박도 못 할 증거였다. 정 주임이 어울리지 않게 음흉한 눈길을 보내왔다. 그녀 앞에서 다시 말문이 막혔다.

오랜만에 과음을 한 탓인지 속이 뒤엉켰다. 경원은 헛구역질이 치미는 것을 참으면서 출근길의 지옥 같은 플랫폼을 빠져나왔다.

어제 가볍게 시작한 맥주가 2차로 자리를 옮기게 되면서 소주로 바뀌었다. 회사와 관련된 얘길 나누다 보니 신세 한탄으로까지 이어졌고, 결국 우울해진 두 여자는 막힘없이 술잔을 부딪쳤다.

"안색이 안 좋네요. 어디 아파요?"

하필이면 아침부터 사무실 전체에 대청소가 이루어졌다. 쓰린 속을 부여잡으며 창틈 걸레질을 하던 경원은 눈살을 찌푸렸다.

셔츠 소매를 걷어붙인 시운이 제 옆으로 다가와 쓸데없이 걸레질을 도왔다. 말 한마디라도 붙여 보려는 그의 속내가 뻔히 보였다.

"여긴 제가 할게요. 그냥 안에 계세요."

"다 같이 해야지 어떻게 혼자만 쉬고 있어요. 근데 정말 안색이 별론데, 전날 과음했어요?"

정 주임의 말이 떠올랐다. 아무리 눈치 빠른 정 주임이라지만 이대로 가다간 사무실 전체에 민망한 소문이 돌지도 몰랐다. 경원은 그에게서 한 발자국 떨어졌다.

"괜찮습니다."

더는 말을 걸지 말라는 무언의 신호가 느껴졌다. 시운은 머쓱하게 유리창에 세정제를 뿌렸다. 다른 남자 직원들하곤 스스럼없이 잘 지내면서 왜 저만 보면 밀어내기부터 하는지 야속한 마음이 들었다. 조금 전에도 복도에서 어느 남자 대리와 시답잖은 장난을 주고받았으면서.

샘나는 속을 내색하지 않으려 애썼지만 아무리 보는 눈이 많아서 기피한다 해도 너무 저한테만 냉담하게 구는 것이 서운했다. 가까운 거리에서도 닿을 듯 말 듯한 그녀 때문에 자꾸만 안달이 났다.

"어머, 상무님도 도와주시는 거예요?"

그때 어디선가 나타난 정 주임이 매우 해맑은 소릴 했다. 그녀의 요란한 등장에 경원은 괜스레 뜨끔해 한 발자국 더 물러섰다.

"근데 경원 씨는 자꾸 쉬라고 하네요."

"에이, 한 손이라도 더 거들어 주시면 완전 감사하죠. 대리님이 상무님 생각 너무하셨다."

"그래요? 경원 씨, 내 생각해 준 거예요?"

두 사람이 아침부터 합작으로 저를 놀리는 것 같았다. 경원은 떨떠름한 웃음으로 대답을 대신했다. 그래요, 너 생각해 준 거랍니다.

"어머, 상무님. 어쩜 이렇게 깔끔하게 닦으셨어요? 완전 반짝반짝하네요! 되게 꼼꼼하신데요?"

"제가 이래 봬도 청소가 취미거든요."

"정말요? 혹시 혼자 사세요?"

"예, 스무 살 때 이후론 쭉 혼자 살고 있습니다. 나름 집안일을 즐기는 편이라 취미로 삼고 있죠. 빈집이 가끔 쓸쓸하지만."

"설마 만나는 분이 따로 없으신 거예요? 말도 안 돼, 당연히 있으실 줄 알았는데."

얼씨구. 둘이 이젠 짝짜꿍, 손뼉까지 칠 기세였다. 경원은 기가 막혀서 못마땅한 시선으로 두 사람을 흘깃거렸다.

"마음에 둔 사람은 있는데, 그 사람이 곁을 내주지 않네요."

"그분 콧대가 되게 높으신가 보다."

괜스레 코끝이 간지럽기 시작했다. 분명 들으라고 하는 소리 같은데.

"그럴 만해요. 그래도 용서가 되는 사람이고."

"세상에. 상무님, 너무 멋있으세요. 그 여자분 누군지는 모르겠지만 참 부럽네요. 어떻게 상무님 같은 분의 마음을 받아 주지도 않고."

어디서 감히 순정파 코스프레를. 시꺼멓게 제 속을 썩이던 권시운은 어디로 갔을까.

경원은 헛기침을 하면서 슬쩍 자리를 피했다. 그녀가 어색하게 멀어지는 모습을 보면서 남은 두 사람이 묘하게 시선을 공유했다.

"상무님."

정 주임이 뭔가 결의에 찬 듯이 말했다.

"왜요? 내 얼굴에 뭐 묻었어요?"

정 주임이 씨익 입꼬리를 올려 웃었다.

암요. 얼굴에 이 대리님이 묻으셨네요. 완전 티 납니다.

차마 입 밖으론 내뱉지 못한 생각을 하며 그녀가 고갤 끄덕였다.

6. 너, 어디야

"저 왔어요."

오랜만에 찾은 부모님의 집은 삭막하기 그지없었다. 저녁
이 되었는데도 불이 꺼진 거실에는 TV만 켜져 있었다. 양손
에 들고 있던 무거운 짐을 바닥에 내려 두고 전등 스위치를
찾았다. 아무도 없는 줄 알았는데 환하게 불이 켜지자 소파
에 몸을 뉘이고 있는 아버지가 보였다.

"추운데 왜 여기서 주무세요."

"왔냐."

아버지가 부스스 몸을 일으켰다. 오랜만에 마주한 부녀는
서로 말이 없었다. 경원은 어색함에 곧장 주방으로 걸음을
옮겼다. 장바구니를 뒤적거리며 냉장고 문을 열었다.

그녀는 묘한 기시감에 주방 곳곳을 둘러보았다. 그러다 눈에 띈 아버지의 야윈 모습이 못내 마음에 걸렸다. 무뚝뚝한 큰딸이라 오랜만에 찾아뵈어도 둘째나 막내처럼 사근대는 구석이 없었다. 경원은 망설이다가 마트에서 사 온 귤 몇 개를 쟁반에 받쳐서 내갔다. 인기척에 아버지가 고갤 들었다.

"드시고 계세요. 금방 저녁 차려 드릴게요."

"제사상에 먼저 올리는 게 낫지 않겠냐."

"과일 많이 사 왔어요. 이건 그냥 드셔도 돼요."

"그래. 작년처럼 일일이 전 부치고 그럴 거냐? 그냥 음식 몇 개 사 와서 올리면 될 텐데."

"제가 직접 해서 올리는 게 마음이 편해서요. 금방 하니까 걱정 마세요."

아버지는 두어 번 고갤 끄덕이더니 귤을 까기 시작했다. 다시 어색한 침묵이 찾아왔다.

경원은 젖은 손을 문지르며 머쓱하게 일어섰다. 벽면에 걸린 시계를 확인해 보니 곧 있으면 동생들과 모친이 들이닥칠 때였다.

"요샌 별일 없고?"

상차림을 서두르기 위해 식탁을 치우던 경원이 멈칫했다.

"네."

"회사는 다닐 만해?"

"전 회사보다는 나아요."

"다행이구나."

얼마 못 가 다시 정적이 찾아왔지만 이런 모습이 일상이던 부녀지간이었다. 서로 무관심해 보여도 꼭 그렇지만은 않은. 째깍대는 시계 초침 소리와 함께 고요하지만 익숙한 침묵이 이어졌다.

"이 신발 언니 건가? 언니 왔어?"

예상대로 나머지 식구들이 곧 집 안으로 들이닥쳤다. 경아의 요란한 등장에 이어서 건방지게 눈인사만 까딱해 보이는 남동생 경수까지. 마지막으로 지난번 회사 앞에서 점심 식사 이후로 처음 보는 모친이 불쑥 냉장고 문을 열어 보았다.

"얘는 뭘 이렇게 많이 사 왔대? 갈수록 손이 커지네. 딱 필요한 것만 사 오라 했잖니."

"냉장고 텅 비어 있던데, 뭘."

"뭐가 텅 비어 있어. 베란다 김치 냉장고에 반찬 다 있는데."

보자마자 이어지는 잔소리를 경원은 익숙하게 흘려들었다.

"오, 귤이다. 아빠, 나도!"

애교 많은 둘째 경아가 그새 아버지 곁에 자릴 차고앉았다. 그녀만 있으면 집 안이 금세 시끌시끌해졌다. 부엌에선 여전히 모친의 폭풍 같은 잔소리가 이어졌고, 경수는 소파에 발을 꼬고 앉아 휴대폰 삼매경이었다.

"허허, 이놈아. 손 씻고 와서 먹어."

"그럼 아빠가 까 주라. 아."

그나마 경아 덕분에 활기차서 다행이란 생각이 들었다. 경원은 묵묵히 채소를 손질했다. 지금은 떨어져 지내고 있지만 매년 연휴 때나 할머니의 제삿날이면 어김없이 가족들이 한자리에 모였다.

모친은 올해부터 할머니의 제사를 지낼 생각이 없다고 선포했지만 경원이 끝까지 고집을 부렸다. 저 혼자라도 할머니의 제사상을 꼭 차려 드릴 거라고. 작년엔 이것 때문에 한참 동안 모녀가 신경전을 벌였었다. 돌아가신 지가 몇 년인데 아직도 자신이 시어머니 제사상을 챙겨야 하느냐는 모친의 성화에도 불구하고 우직하게 고집을 부리던 경원이 결국 승리한 전투였다.

"나 죽으면 제삿밥 다 필요 없으니까 네 할머니나 계속 모셔."

"엄마."

"아휴, 허리야. 나 안방 가서 누워 있을 테니까 전을 부치든 지지고 볶든 알아서 해."

모친이 허릴 두들기며 안방으로 자취를 감추었다. 경원은 한숨을 푹푹 내쉬면서 프라이팬을 달궜다.

별안간 거실에 있던 경아가 소매를 걷어붙이며 나타났다.

"엄마가 오늘 회사에서 안 좋은 일 있었나 봐. 기분 완전

별로야. 언니가 이해해."

"응."

회사에서 안 좋은 일이 있던 것보다 큰딸이 하는 게 그저 성에 차지 않은 거겠지. 희미해진 어린 시절 기억이 떠올랐다. 돌아가신 할머니로부터 받은 시집살이의 설움이 아직도 가시지 않은 게 분명했다.

할머니는 경원에게 늘 포근하고 따스한 품을 내주던 분이었지만 며느리한테만은 표독스러운 시어머니 노릇을 했다. 어린 경원도 할머니가 제 모친에겐 조금 심하다 싶을 정도로 매몰찬 구석이 있던 것으로 기억했다.

하지만 할머니에게 사랑을 받았다는 이유만으로 경원을 미워할 이유는 없었다. 그녀는 단지 너무 어렸고, 유난히 친가 쪽의 생김새를 타고났을 뿐이었기에.

경아가 손을 거든 덕분에 음식 준비는 수월하게 진행되었다. 그동안 모친은 안방에 틀어박혀 모습을 내비치지 않았다.

자정에 가까워진 시각, 거실 한편에 상이 차려졌다. 살아생전 좋아하시던 음식들로만 야무지게 차려져 보기에도 그럴싸했다. 장남들이 먼저 경건하게 공수를 올렸다. 매년 모시는 자리인데도 불구하고 마음이 헛헛했다. 뒤이어 경원이 향을 피우고 다소곳이 큰절을 올렸다.

할머니, 많이 드시고 가셔요.

그녀는 고요하게 명정을 바라보았다. 그러는 사이 안방 문이 열리는 소리가 났다. 어느새 나타난 모친이 한쪽 무릎을 굽히고 앉아 반대편으로 고개를 돌렸다. 얼굴에는 언짢은 심기가 드러나 있었다.

"그렇게 장손녀 귀하게 여기시드만, 저승에서도 배부르시겠네."

마뜩잖은 소리에 경원은 절로 눈살이 찌푸려졌다.

"엄마, 우리 할매 오랜만에 오셨는데 체하시겠다."

경아가 그런 모친의 등을 감싸 안았다.

"너희가 몰라서 그래. 할머니가 나한테 어떻게 했는데."

"에이, 다 지난 일을 가지고 왜 또."

"다 지나긴 뭐가 다 지나. 아직도 생생해. 경수가 태어나지 않았으면 아주 소박맞을 뻔했어. 네 언니는 아주 네 고모랑 아빠 어릴 적하고 쏙 빼닮아서 이씨들이 편짜고 날 어찌나 면박을 줬는지 아니? 새빠지게 고생을 하는데 아빠는 거기서 맞장구나 치고 말이야. 경아, 너 태어났을 땐 피부도 검고 이목구비도 그냥 날 닮아서 어머니가 그 어린 것들을 두고 편애했어. 어이구, 내 서러워서. 아들까지 못 낳았어 봐. 할머니가 경수 태어난 거 보고 가셨으니 그나마 억울하지라도 않지."

매년 듣는 푸념이었다. 이해가 가면서도, 또 한편으로는 그게 저와 무슨 상관인가 싶었다. 뭉글하게 향이 피어오르는 것을 보면서 경원은 낮게 가라앉은 목소리로 입을 열었다.

"엄마도 다를 거 없잖아. 할머니가 그러신 대로 똑같이 편애하는 거."

상이 차려진 곳에서 일부러 반대편 벽을 보고 앉아 있던 모친이 휙 고개를 돌렸다.

"내가 뭘 편애해?"

"나도 엄마 자식이야. 입버릇처럼 이씨네, 해도 엄마 자식이라고요."

"누가 너보고 내 자식 아니래? 없는 형편에도 너희들 셋, 대학까지 똑같이 보내 놨어. 내가 언제 너만 굶겼니? 너만 달리 구박했어?"

"엄마."

"눈깔 좀 봐. 어딜 엄마를 그렇게 봐?"

울컥 치미는 감정에 쓸데없이 눈시울이 뜨겁기 시작했다. 경원은 굳게 아랫입술을 물었다.

"그래, 내 배로 낳은 자식이지만 난 네 그 눈깔만 보면 화가 치민다! 어딜 엄마를 그러고 쳐다봐! 네가 경아나 경수처럼 살가운 구석이라도 있니? 항상 지 고집이나 내세우고 제 잘난 맛에 취해서 사는 년이."

"내가 언제 잘났다고 굴었는데? 내 성격 이런 것도 다 엄마 탓이잖아. 엄마가 언제 한 번 제대로 날 보듬어 준 적이나 있어?"

"너 어릴 적에, 이년아! 네 할머니 등쌀에 못 이겨서 집 나갔다가 하루 만에 잡혀 들어왔을 때, 네년이 할미 품에 쏙 안겨서 그 눈깔로 날 쳐다봤어! 아직도 생생히 기억하는데, 네년은 그래. 그때부터 이 어미를 무시했어!"

마치 벽을 보고 대하는 것 같아 속이 꽉 막혔다. 잔뜩 힘을 주어 충혈된 눈으로 끝내 눈물을 떨군 경원은 젖은 뺨을 거칠게 닦아 냈다.

"내가 엄마를 무시했다고? 제발 말이나 되는 소릴 해."

"아니, 울기는 왜 울어! 아주 날 잡았다 이거니? 어이구, 저 철면피 같은 딸년이 어릴 때도 안 보이던 눈물을 이제서 보이네! 그래, 내가 그동안 죽을죄를 지었다. 이 어미가 아주 죽을죄를 졌어!"

"엄마, 그만해! 언니도! 제사상 앞에서 왜들 이래!"

경아가 제지하고 나섰지만 이미 두 사람의 감정은 극에 다다랐다. 아버지는 말없이 담뱃갑을 손에 쥐고 베란다 밖으로 나섰고, 경수는 고개를 떨구고 어찌할 바를 모르겠다는 표정이었다. 이러려고 할머니의 기일을 챙기려던 게 아닌데.

경원은 제 뺨을 타고 흐르는 것이 눈물임이 믿기지 않았다. 뭔가 더 쏟아 내고 싶은데 동생들 앞에서 추태를 보일까 봐 입술을 다물었다. 터져 버린 눈물에 시야가 흐릿했다.

엄마가 왜 저한테만 유독 매몰차게 구는지 알 것 같으면서도 그런 사실을 대놓고 짚어 내기가 두려웠다. 그렇다고 속이 후련해지는 건 아닐 테니까. 오히려 상대의 곪은 상처를 후벼 파내는 일이 될 것이 두려웠다. 당신의 그 오랜 고집이 자식으로부터 들춰지고 꺾이는 걸 인정하기 싫을 터였다. 심장이 지끈댔다.

"언니, 어디 가!"

붙잡는 경아의 손길을 내치고, 경원은 그대로 짐을 챙겨서 현관을 나섰다. 풀린 걸음으로 가까스로 계단을 내려오자 시꺼먼 밤공기가 서늘하게 전신을 감쌌다. 얼마나 견딜 수 있을까 걱정했었는데 결국 터져 버렸다.

경원은 그대로 전봇대에 기대섰다. 온몸에 힘이 쫙 빠져서 중심을 잡을 수 없었다. 외면하듯 베란다 문을 열고 나가 버린 아버지마저 야속했다.

혹시라도 동생들이 나와 볼까 봐 비틀대며 걸음을 옮겼다. 골목을 지나가던 사람들이 힐끔대는 시선이 느껴졌다. 폭이 좁은 구두에 막무가내로 발을 욱여넣었으니 생채기가 난 듯 뒤꿈치가 쓰렸다. 내리막길 앞에서 벽을 짚고 섰는데 제 모습이 너무 처량해 다시 눈물이 났다. 홀리듯 휴대폰을 꺼낸 그녀가 화면에 뜬 메시지를 확인했다.

〈뭐해?〉

〈바쁜가 보네.〉

연달아서 온 메시지를 확인하고 무슨 용기에선지 통화 버튼을 눌렀다. 충동적인 행동이었다. 길지 않은 연결음이 흘러나오고 곧이어 딸깍대는 소리가 들리자 동시에 설움이 치밀었다.

—여보세요.

목이 메어 차마 답할 수 없었다.

—여보세요. 누구…….

벌써 잠자리에 들었던 걸까. 비몽사몽간에 같은 말을 반복하던 그가 제 이름을 불렀다.

—경원아.

그가 제 이름을 부르는 목소리만으로도 속이 울컥 치밀었다.

—경원아.

"……."

—너 어디야.

자다가 일어난 시운은 그녀의 전화 한 통에 정신이 확 들었다. 곧장 침대에서 몸을 일으켰다. 주섬주섬 옷가지를 주워 입으면서 전화 너머 상대에게 집중했다.

간헐적으로 색색대는 숨소리. 믿기지 않았지만 경원이 울고 있었다. 혹시나 그녀가 말을 할까 싶어 시운은 휴대폰 볼륨을 높였다.

경원은 울먹이는 목소리로 제 위치를 말해 주었다. 심장이 쿵 내려앉는 기분이었다. 무슨 일일까. 사고라도 났나? 온갖 불길한 상상을 전부 갖다 붙였다.

차에 시동을 거는 동안에도 통화를 끊지 않았다. 내비게이션으로 시간을 확인했다. 오전 1시 50분. 주변은 온통 새까만 정적만이 흐르고 있었다. 번화가 인근을 제외하곤 인적도 드물었고, 도로에 차들도 별로 없었다. 하지만 마음은 다급해졌다. 무작정 속도를 높여 운전해 감시 카메라에 족히 세 번은 찍혔을 거라 짐작했다. 그래도 속도를 늦출 수 없었다. 한 번도 본 적 없던 그녀의 눈물 앞에서.

한때는 익숙하게 드나들었던 골목길에 도착했다. 지친 듯 벽에 기대어 서 있는 경원을 확인하고 시운은 차를 세웠다.

집에서 무슨 일이 있던 걸까. 가족 때문에 이토록 힘겨워하는 그녀를 보면 언제나 마음이 아팠다.

낯익은 차량이 헤드라이트를 비추며 시야로 들어서자 경원은 서서히 입꼬리를 올리며 힘없이 웃어 보였다. 왠지 모르게 가슴이 벅차올랐지만 이보다 격한 반응으로 그를 맞이할 수가 없었다. 탈진 상태처럼 온몸에 기운이 하나도 없었다. 이 와중에 시운이 자신을 찾아와 준 것에는 더없이 고맙고 위로가 되었다.

조수석에 올라탄 경원이 한참이나 침울한 분위기로 창밖을 내다보고 있었는데도 그는 묵묵히 옆을 지켰다. 얌전히 운전대를 쥐고 한 번씩 신호가 멈출 때마다 조수석을 흘깃 볼 뿐이었다.

　도착한 곳은 한강 둔치였다. 몇몇 가로등 불빛이 산책로를 밝히고 있었고 그 외에 시꺼먼 전경도 눈앞에 펼쳐졌다.

　우두커니 서서 난간 밖의 강물을 내다보던 경원은 천천히 눈꺼풀을 감았다가 올렸다.

　"마셔. 따듯한 커피야."

　"고마워."

　잠긴 목소리가 갈라져 나왔다. 그녀가 큼큼대며 헛기침을 했다.

　"오랜만이다. 우리 대학교 때 여기 진짜 자주 왔는데. 너나 나나 밤에 드라이브하는 거 좋아해서 질린다 싶으면 고속도로 타고 서해안 갔다가 조개 구이 먹었잖아. 삘 받으면 동해도 가고."

　옆으로 나란히 선 그가 회상에 잠겼다. 그랬었지. 경원도 말없이 동의했다.

　"그때도 좋긴 했었는데 난 지금이 더 좋다."

　"……."

　"내 마음이 확실해져서 지금이 더 좋아. 넌 어떨지 모르겠지만."

　시운이 고개를 꺾어 그녀의 옆모습을 지그시 보았다. 선선

하게 불어닥치는 강바람과 불빛에 반사돼 빛나는 머릿결이
하늘거렸다.

시운은 조금 망설이다가 손을 뻗었다. 조심스런 손길로 그
녀의 뺨을 간질이는 것 같은 머리칼을 정리해서 귀 뒤로 넘
겨 주었다.

"왜 울었어?"

"안 울었는데?"

기다렸다는 듯이 즉각 대답이 튀어나왔다. 반사적인 반응
이었다. 시운은 해사한 미소를 가득 담고 그녀의 이목구비를
훑어보았다.

눈도 예쁘고, 코도 예쁘고, 입술도……. 다 예쁘네.

"안 울었어. 그냥 좀 감정이 복받쳐서."

"그래?"

"응."

"근데 눈 밑이 까만데. 슬픈 영화라도 봤어?"

그의 말에 손등으로 눈가를 훔쳤다. 거뭇하게 묻어난 마스
카라 자국에 경원은 다시 제 눈을 비비적거렸다. 판다 같겠
네.

"봐봐."

시운이 가볍게 그녀의 고개를 잡아 돌렸다. 손끝으로 살며
시 눈 밑을 어루만져 주었다. 눈두덩이가 통통 부었으면서.
부모님 집에 다녀온다더니 한바탕 치르고 온 모양이었다.

"울고 싶으면 울어도 돼. 대신 내 앞에서 울어. 혼자 그러지 말고. 마음 아프게."

그가 습관처럼 입꼬리를 휘어 올렸다. 다정스런 말투가 코끝을 시큰거리게 했다. 경원은 얌전히 그의 손길을 받으면서 전경을 내다보았다. 바람이 찼지만 어루만져 주는 손길만은 따뜻했다. 시운의 온기에 꽉 막힌 속이 노곤하게 풀어졌다.

"웬일로 이렇게 얌전해. 착하다."

아이를 어르듯이 장난스러운 말투 또한 싫지 않았다. 경원은 김이 모락모락 나는 종이컵을 손에 쥐고 조물거리면서 잠자코 그를 내버려 두었다.

혼자 집에 들어갔으면 쓸쓸할 뻔했다. 지금 이 순간 누군가 제 곁에서 위로를 건네주는 게 감사했다. 한바탕 울고 찬 바람을 맞고 서 있으니 조금은 후련해졌다. 차분함을 되찾은 그녀가 다물었던 입술을 열었다.

"와 줘서 고마……."

내내 잘근거려서 부르튼 입술에 생소하고도 포근한 감촉이 내려앉았다. 바로 앞으로 그의 얼굴이 드리워지는 바람에 경원은 두 눈을 폭 감았다. 너무 순식간에 벌어진 일이라 차마 밀어낼 틈도 없었다. 짧은 시간 동안 말캉한 두 입술이 부딪쳤고, 머릿속은 새하얘졌다.

시운은 자신이 한 행동에 스스로 놀랐다는 듯이 스프링처럼 멀찌감치 떨어져 나갔다. 겨우 거리를 좁히게 되었는데,

그새를 참지 못하고 본능이 이성을 눌러 버렸다. 그녀의 통통한 붉은 입술이 틈 없이 제 시야를 사로잡았고, 아주 잠깐 사이에 벌인 일이었다.

호젓한 가로등 불빛 아래 시운의 얼굴이 붉어졌다.

"말씀하신 대로 각 프로젝트 현황과 담당자 리스트를 업로드했습니다. 그리고 신약 개발 협약 건은 승인 대기 중으로 확인했습니다. 서명해 주시면 바로 절차대로 진행하겠습니다. ……상무님?"

"아, 여기에 서명하면 되죠?"

다음 날, 시운은 온종일 멍한 상태였다. 양 팀장으로부터 보고를 받는 와중에도 하마터면 얼빠진 모습을 보일 뻔했다. 협약서 밑에 서명하면서 그는 복잡한 머릿속을 비워 내기 위해 정신을 다잡았다.

지난 새벽에 그녀와 있었던 일들이 모두 꿈만 같았다. 비몽사몽간에 받은 전화 한 통에 미친 듯이 액셀을 밟았던 것과 그녀를 위로할 겸 찾았던 한강에서의 일까지. 입맞춤이라기엔 짧았지만 말캉했던 감촉이 되살아났다. 다행히 그녀는 화를 내지 않았다. 도리어 당황해서 얼굴이 빨개진 자신을 놀리듯 말했다. 초등학생이냐고.

그렇다고 키스를 했으면 멱살을 쥐어 올렸을 거면서.

"참, 그리고 이달 퇴사자 명단입니다."

그가 서명한 자료를 받아 간 양 팀장이 이어서 새로운 결재서를 제출했다. 무심결에 받아 든 퇴사자 명단엔 세 명의 이름이 올라 있었다.

시운은 이마에 주름을 잡고 내용을 훑었다. 생산팀에 두 명, 경영지원팀에 한 명. 그중 낯익은 사람이 눈에 띄었다.

"정 주임도 퇴사합니까?"

"그게 지난번에도 말씀드렸지만, 지방 파견 때문에 아무래도……."

"철회하기로 한 거 아니었나요?"

"전무님께서 승인을 내 주지 않으셨습니다. 여차하다 보니 정 주임도 퇴사하기로 마음을 굳히는 바람에……."

회사 생활에 잘 적응하고 다니는 것 같던데. 양 팀장은 보고를 마쳤는데도 제 방에서 나가지 않고 머뭇대고 서 있었다. 뭔가 할 말이 남은 게 분명했다.

"저, 상무님……."

그가 조심스레 운을 띄웠다. 얼굴에는 경련이라도 일어날 듯 상사의 눈치를 보면서.

"정 주임 말입니다. 저희 팀이라서가 아니라 이대로 보내기엔 너무 아까운 직원입니다. 학력 때문에 입사 때부터 동기보다 차등한 대우를 받았는데도 애가 똘망똘망해서 일도 열심히……."

시운이 의아한 표정으로 양 팀장을 올려다보았다. 자신을 향한 시선에 양 팀장은 덩치에 맞지 않게 우물쭈물하면서도 말을 이어 갔다.

"물론 제가 팀장이라서가 아니고요! 그래도 이번 건은 정 주임한테 너무 불합리한 처사가 아니었나 싶기도 하고."

"그래서 하실 말이?"

"예? 아, 그러니까……."

시운이 피식 웃으면서 손끝으로 명단을 두드렸다.

"정 주임, 면담 좀 받으러 오라고 하세요."

제 실속만 챙기는 사람인 줄 알았더니. 샐러리맨의 속은 알다가도 모르겠다.

"다들 모여서 뭐해요?"

경원은 서고에서 참고용 자료들을 잔뜩 챙겨서 사무실로 돌아오다가 진풍경과 맞닥뜨렸다. 직원들이 옹기종기 테이블 하나를 둘러싸고 뭔가에 열심히 집중하고 있었다. 다들 한가하신가. 그들을 흘깃거리면서 제자리로 돌아가려는데 옷깃을 잡혔다.

"이 대리, 이리 와! 자네도 한 번 골라 봐."

"네?"

그녀가 황당해서 되물었지만 모두 들뜬 모습이었다. 뭘 그렇게 열심인가 싶어 내다보니, 이번 워크숍 일정에 저마다 아이디어를 짜내고 있었다. 무슨 레크리에이션 모임도 아니고, 단체 줄넘기는 왜 저기 들어가 있는 거야? 경원은 기가 차서 고개를 가로저었다.

하긴 말이 워크숍이지, 1박 2일 동안 마음껏 놀고먹자는 성향이 다분했다. 비록 조금 프리한 업무의 연장선이었지만.

"이번에는 대표님하고 전무님이 참석 안 하신대. 완전 대박."

"그거 확정 맞아요? 박 대리님, 괜히 오버하시는 거 아니죠?"

"어허! 내 정보력을 뭐로 보고."

달갑지 않았지만 경원은 적당히 수긍하는 척했다.

"참, 불참 시엔 자택 근무야."

"그런 게 어디 있어요?"

"어라, 이 대리. 불참하려고?"

"아니, 그게 아니라 당일에 피치 못할 사정이 생길 수도 있잖아요."

"어떤 사정이 있어도 불참 시 자택 근무! 이 대리 때문에라도 공지에 꼭 넣어야겠어."

경원은 쓴 물을 삼킨 얼굴로 박 대리를 노려보았다. 제2의 양 팀장 같으니라고.

"아, 그러면 권 상무님은요? 권 상무님도 안 오세요?"

그 와중에 여직원들이 상기되어 물었다. 웬일로 적극적으로 동참하는가 싶더니 속내가 따로 있던 모양이다. 게다가 이번은 연구팀과 동반이기 때문에 별다른 군소리가 안 나왔을 것이다. 사내의 스타가 둘씩이나 한자리에 모이는 절호의 기회라나, 뭐라나.

"글쎄, 상무님은 나도 잘 모르겠네. 에이, 그런데 대표님이나 전무님도 안 오시는데 상무님이 뭐 하러 여길 오겠어."

"아, 그럼 나 안 갈래요!"

어느 여직원이 소리쳤다.

"어허, 불참 시 자택 근무! 월요일에 보고서 빽빽하게 제출해야 한다?"

경원은 진지하게 보고서 제출을 고심해 보았다. 주말엔 집에서 푹 쉬고 싶은데. 일요일 하루를 희생해서 보고서 쓰고 그냥 가지 말아 버릴까.

자리에 앉은 경원이 수집해 온 자료들을 들췄다. 지금 맡고 있는 프로젝트도 이번 달 말쯤이면 종료되니까 가벼운 마음으로 동료들과 워크숍에 다녀오는 것도 나쁘지 않을 터였다. 정 주임도 함께 간다면 더할 나위 없이 좋을 것이다.

"저 팀장님."

정 주임이 자리에 없는 것을 확인하고 경원이 슬쩍 팀장을 불렀다. 팀장은 배를 내밀고 의자 깊숙이 기대어 휴대폰 게임에 빠져 있었다. 잇새로 욕지거리가 나오고 있는 거로 봐서 뭔가 안 풀리는 모양이었다.

"팀장님."

경원은 다시 한번 그를 불렀다.

"왜."

그는 시선도 떼지 않고 들릴 듯 말 듯 대답했다. 게임에 초 집중 상태라 이건가. 경원은 일부러 손톱으로 책상을 딱딱거렸다.

"아씨! 젠장!"

그가 격앙되어 소리쳤다. 그 바람에 경원은 놀라 숨을 멈췄다.

"아이템 말고 실력으로 승부하란 말이야, 실력으로. 제기랄!"

"또 지셨어요?"

"또? 이 대리, 너 지금 뭐라고 했냐?"

딸꾹. 경원은 급작스럽게 딸꾹질이 나왔다.

"나 승점 60%가 넘는 사람이야! 그거 넘기기가 어디 쉬운 줄 알아?"

"전 게임을 잘 몰라서요. 죄송해요."

"후. 이 대리, 잘 들어 봐. 내가 말이야."

가끔 보면 한심하게 늘 지고 있는 것 같아서 한 소린데 그녀가 게이머의 자존심을 건들고 말았다.

그는 진심으로 분개하여 장장 20여 분 동안 자신이 얼마나 치밀하고 대담한 승부사인지 후일담을 늘어놓기 시작했다.
어디까지가 허풍이고 실제인지는 물론 알 길이 없었다.

"정 주임."

"대리님."

두 사람이 동시에 상대를 불렀다. 점심 식사 후에 나란히
복도를 거닐던 중이었다. 서로 텔레파시라도 통한 것 같아
누가 먼저랄 것 없이 실소가 터졌다.

"말해."

"그럼 저 먼저 얘기할게요. 대리님, 저 회사 계속 다니기
로 했어요."

"뭐? 정말?"

안 그래도 그 얘길 꺼내려던 참인데 듣던 중 반가운 소리
였다. 정 주임은 복도 중간에 있는 넓은 창틈에 걸터앉아 말
을 이었다. 자연스레 나란히 붙어 앉은 경원도 그녀의 얘기
에 귀 기울였다.

"상무님께서 지방 파견 건을 철회해 주신다고 했어요. 저
보고 계속 나와 달라고."

말하는 표정에 희맑은 웃음이 서려 있었다.

"다행이다. 걱정했는데, 정말 잘됐다."

"그렇죠. 의외인 건, 팀장님께서 저에 대해서 꽤 좋게 말
씀해 주셨다나 봐요. 자세한 내용은 생략하셔서 못 들었는

데, 아무튼요. 의외죠?"

"팀장님이? 내가 아는 양 팀장님?"

"네. 대리님도 알고, 저도 아는 바로 그분이요."

확실히 믿기지 않는 소리였다. 그래도 제 식구라고 감싸고 싶긴 한 건가. 경원은 낮게 웃었다. 마음에 걸리던 것 중 한 건은 해결됐다. 정 주임도 역시 퇴사할 생각이 딱히 없었던 것 같고. 좋은 소식과 함께 창가에서 햇볕을 쬐고 있으니 더할 나위 없이 좋았다.

아, 그럼 워크숍도 그냥 가는 게 좋겠다. 팀원들과 식당에서 점심을 먹는 내내 워크숍에 관련된 얘기는 빠지지 않고 계속 이어졌다. 지난번보다 예산이 넉넉해서 육해공 대잔치를 벌여 준다고 했다나.

호젓하게 수다를 떠는 사이, 엘리베이터 문이 열리는 소리가 났다. 곧 점심시간이 끝나 갈 즈음이라 직원들이 속속 모습을 보였다. 경원도 슬슬 사무실로 돌아가기 위해 창틈에서 엉덩이를 떼고 섰다.

그때 정 주임이 다급하게 소매를 잡고 흔들었다. 그녀가 턱짓으로 가리킨 곳으로 시선을 돌리자 직원들 사이에서 해사하게 웃고 있는 시운이 보였다. 경원은 그를 쳐다보면서 팔짱을 꼈다. 늘 보면 사람들과 잘 어울리고 다닌단 말이지.

"두 분 사이, 저한테도 말 안 해 주실 거예요?"

"뭐가."

경원이 퉁명스레 대답했다.

"에이, 대리님. 계속 이러실 거예요?"

경원은 제 턱을 매만지면서 시운이 사무실의 자동문 너머로 모습을 감출 때까지 지그시 바라보았다. 확실히 유부남이건, 총각이건 직원들 틈에서 제일 눈에 띄긴 하네. 저러니 여직원들을 홀리지. 그런데 쟨 내 어디가 그리 좋대?

"정 주임이 보기엔 어떤 것 같아?"

"뭐가요?"

"나한테 진심 같아?"

정 주임은 용케도 그녀의 마음을 알아채고 천연덕스럽게 대구했다.

"말했잖아요. 꿀 떨어진다고. 누군가 나 몰래 뒤에서 그런 눈으로 바라본다고 생각해 봐요. 너무 설레지 않아요?"

경원은 낯간지러운 소릴 듣고 눈살을 찌푸렸다. 더불어 어제의 짧았던 입맞춤도 떠올랐다. 눈치 없이 심장이 쿵쿵거렸다. 가로등 불빛 아래에 상기되어 드러난 그의 얼굴도. 도리어 놀라서 껑충 뒤로 물러서던 모습도. 낯설고 간지럽지만 역시 설레었다. 마치 첫사랑을 보는 느낌이었다.

시운이 첫사랑이긴 했지만 누구나 다 그를 보면 느끼던 감정과 같은 거라 치부했다. 마음속 깊은 곳에 묻어 두었던, 고이고이 새겨 두었던 나의 첫사랑.

시운은 점심을 먹고 곧장 사무실로 돌아왔다. 본의 아니게 경원과 갈라져 식사하는 바람에 내내 생각나서 혼났다. 점심시간이 아니면 마음껏 볼 수도 없는데. 퇴근 시간이 됐다고 해서 제게 시간을 내 주지도 않았다.

시운은 사무실에 도착하자마자 은근한 눈길로 경원의 자리를 흘겼다. 예상과 다르게 자리가 텅 비어 있다. 분명 정주임과 먼저 올라가는 뒷모습을 봤는데.

주변이 조용한 틈을 타서 경원의 빈자리를 슬쩍 내다보았다. 매번 같은 모양새인데도 아까워서 다시금 두 눈에 새겨넣었다. 마치 자신이 그녀의 스토커가 된 기분이 들었다. 증세가 날이 갈수록…….

"뭐 하세요."

시운은 헉하고 놀라서 잠시 숨을 멈추었다. 어느새 나타난 경원이 칫솔을 물고 실눈을 뜬 채로 그를 주시하고 있었다.

"그냥 지나가던 길인데."

수상하다는 눈치로 그를 흘기던 경원은 입안에서 잠시 칫솔을 빼고 대답했다.

"그럼 지나가세요."

시운은 홱 그녀에게서 몸을 돌렸다. 그녀의 입 주변에 묻어 있는 양치 거품이 왜 그리 귀여운 것인지 웃음이 나올 뻔했다. 학교 다닐 때도 점심시간에 칫솔을 입에 물고 잘 나타났었지. 머리통이 제 어깨 남짓한 키로 그러고 다니는 게 귀여워서 정수리에 손을 얹고 머리칼을 마구 헝클었었는데. 물론 지금 그런 행위를 실행에 옮긴다면 미친놈 소릴 들을 게 뻔했다.

"상무님, 퇴근 안 하세요?"

낮은 노크 소리와 함께 문이 열리더니 양 팀장이 삐죽 고갤 내밀었다.

"아, 정리하는 중입니다. 먼저 들어가세요."

"정리하시는 중이구나. 제가 오늘 선약이 있어서요……."

"괜찮습니다. 들어가세요."

벌써 시간이 이렇게 됐나. 시운은 앉은 자리에서 쭉 기지개를 켜면서 느리게 두 눈을 감았다가 떴다. 온갖 잡다한 생각들을 떨치기 위해 평소보다 더욱 일에 매진한 탓인지 퇴근 시간이 되자 피로가 몰렸다.

어딘가 몰두하지 않으면 계속 어제 있었던 일이 생각났다. 어젯밤도 그래서 늦은 잠자리에 들었다.

하지만 어젠 오늘 하루 동안 느꼈던 피곤함을 이길 수 있을 정도로 의미 있는 시간이었다. 피곤해서 나른해진 얼굴로 그가 홀로 웃었다. 이왕이면 시간 좀 더 끌어 볼걸. 맞닿았던 시간이 터무니없이 짧았다. 그녀의 말처럼 초등학생도 요즘 이러진 않을 텐데.

정신을 차리고 사무실을 살피자 모두 퇴근했는지 인기척

이 느껴지지 않았다. 그도 정신없이 짐을 챙겨 나왔다. 퇴근
길의 꽉꽉 막힌 도로를 뚫고 겨우 번화가를 벗어났을 즈음이
었다. 거치대에 꽂아 둔 휴대폰이 짧게 진동을 냈다.

〈혹시 집이야?〉

시운이 손등으로 두 눈을 마구 비볐다. 다시 메시지 내용
을 확인했다. 보고, 또 봐도 발신자는 경원이었다. 순간 피
로가 싹 달아났다. 갑자기 엔도르핀이 마구 솟아나기 시작했
다. 시운은 신호가 멈춘 틈을 타 바로 답장을 보냈다.

〈아니, 아직.〉

얼마 지나지 않아 그녀에게서 답변이 왔다.

〈멀리 안 갔으면 볼래?〉

시운은 다시 내용을 곱씹어 보았다. 뭐지, 이거. 내가 꿈을
꾸고 있나? 뒤에서 빵빵대는 소릴 여러 번 듣고 나서야 정신
을 차렸다. 바로 차를 유턴시켰다.

시운이 꿈인지 현실인지도 가늠하지 못하고 허둥대는 동
안, 경원은 퇴근 후에 자주 찾는 북 카페에 와 있었다. 장르

와 상관없이 책을 읽는 것을 좋아했다. 그녀는 읽을거리를 챙겨 음료와 함께 2층에 자리를 잡았다. 피곤하더라도 책을 읽는 것만큼은 시간이 아깝지 않았다.

책장을 넘긴 지 얼마나 되었을까. 쿵쿵대며 계단을 오르는 소리가 났다. 사람들이 왔다 갔다 하면서 드문드문 들리던 소리라 책에서 시선을 떼지 않던 그녀는 머리 위로 그림자가 드리워져서야 고개를 들었다. 달려온 건지 시운이 숨을 색색대면서 서 있었다.

"한참 헤맸네."

그가 숨을 몰아쉬면서 맞은편 자리에 털썩 주저앉았다.

"그냥 내일 봐도 된다니까."

시운은 테이블 위의 주스 잔을 제 입으로 가져가더니 그대로 다 마셔 버렸다. 녹아서 작은 알갱이처럼 된 얼음까지도 모두 입에 털어 넣었다.

"네 메시지 보자마자 유턴했어. 여기 계속 있을 거야?"

"이거 마저 보고 싶은데. 배고파?"

"그럼 기다리지, 뭐."

금방 지루해할 것 같은데. 경원은 모르는 척 다시 책장을 넘겼다. 시운이 오면 음료만 마저 비우고 자리에서 일어날 생각이었다. 하지만 그가 얌전히 있지 못하고 옴짝달싹 구는 모습이 웃겨 잠자코 지켜보기로 했다.

시운은 의자 등받이에 팔을 걸치고 앉아 주변을 구석구석

훑다가 경원을 보았다. 책꽂이에 겹겹이 쌓인 책들을 괜스레 매만지다가 다시 그녀를 보고, 창밖을 응시하면서 멍 때리는 것처럼 굴다가 다시 쳐다보았다. 그의 눈길은 오로지 경원을 향해 고정되어 있었다.

정 주임이 말한 게 이런 건가.

"우리 내일도 볼까."

경원이 어느새 책에서 시선을 떼고 물었다.

"내일도 보고, 모레도 보고."

그녀가 덧붙이자 시운이 살짝 갸우뚱하면서 말끝을 흐렸다.

"회사에서?"

"아니. 밖에서도 계속 보자고."

척하면 알아들어야지.

그제야 그녀의 말이 머릿속에 제대로 입력이 되었는지, 그가 환하게 웃었다.

"그럼 매일 데이트하는 거야?"

"매일은 좀 그렇고. 오늘처럼 일이 일찍 끝나면."

그녀가 새침하게 말했다.

조금 새침하더라도, 무뚝뚝하더라도 상관없었다. 시운은 피식피식 새어 나오는 웃음을 참느라고 손끝으로 입가를 매만졌다. 재회하고 처음으로 그녀가 먼저 메시지를 보내 준 것만으로도 감지덕지했다.

"그럼 나 손잡아도 돼?"

경원은 속으로 비죽거렸지만, 테이블 위에 올려진 제 손을 거두지 않았다. 시운이 그녀의 하얀 손등에 제 손바닥을 얹었다. 그러더니 피식거리면서 제 입꼬리를 가만두지 못했다.

경원은 어이가 없어 그를 흘겼다. 예전엔 이 정도 스킨십은 아무렇지도 않아 했으면서 새삼스럽게. 뜬금없이 포개진 두 손이 묘하게 떨렸다. 어색하면서도 이상하게 자연스러웠다. 그가 이번엔 나머지 손까지 손등에 갖다 대었다.

"그럼 키스······."

"야."

"장난."

시운은 한참 동안 잡은 손을 놓지 않았다. 만지면 닳을세라 조바심이 나면서도 놓을 수 없었다.

아니, 절대 놓지 않을 거다. 어떻게 다시 잡은 손인데.

7. 달콤 살벌한 워크숍

삐리리릭.

경원은 비몽사몽한 상태로 손을 뻗어 세찬 진동과 함께 정신없이 울리는 휴대폰을 잡아 알람을 확인했다.

뭐야, 오늘 토요일인데. 휴대폰 화면에 뜬 빨간색 중지 버튼을 누르자마자 그녀는 다시 까무룩 잠에 세계로 빠져들었다. 그리고서 정확히 3초 후에 번뜩이며 눈을 뜨고 천근만근 온몸을 짓누르던 잠의 유혹에서 순식간에 빠져나왔다. 아직 손안에 쥐여 있는 휴대폰으로 시간을 다시 확인해 보았다. 빠듯하긴 하지만 얼추 맞출 수 있을 것 같았다.

온 직원들이 그리도 고대하던 대망의 워크숍 당일이었다. 주말이라 이 시간부터 도로가 막힐 일도 없었다. 짐은 어젯

밤에 미리 싸서 챙겨 두었고, 화장은 택시 안에서 하면 되니까 일단 씻자.

평소 같았으면 한창 달콤한 잠에 빠져 있을 시간에 경원은 후다닥 욕실로 뛰어들어 갔다.

워크숍에 가기 전, 동반으로 참여하게 된 연구팀과 경영지원팀이 한자리에 모여 회의를 진행했었다. 각자 일이 바쁘다며 꼬랑지를 뺀 몇몇을 제외한 소규모의 인원으로 이뤄진 회의였다.

경원은 정 주임의 손에 붙들려 참석했다. 회사에 새로운 마음으로 다니게 되어 의지가 마구 샘솟는다나. 덕분에 덩달아 피곤해졌다.

경원은 회의실에서 무심하게 손을 뻗친 제비뽑기가 워크숍 내내 붙어 다녀야 하는 조를 뽑는 거였다는 걸 바로 전날에야 알았다. 더불어 양 팀장을 필두로 한 죽음의 4조에 제 이름이 올랐다는 것과 그 옆에 허서은, 세 글자가 나란히 올랐다는 것까지. 필시 망할 징조다. 좋지 못한 예감이 들었다. 양 팀장은 그렇다고 쳐도 허서은 박사와 한 팀이 될 것은 또 뭔가.

우여곡절 끝에 무사히 프로젝트는 마감됐지만, 차후에 재단 측에서 감사가 나온다는 공고가 오르면 다시 뭉쳐야 하는 팀이었다. 허서은 박사는 전처럼 경원을 대놓고 무시하는 일은 없지만 뒤에서는 여전히 말이 나오고 있었다. 뒤에서 새는 말들은 꼭 당사자의 귀에도 들려오는 법이다.

그러나 어쩌겠는가. 워크숍의 날은 밝았고, 경원은 아침부터 예민할 양 팀장의 심기를 건드리지 않기 위해 준비를 서둘렀다.

죽음의 4조와 정반대인 행운의 7조도 있었다. 다름 아닌 최지원 연구원이 속한 팀이었다. 그와 함께 7조에 선발된 정 주임은 매우 상기된 모습이었다. 하필이면 숫자도 4와 7이라니. 무시무시한 양 팀장이 버티고 있지만 않았으면 오늘 필시 결석했을 것이다.

도착한 회사 앞. 어디선가 스산한 기운이 감지되었다.

"어이, 4조! 4조 이리로!"

아니나 다를까. 잔뜩 들뜬 모습의 양 팀장이 저를 향해서 두 팔을 휘휘 내저어 보였다. 멀리서도 시력을 포기하게 만드는 저 해골 무늬 스카프와 밀짚모자는 무슨 조합인 거지. 나름 야유회 콘셉트로 멋을 낸 것 같은데.

"팀장님, 이 날씨에 반바지라니. 안 추우세요?"

경원은 인사보다 먼저 그의 안부를 물었다.

"오후엔 해가 쨍쨍한대! 역시 가는 날은 장날이 아니었던 거지."

"네⋯⋯."

비나 펑펑 내려서 야외 일정이 전부 취소되는 편이 좋으련만. 경원은 내색 없이 양 팀장에게 맞장구를 쳐 주었다.

오늘을 위해 대절한 버스는 벌써 도착해 있었다. 단체로 같은 버스를 타고 가는 게 다행이었다. 조별로 차를 빌려 이동하라고 했다면 양 팀장과 허서은 사이에서 숨도 제대로 쉬지 못했을 것이다.

잠시 끔찍한 상상을 한 경원은 고개를 단호히 저은 뒤 죽음의 4조 조장을 맡은 양 팀장을 뒤로하고서 가뿐히 버스에 올랐다. 인원 체크를 마친 버스가 드디어 출발했다.

얼마간의 시간이 흐른 뒤, 무심코 바라본 창밖에는 푸르다 못해 에메랄드 빛을 띤 바다가 끝없이 펼쳐져 절경을 이루고 있었다. 중간에 휴게소에 들린 것을 제외하고 내리 세 시간을 달려 찾아온 목적지는 동해의 아름다운 해안가였다. 코끝을 스치는 시원한 바다 냄새에 경원도 기분이 들뜨기 시작했다. 얼마 만에 보는 바다인지 감회가 새로웠다.

숙소에 도착한 직원들의 표정도 죄다 밝았다. 아침 댓바람부터 휴일을 빼앗겨 울상이던 그들도 어느새 이리저리 감탄하고 있었다.

방은 사원들의 의사를 반영해 줬다. 경원은 이곳에서 만큼은 죽음의 4조에서 벗어날 수 있다는 자유를 만끽했다.

경원은 가장 친하게 지내는 여직원들과 방을 함께 쓰기로 결정했다. 결정은 둘째 치고, 가장 깔끔하고 전망 좋은 방을 차지하기 위한 눈치 싸움이 먼저였다.

짐을 풀자마자 누가 먼저랄 것도 없이 테라스를 향해 맨발로 나갔다. 느긋하게 파도치는 푸른 바다가 드러났다.

"대리님, 오길 잘했죠?"

정 주임이 난간에 턱을 대고 물었다.

"그러게. 기분 좋다."

경원은 순순히 인정했다. 이대로 얌전히 자유 시간만 주어진다면 더욱 좋을 텐데.

"참, 상무님은 오실까요?"

"글쎄."

시운은 오전에 거래처인 기업 행사에 참관하는 스케줄이 있었다. 전날까지 온다, 안 온다 말이 많았다. 경원은 생각난 김에 외투에서 휴대폰을 빼내었다. 행사 때문에 정신없는지 아침 무렵 보내 놓은 메시지에 아직 답변이 오지 않았다.

분명 올 것이다. 남자 직원 중 반 이상이 유부남인데도 그런 곳에 자신을 혼자 보낼 수 없다고 말했었으니까.

삐이익!

모래사장에 호각 부는 소리가 쩡쩡하게 울려 퍼졌다.

"자, 여러분! 오늘을 위해 준비된 게임이 아주 많아요!"

두둑하게 해물 요리로 배를 채우고 노곤해진 몸이 늘어지려던 찰나였다. 대부분 숙소로 돌아가 한숨 푹 자고 일어나고서 거나하게 술 파티나 벌이고 싶은 분위기였는데, 양 팀장만이 혼자서 사회자를 자청하고 나섰다. 파라솔 그늘에 앉

아 있던 경원을 포함한 같은 팀원들이 영혼 없이 환호성을
냈다.

"우리 팀장님, 왜 저렇게 신나셨대요?"

"글쎄. 전무님이 시킨 듯."

경원은 무표정한 얼굴로 손뼉을 치면서 정 주임의 말에 대
꾸해 주었다. 그래도 같은 팀이고 제 상사이니 호응은 해 줘
야 할 것 같았다.

"팀장님! 지금은 그만 들어가고, 이따 저녁에 나와서 놀면
안 될까요?"

"거기, 평생 잠들고 싶지 않으면 조용히 하시고요. 이번에
나랑 같이 총무를 담당한 최지원 연구원도 준비 많이 했습니
다! 자, 최지원. 이리 나와!"

이대론 안 되겠다 싶었는지, 양 팀장이 히든카드로 최지원
연구원을 호명했다. 약발은 바로 나타났다. 여직원들의 열화
와 같은 성원 속에서 떠밀리다시피 자리로 나온 지원이 머쓱
하게 머릴 매만졌다. 그의 갈색 머리칼이 오후의 햇살을 받
고 옅게 빛났다. 오늘만큼은 늘 입던 실험실 가운이 아닌 가
벼운 트레이닝 복 차림이었다. 한결 상큼해 보였다.

아나나 다를까, 그의 두 뺨에 살짝 파인 보조개 미소 한방
에 다들 아연실색했다. 분위기를 따라서 경원도 함께 호응을
보냈다. 너무 비교돼서 팀장님이 괜히 짠해 보이네.

주머니 안에서 휴대폰이 윙윙댔다. 진동이 끊어지지 않고

길게 이어지는 걸로 봐서 메시지가 아닌 전화인 듯했다.

"여보세요?"

─나 없이도 즐겁나 봐.

경원은 주변 소음 때문에 눈살을 찌푸렸다. 휴대폰을 내려서 발신자를 확인해 보았다. 시운이었다.

"메시지로 얘기해요. 나 지금⋯⋯."

─잠깐 주차장으로 몰래 빠져나와.

"뭐라고요? 어디?"

경원은 손바닥으로 날을 세워 입 주변을 막고 한층 누그러진 목소리로 되물었다.

─주차장. 숙소 아래에.

"설마 거기 있어요?"

─응. 보고 싶어 왔지.

경원은 모래사장에서 게임 설명을 듣느라 다들 정신없는 틈을 타서 빠져나오는 데에 성공했다. 하지만 몰래 나왔다는 것이 못내 마음에 걸렸다. 설마하니 그새 제 이름을 부르거나 하진 않겠지?

아스팔트 바닥에 올라오자마자 경원은 발바닥의 모래를 털고 그대로 운동화를 구겨 신었다. 이럴 줄 알았으면 슬리퍼라도 챙겨 오는 건데.

구시렁대면서도 걸음을 재촉했다. 언덕을 지나자마자 저 멀리 숙소의 흰 지붕이 보였다. 낯익은 까만 승용차에 몸을 대고 서 있던 시운이 손을 흔들어 보였다. 휴양지에 어울리지 않게 어두운 슈트 차림인 걸로 봐서 스케줄을 마치고 바로 온 것 같았다.

거리가 가까워지자 그가 과장되게 양팔을 벌렸다. 누가 보면 어쩌려고. 경원은 걸음을 서둘러 다가갔다가 우뚝 멈추어 섰다.

"안 안겨?"

그가 여전히 양팔을 벌린 채 신호를 보냈다.

"보고 싶었단 말이야."

"하루 사이에?"

"응."

덩칫값 못 하는 애교 섞인 말투에 경원은 결국 못 이기는 척 다가가 품에 안겼다.

"지금 우리 팀장님 보니까 천하의 권 상무님도 게임으로 모랫바닥에 엎어치기할 기센데. 괜찮겠어? 슈트 차림으로."

"편한 옷을 챙겨 오긴 했는데, 어차피 밤에 다시 서울로 올라가 봐야 할 것 같아."

시운이 아쉬운 마음을 담아 경원에 이마에 대고 쪽, 입을 맞추었다. 못지않게 아쉬운 건 그녀도 마찬가지였다. 경원은 손을 뻗어서 그의 뒷머리를 매만져 주었다. 마치 몸집만 큰 강아지 같았다. 보슬보슬한 머리카락들이 손에 잡혔다.

그를 매만지는 손길에 신경을 집중하던 경원은 무심결에

바라본 곳에서 누군가와 정통으로 눈이 마주쳤다. 경원은 잠시 숨을 쉬는 것조차 잊을 만큼 놀랐다.

숙소 건물 2층 복도에 있던 허서은 박사도 그녀와 비슷한 표정으로 놀라 굳은 채 서 있었다. 역시 불길한 징조가 맞아떨어졌다. 하필이면 정통으로.

식겁해서 놀란 경원이 속으로 변명거리를 지어내 보려다가 잠시 눈을 뗀 사이에 허서은은 사라지고 없었다. 느낌이 싸한 것이 예감이 좋지 않았다. 이대로 조용히 넘어갈 위인이 아닐 텐데.

경원은 꺼림칙한 마음을 달래지 못하고 다시 모래사장으로 돌아왔다. 분위기는 한창 무르익은 상태였다. 가운데 네트가 쳐져 있었고 공이 굴러다니는 걸로 보아 한바탕 피구라도 한 모양이었다.

"어허, 빠져 가지고는. 어딜 갔다 와?"

경원이 슬쩍 원래 있던 자리에 가서 앉자마자 양 팀장이 놓치지 않고 지적했다.

"휴대폰 충전 좀 하고 왔어요."

"쯧, 말도 없이."

적당히 둘러댄 소리에 양 팀장은 별다른 의심 없이 혀를 찼다. 경원은 속을 추스르기 위해 아이스박스를 뒤적였다. 아직도 심장이 두근거렸다. 주차장에서 허서은 박사와 눈이 마주쳤던 순간이 잊혀지지 않았다.

경원은 차가운 음료를 찾아서 단번에 들이켰다. 구석에서 얌전히 비치 타월을 몸에 두르고 앉은 허서은 박사가 시야에 잡혔다. 챙이 넓은 모자에 까만 선글라스를 착용하고 있어서 표정은 보이지 않았지만 평소와는 다르게 조용해 보였다. 별다른 반응이 없어 더 불안했다.

먼저 가서 얘기 좀 하자고 할까? 아까 본 건 오해라고 둘러대야 할까? 머릿속이 복잡하게 뒤엉켰다. 오해라고 하기에는 너무 다정한 연인의 모습으로 서로를 껴안고 있었다. 차라리 정 주임이었더라면 모든 걸 솔직하게 토로할 용기가 났을 텐데.

"어? 상무님 오셨다! 상무님, 여기요!"

누군가 크게 소리쳤다. 자연스레 뒤돌아본 곳에는 어느새 편한 옷차림으로 갈아입고 나타난 시운이 있었다. 그의 깜짝 등장에 다들 상기된 채 반겼다.

"여기서 뭐 해요? 재밌어 보이네."

시운은 모래사장과 이어진 낮은 계단에 적당히 걸터앉았다. 경원은 일부러 허서은 박사를 의식하면서 그가 있는 곳을 보지 않으려 노력했다. 허서은이 왜 조용하지? 이대론 그녀의 눈치를 살피느라 힘든 워크숍이 될 것만 같았다.

반면 시운은 느긋하게 직원들과 얘길 주고받았다.

"이야, 때맞춰 오셨네요! 이제 막 새로운 게임을 시작하려던 참인데. 오신 김에 같이 하실까요?"

"아니, 전 그냥 여기서 구경이나 하다가······."

"그런 게 어디 있습니까! 놀아 주셔야죠!"

여행지에 와서인지 한껏 들뜬 양 팀장이 시운의 팔을 잡아 끌었다. 이어서 다른 직원들도 합세해 그를 모래사장 안으로 이끌었다. 시운은 난감하단 듯이 이맛살을 구겨 웃었고, 다른 사람들도 신이 나서 환호성을 질렀다.

"자, 이번 게임은 미션 달리기입니다! 각 조에 대표로 한 명씩 나오시고요! 우리 권 상무님은 특별히 우리 4조로 영입하겠습니다!"

"그런 게 어디 있어요! 너무 편파적인 거 아닙니까!"

"뭐가 편파적이야? 내가 MC를 보느냐고 애초에 우리 조의 한 자리가 비었잖아. 이거야말로 정당한 거지!"

"그래 놓고 팀장님도 아까 피구에 참여하셨으면서!"

"어쭈, 불만 있으면 네가 할래!"

편파적인 건 맞는 것 같은데. 경원은 고갤 가로저었다. 양 팀장은 기어이 시운을 죽음의 4조로 동참시켰다. 경원에겐 그다지 달갑지 않은 영입이었다. 거기다 미션 달리기라니. 그런 유치한 게임을 누가 회사 워크숍에서 한단 말인가.

경원은 기가 찼으나 몇 주 전 사무실에서 직원들이 모여서 아이디어 내기를 했던 것이 떠올랐다. 오늘 진행하는 게임들은 아마도 그때 나온 것일 터였다.

그래서 더 신난 거였구먼. 경원은 무릎을 끌어안고 앉아서 경기가 벌어지는 모습을 관람했다. 게임에 참가한 사람들이 제비뽑기 형식으로 각자 미션이 적힌 종이를 뽑았다.

내용은 호각이 불리고 난 다음에야 볼 수 있었다. 미션을 완료하고 가장 먼저 원지점으로 돌아오는 사람이 승리하는 것으로, 1등부터 3등까지만 인정됐다.

"자, 원지점에 돌아온 순으로 미션이 제대로 완료되었는지 확인하고 순위를 매기겠습니다! 그럼, 시작!"

양 팀장이 힘껏 호각을 불었다. 시운은 종이를 펼쳐 보자마자 이마를 구겼다. 누가 쓴 거야, 이거? 미션이라고 해서 뭔가 복잡하다든가 난이도가 있을 줄 알았는데. 매우 단순한 지문이 적혀 있었다.

그는 주변을 둘러보면서 걸음을 옮기기 시작했다. 게임에 참여한 직원들이 일사불란하게 모래사장을 누볐다. 어느 직원은 거의 울 것 같은 얼굴로 아예 계단 밖으로 뛰쳐나가 버렸다. 뭔진 몰라도 저런 게 안 걸려서 다행이긴 한데.

오래 헤매지 않고 상대를 찾은 그의 눈빛이 반짝였다. 시운은 자신의 미션을 생각하며 차분하게 파라솔로 향했다. 경원이 정 주임과 나란히 파라솔 밑에 돗자리를 깔고 앉아 있었다.

그가 불쑥 경원을 향해 손을 내밀었다. 그녀의 표정이 어리둥절해졌다.

"저요?"

시운은 고갤 끄덕거리면서 내민 손을 거두지 않고 말했다.

"미션이 너무 쉬워서 지금 가면 1등 할 것 같은데. 얼른 일어나요. 이왕이면 1등 하게."

딸꾹질이 날 뻔했다. 경원은 그가 내민 손을 빤히 응시했다. 이걸 잡아, 말아?

"얼른요. 나 1등 할 거라니깐?"

"이 대리님, 얼른요!"

보다 못한 정 주임도 옆에서 재촉하면서 경원을 밀어냈다. 경원은 얼결에 그의 손을 잡고 일어섰다. 동시에 걸음이 빨라졌다. 그의 억센 힘에 거의 끌려가다시피 해서 원지점을 향해 뛰었다.

"오, 우리 권 상무님 1등으로 도착하셨네요! 그럼 이제 카운트 셉니다! 카운트 안에 못 들어오면 미션 완료해도 실격이에요!"

경원은 도착지에서 그와 나란히 어깨를 맞대고 섰다. 붙잡힌 손은 이미 떼어 냈지만 허서은 박사 때문에 신경이 예민해진 탓인지 사람들이 모두 저를 보고 있는 것 같았다. 속으로 얼른 양 팀장의 카운트 세는 소리가 끝나길 기다렸다.

양 팀장은 우렁차게 카운트를 외치다가 종료 시점을 알리는 호각을 불었다.

"자, 그럼 먼저 도착한 순으로 미션을 확인하고 순위를 결정하겠습니다. 미션지를 보여 주세요."

시운이 주머니 안에서 종이를 꺼냈다. 경원은 그가 양 팀장에게 미션지를 건네는 모습을 눈으로 좇았다. 내용을 확인한 양 팀장이 조금 놀랐다는 듯이, 혹은 재미나다는 듯이 두 사람을 쳐다봤다.

"음, 우리 4조 미션지 내용은 여기서 제일 예쁜 여자 데리고 오기였네요."

사람들이 술렁였다. 경원은 왜 양 팀장이 저를 그렇게 쳐다봤는지 이해할 수 있었다.

"그렇군요. 우리 이 대리가 여기서 제일 예쁜 여성이었군요. 3년 만에 처음 알았지만, 그렇군요. 예, 이 게임은 미션을 받은 사람의 주관으로도 인정되니까요. 취향이 참, 아니 선택을 존중하겠습니다."

아우성 같은 환호에 머리가 울렸다. 경원은 벌게진 얼굴로 고갤 들지 못했다. 어떤 표정으로 사람들을 봐야 할지 감이 안 잡혔다. 이걸 좋다고 웃어야 할지, 싫다고 울어야 할지.

모두가 다음 순위를 매기는 데에 집중하는 동안 시운이 그녀만 들을 수 있도록 작게 소곤거렸다.

"보자마자 딱 생각나는데 어떡해."

경원은 그를 흘깃 노려봐 주었다. 더는 티를 안 내고 그와 좋은 관계를 유지하긴 어려울 것 같았다. 이럴 바엔 차라리 당당하게 밝히는 게 나을지도. 경원은 손부채질을 하면서 얼굴의 열을 식혔다.

어느새 직원들은 게임을 떠나서 서로 어울려 놀기 시작했다. 그중에서 바닷물에 몸을 흠뻑 적시고 이리저리 뛰어다니는 사람들도 있었다. 다들 얼굴에 생기가 넘쳤다. 경원은 젖은 몰골로 남자 직원들이 정신없이 공을 가지고 노는 모습을 지켜보면서 혀를 찼다. 시운도 어느덧 그들과 어울려서 몸을 쓰고 있었다.

"상젤예. 상무님한테서 젤 예쁜 이 대리님, 건배해요."

정 주임이 어디선가 맥주 캔을 들고 다가왔다. 경원은 모래가 들어간 운동화를 털면서 그래, 마음대로 하란 식으로 받아들였다. 생각보다 반응이 없자 정 주임은 샐쭉 웃으면서 옆자리에 엉덩이를 내려앉았다.

"다들 안 춥나. 이제 슬슬 숙소에 좀 들어가지."

"그러게. 피곤할 텐데 잘들 노네."

바닷바람이 한층 서늘해졌다. 경원은 몸을 떨면서 카디건을 여몄다. 맥주도 차가워서 그다지 당기지 않았다.

"어라, 눈 마주쳤다."

정 주임이 어느 한곳에 시선을 떼지 않고 홀린 듯이 말했다. 덩달아 같은 쪽을 본 경원도 수상한 낌새를 눈치챘다.

"불길한데요. 아니, 위험한 것 같은데."

정 주임이 슬그머니 엉덩이를 뒤로 빼면서 자리에서 물러섰다. 아뿔싸. 몸을 적시고 놀던 양 팀장과 몇몇 무리가 그녀들이 있는 자리로 향해 오기 시작했다. 경원도 위험을 감지하고 땅을 짚고 일어설 준비를 했다.

"바다에 왔으면 바닷물 좀 마셔야지!"

"꺅!"

홀딱 젖은 그들이 순식간에 좀비처럼 달려들었다. 경원은 맨발로 모래사장을 벗어나 아스팔트 바닥이 있는 곳까지 냅다 뛰었다. 처음에는 슬렁슬렁 오던 그들도 속도에 박차를 가했다.

"안 돼요! 나 수영 못 한단 말이에요!"

"누가 너더러 수영하래? 이리 와!"

의외로 운동 신경이 없는지, 정 주임은 얼마 못 가 제 다리에 걸려서 넘어지고 말았다. 결국 짓궂은 좀비 무리에 둘러싸인 그녀는 양팔과 두 다리가 포박되었다. 힘껏 발버둥 쳤지만 건장한 사내들에겐 그저 미약한 날갯짓으로 여겨질 뿐이었다.

"싫어, 이거 놔! 나 물 무서워한다고요! 살려 줘!"

"걱정 마, 안 죽여!"

"싫어, 싫다고! 살려 주세요! 잘못했어요!"

"오냐, 가자!"

경원은 설마하고 제 눈을 의심했다. 무자비한 사람들 같으니라고. 발버둥 치는 정 주임을 막무가내로 끌고 가더니 그대로 냅다 바다에 내던졌다. 가여운 그녀의 몸뚱이가 허공에 떴다가 결국 시린 물속으로 풍덩 빠져 버렸다. 중심을 잡고 일어서자마자 찢어질 듯한 비명을 내지르는 정 주임의 소리를 듣고도 주변에 있던 사람들조차 좋은 구경거리라도 난 듯이 방관했다.

"푸하하, 정 주임! 머리에 미역 얹었냐!"

"악! 저주할 거야!"

정 주임은 다리에 힘이 풀렸는지 몇 번인가 다시 물에 엎어졌다. 그녀를 지켜보던 악동 같은 남자 직원들은 그 모습이 재미있다는 듯 킬킬대며 웃었다.

경원은 정 주임이 너무 안쓰러워 달려가서 도와주고 싶었지만, 자신이 두 번째 타깃이 될 것 같은 불길한 예감에 막상 다가서지 못했다. 저 장사들이 달려들면 속수무책이었다. 정 주임은 캑캑거리면서 요란하게 기침을 했다. 보다 못한 누군가 그녀의 팔을 잡아 올려서 부축했다.

"야, 최지원이! 같이해 놓고는 왜 착한 척이야!"

지원이 특유의 웃음으로 대답을 대신했다. 축 늘어져 부축을 받으며 모래사장 위로 올라온 정 주임이 그대로 대자로 뻗어 누웠다. 양심은 있는지, 무리들이 그녀의 몸을 마른 수건으로 감싸 주었다. 당사자에겐 병 주고 약 주고였지만. 정 주임은 쉼 없이 기침을 해 대면서 우는 소릴 냈다.

"힝, 두고 봐요! 진짜 못됐어!"

"그래도 계 탔다, 야. 최지원이 품에도 안겨 보고. 안 그러냐?"

"팀장님!"

멀찌감치 피신해 있던 경원도 그녀가 안쓰러워 다시 모래 사장으로 들어왔다. 이를 달달 떨고 있는 걸 보니 많이 추운 모양이었다. 경원은 저 혼자만 도망친 것이 찔린 나머지 입고 있던 카디건을 벗어서 그녀에게 내밀기 위해 다가섰다.

"그래도 정신 확 들고, 시원하지?"

양 팀장이 킬킬대며 말했다.

"네, 아주 정신 진짜 확 드네요."

정 주임이 수건에 파묻혀서 눈만 내밀고 답했다. 그리고서 경원에게서 받은 카디건을 어깨에 두르는데 순간, 표정이 짓궂어졌다.

"근데 생각보다 재밌네. 이 대리님도 여기까지 오셨는데, 이런 경험해 보셔도 좋을 것 같아요!"

뭐? 정 주임이 그녀의 손목을 탁 잡아챘다. 경원은 숨을 헉, 하고 들이켰다. 불길한 분위기가 엄습해 왔다. 훈훈하게 마무리되는가 싶던 분위기가 다시 불순해지고 말았다.

"안 돼!"

"안 되긴 뭐가 안 돼!"

등치가 좋은 양 팀장이 쏜살같이 달려들었다. 이에 질세라 경원은 초인적 힘을 발휘해서 정 주임의 손을 내치고 다시 뛰기 시작했다. 마치 뒤에서 살인마에게 쫓기듯이 죽을힘을 다해 뛰었다.

모래사장에서 한바탕 추격전이 벌어졌고, 나머지 사람들은 나 몰라라 하고 웃기 시작했다. 추임새까지 넣으면서 경원의 지구력을 응원하는 이도 있었다. 하지만 경원은 얼마 못 가 의외에 장애물에 걸려서 중심을 잃었다. 바로 앞에 우두커니 서 있던 시운의 가슴에 머릴 박은 것이다. 뒤에선 여전히 양 팀장이 쫓아오고 있었고 넘어진 사이 겨우 벌려 놓은 거리가 점점 좁혀졌다.

"살려 주……. 꺄악!"

믿는 도끼에 발등 찍힌다고 했던가. 시운이 두 팔을 뻗어서 그녀의 허리를 휘감아 번쩍 들어 올렸다. 그녀는 제 몸이 허공에 뜨는 순간 까무러치게 놀라 비명을 내질렀다.

"오, 상무님! 나이스 캐치!"

"꺅! 놔요, 놔주세요!"

경원은 주먹을 쥐고 그의 어깨며 등을 마구 내리쳤다. 너까지 이러면 안 되지! 하지만 시운은 이미 마음을 먹은 듯 물가로 향하기 시작했다. 어떻게든 그의 품에서 벗어나기 위해 안간힘을 썼지만 역부족이었다.

"자, 잠깐! 휴대폰! 주머니에 휴대폰 있어요!"

"아, 이거?"

휴대폰이 어느새 그의 손에 들어가 있었다. 시운은 망설임 없이 휴대폰을 모래사장에 내던졌다. 경원은 모래에 푹 파묻히는 자신의 휴대폰을 향해 간절히 손짓했다. 안 돼!

파도 소리가 가까워질수록 소름이 돋았다. 경원은 끝내 두 눈을 감았다. 혼자 죽을 쏘냐! 경원은 몸이 내던져지는 순간, 그의 팔을 놓지 않고 함께 물속으로 잡아끌었다. 아직 이른 계절이어서 바다는 얼음장같이 시렸다.

경원은 물에서 고개를 쳐올리자마자 아까의 정 주임처럼 기침을 해 댔다. 코가 시큰하고 입안에 짠물이 들어왔다. 얼굴에는 머리카락들이 해초같이 치덕치덕 달라붙었고, 입고 있는 옷 역시 마찬가지였다. 다행히 검은색 옷을 입고 있어서 속옷이 비칠 일은 없지만, 그녀는 반사적으로 제 몸을 감싸면서 서럽게 육지로 걸어 나왔다.

"아이고, 추우시죠?"

"팀장님."

경원이 남은 힘을 다해서 양 팀장을 노려봤다.

"아니, 너 말고 상무님. 상무님, 괜찮으십니까?"

허! 경원은 바득바득 이를 갈았다. 분노는 뜨겁게 타오르다 금방 식었다. 날이 너무 추워서 열을 낼 기운이 나지 않았다. 다른 직원들이 준비하고 있던 타월을 들고 다가왔다. 정 주임도 기다렸다는 듯이 배시시 웃으면서 카디건을 다시 돌려주었다.

"헤헤. 대리님, 추우시죠."

"정 주임, 너……."

"헤헤."

됐다. 화내 뭘 하겠어. 바닷가에 오면 이러고 노는 거지. 경원은 끝내 실소를 터트렸다. 한 번 빠졌다가 나오니까 마음이 한결 편해졌다. 설마하면서 내내 마음 졸이는 것보단 낫지. 하지만 예상치 못한 상대에게 패대기쳐질 줄은 몰랐다.

"괜찮아요?"

지원이 뜨끈한 핫팩을 그녀의 손에 감싸 주었다.

"아, 고마……."

그에게 감사의 말을 전하려다가 경원은 뒤따라서 나오고 있는 시운을 의식하면서 머리를 굴렸다.

"고마워요, 지원 쌤. 덕분에 따뜻하네요."

"말려 주지 못해 미안해요. 얼른 숙소에 들어가요. 감기 들겠어요."

"그러고 싶은데, 힘이 빠져서 못 걷겠어요."

"데려다줄게요."

지원이 안쓰러운 눈빛으로 그녀의 어깨를 잡아 주었다. 행여 중심을 잃을까 한 발짝 물러서서 경원을 지탱했다.

"참, 휴대폰."

경원이 잠시 뒤돌아서 모래에 파묻힌 휴대폰을 주워 들었다. 그러다 시운과 눈이 마주쳤다. 머리에 수건을 얹은 채로 그가 눈썹을 꿈틀댔다.

경원은 마치 보란 듯이 지원의 부축을 받으면서 정 주임과 함께 먼저 숙소로 향했다.

어느덧 해가 저물었다. 젖은 머리를 털어 내고 샤워실에서
나온 경원은 코를 훌쩍이면서 외투를 챙겨 입었다. 소금기를
빼기 위해 대충 비누로 손빨래한 옷가지들을 널고 나니 야외
바비큐 장으로 모이라는 전언이 들려왔다.

마치 수련회를 온 기분이었다. 빡빡한 일정에 잠시 몸을
뉘일 틈도 주지 않았다. 뭉그적거리면서 드라이로 머리를 말
리는데 정 주임이 다가왔다.

"어떡해. 대리님, 감기 드신 거 아녜요?"

"덕분이야. 고마워."

"아이, 대리님. 팀장님이 눈짓으로 저를 막 부추겼다니까
요. 넘어가는 게 아니었는데. 공황 상태에서 악마의 유혹에
홀라당! 죄송해요."

배시시 웃는 낯으로 그녀가 아양을 떨자 경원은 마지못해
피식거렸다.

"근데 아까 지원 쌤 때문에 완전 심쿵했어요. 세상에 어쩜
그렇게 다정할 수가……."

"진짜 심쿵이긴 하더라. 매너가 몸에 뱄나 봐. 다들 껌뻑
죽는 이유를 알겠어."

숙소까지 데려다주었던 지원은 여분으로 가져온 수건이
며, 젖은 옷가지들을 담아 가기 위한 비닐 팩까지 챙겨 주었

다. 새삼 그의 섬세함에 말마따나 심장이 쿵쿵댔다. 물론 시운의 황당하단 표정도 잊을 수 없어 고소한 마음이 들었다. 물을 별로 좋아하지 않는다는 걸 뻔히 알면서도 그 악마들의 장난에 가담했다는 것이 얄미웠다.

"앗, 팀장님이 저보고 먼저 내려오래요. 테이블 세팅해야 한다고. 대리님, 저 먼저 내려가요!"

휴대폰 액정을 들여다본 정 주임이 툴툴거리며 먼저 모임 장소로 향했다. 느긋하게 머릴 말리던 경원도 대충 빗질을 하고 뒤따를 준비를 했다. 제 몸의 소금기가 아직 덜 빠진 것 같은 찝찝한 기분이 들기도 했지만 몸이 노곤해서 이대로 뻗어 버리고 싶었다.

"경원 씨, 얘기 좀 할래?"

억지로 몸을 일으켜 방에서 나온 그녀는 복도에서 허서은 박사와 마주쳤다. 올 것이 왔구나. 경원은 마른침을 삼켰다. 직원들 대부분은 이미 아래로 내려간 듯 주변이 조용했다.

"자기, 상무님하고 사귀어?"

단도직입적인 질문이었다. 경원은 스산한 저녁 공기에 옷깃을 여미면서 입술을 달싹였다.

"보신 그대로예요."

담담하게 인정했다. 그와의 관계에 대해서 둘러댈 만한 상황이 아니었다. 어차피 오가는 눈길이 많은 데서 길게 숨길 수는 없었다.

"쿨하게 인정하네? 난 그동안 자기가 뭘 믿고 그렇게 당당하게 구는 건가 싶었는데, 이제야 좀 미스터리가 풀리는 거 같아."

"그게 무슨 말씀이세요?"

허서은의 입꼬리가 올라갔다. 하지만 눈빛만은 표독스럽게 상대를 직시하고 있었다.

"어떻게 상무님을 꼬실 생각을 한 거야? 그 비법, 나도 좀 알고 싶은데."

막무가내로 상대를 저격하는 말투에 경원은 기가 차 헛웃음을 뱉었다. 역시 그냥 넘어갈 리가 없지.

"걱정하지는 마. 직원들한텐 비밀로 해 줄게. 남의 연애사 퍼트려 봤자 주변만 떠들썩해지고, 괜히 관여하고 싶지가 않네."

"비밀로 해 주지 않으셔도 돼요."

"뭐?"

"안 그래도 상무님께서 너무 티를 내고 싶어 하셔서 걱정이었거든요. 명색이 상무인데 팔불출 같은 이미지로 굳혀지는 건 좀 그렇잖아요. 차라리 박사님께서 소문내 주시는 게 한결 마음이 편할 것 같아요."

소문에 휘말리는 건 피곤하지만 경원은 일부러 나긋하게 웃어 보이며 말을 이었다. 눈에는 눈, 이에는 이. 도발에는 도발로 대처하는 것이 정답이었다.

"그래 주실 거죠, 박사님?"

"하, 자기 머리 좋다?"

두 여자의 사나운 눈빛이 얽히면서 공중에 스파크가 튀는 것 같았다. 허서은은 팔짱을 낀 상태로 여전히 그녀를 노려보았고, 경원은 사뭇 여유가 넘치는 표정을 유지하며 입꼬리를 말아 올렸다. 지난번 실험실 소동에 이은 2차전이 벌어질 기세였다.

"저 머리 좋아요. 인정하시는 거예요?"

"응. 인정할게. 그래서 상무님을 꼬드긴 비법이 어떻게 돼?"

"비법이라. 글쎄요."

"설마 운명이었다느니 뭐 그런 유치한 이유는 아니었을 거 아냐."

경원은 서서히 분노로 떨릴 것 같은 손끝을 말아 쥐었다. 여자의 적은 여자라 했던가. 아니, 그런 말에는 공감할 수 없었다. 세상에 꼭 허서은 같은 부류만 있는 것은 아니니까. 자신을 적이라 여기는 건 그저 눈앞에 있는 그녀뿐이었다.

언제부터 이렇게 앙숙이 되었는지. 더는 직원들의 입방아에 오를 만한 소재를 주선하고 싶지는 않지만 이쯤에서 직격탄을 날려 줄 때가 되었다.

"비법은 상무님한테 물어보세요. 꼬신 건 제가 아니라 바로 상무님이시거든요."

"……."

"직접 가서 한 번 여쭤 보세요."

이보다 더 명쾌한 답이 있을까. 경원은 어깨를 으쓱해 보이며 야무지게 두 눈을 깜빡거렸다. 사실은 사실이니까. 허무맹랑한 소리로 둘러댄 것도 아니었다. 다만 허서은은 자신을 약 올리는 듯한 느낌을 받았는지 얼굴에 금방 울긋불긋 열기가 피어올랐다.

"어이구, 우리 미모의 이 대리가 왔네?"

1층의 바비큐 장에서 양 팀장이 면장갑을 끼고 요란하게 불을 피우며 소리쳤다. 주변에서 조롱 같은 환호가 터졌다. 경원은 어색하게 입꼬리를 올리며 자리에 앉았다.

위에서 허서은과 한바탕 붙을 뻔한 여파로 잔뜩 조이고 있던 긴장의 끈이 스르르 풀렸다. 겨우 숨을 고르고 나니 자신이 방금 무슨 소릴 하고 온 건지 뒤늦게 후폭풍이 몰려왔다. 아니, 후폭풍이 아니라 민망함의 쓰나미였다.

"우리 회사에서 제일 예쁘신 이 대리님! 얼른 한 잔 받으세요!"

"에이, 상무님께서 너무 급한 나머지 가장 가까운 데 있던 이 대리님을 지목하신 거 아녜요?"

장난기 가득한 말들 사이로 양 팀장이 더욱 짓궂게 툭 내뱉었다.

"에이, 내가 봐도 이 대리가 이 중에서 얼굴로는 제일 나은데. 눈, 코, 입이 제자리에 박혔잖아. 뭐가 문제야? 안 그렇습니까, 상무님?"

어우, 저 얄미운. 경원은 받아치려다가 입만 벙긋하고 말았다.

"제 기준에서 선택한 겁니다."

시운이 부드럽게 결정타를 날렸다. 흥미진진하게 빛나는 시선들이 한자리에 모였다. 경원은 표정 관리에 힘쓰면서 어색하게 웃어 보였다. 동시에 저를 보는 수십 개의 눈동자가 너무도 부담스러웠다. 시운이 자신의 옆자리에 있었다면 옆구리를 확 꼬집어 줬을 텐데.

"정말 그만들 놀리세요. 저 지금 혼자 서울 올라가요?"

"장난이지, 뭘. 알았어, 진정해."

다행히 양 팀장의 넉살스러운 대꾸가 이어졌다. 경원은 새침하게 그를 흘겨보았지만 곧 실없이 웃음이 터졌다.

이번 워크숍이 끝나고 나면 사내에서 한동안 화젯거리로 등극될 것이 분명했다. 굳이 허서은이 소문을 퍼트리지 않아도 말이다. 벌써 몇몇의 시선은 남달랐다. 정 주임은 뭐가 그렇게 좋아 죽겠는지 옆 사람의 어깨를 마구 두드리면서 '어머'를 연발했다.

다음 날, 밤늦게까지 부어라 마셔라 노래를 부르던 이들이 하나둘 좀비처럼 숙소에서 빠져나왔다. 오전 중으로 주변 관광지에 들러서 곤돌라를 타 산 중턱까지 올라갔다가 단체 사진을 찍고 해산하는 일정이었다.

아침 식사는 간단하게 라면으로 대체했다. 그마저 속이 부대낀 사람들은 다음 스케줄까지 방에서 꼼짝하지 않았다.

하지만 여직원들은 대단했다. 날이 밝기 무섭게 욕실에서 말끔하게 씻고 나와서 풀 메이크업까지 완성했다. 복장은 모자를 눌러쓰거나 가벼운 트레이닝 복 차림이었지만, 눈매가 또렷하고 입술에도 생기가 넘쳤다. 그녀들의 부지런함에 감탄하면서 경원은 완벽한 맨 얼굴로 모자를 눌러썼다.

속이 쓰려 저절로 걸음도 느려졌다. 소각장에 일렬로 세워진 소주병들을 보자마자 헛구역질까지 치밀었다. 마지막까지 자리에 남았다던 사람들은 불과 두 시간 전에도 깨어 있었다고 전해 들었다.

"아침부터 무슨 곤돌라를 타고 산에 올라가요?"

이동하기 위해 모인 자리에서 정 주임이 팔짱을 껴 왔다. 경원은 눈살을 딱 찌푸리면서 코를 막았다.

"잠깐만. 나 순간 술통이 걸어오는 줄 알았어."

"아직도 냄새나요? 샤워까지 싹 하고 나왔는데."

정 주임이 킁킁대며 제 팔에 코를 묻었다. 은은한 샤워코

롱 향과 알싸한 술 냄새가 동시에 풍겼다.

"설마 자기도 두 시간 자고 일어난 거야?"

"정확히 말하자면 한 시간 반 정도 눈 붙였죠. 씻고 화장 하느냐고요. 근데 이상하게도 정신이 맑은 거 있죠? 아직 꿈 속인 것 같기도 하고요."

"대단하다, 대단해."

경이로워 절로 박수가 나올 정도였다. 자그마한 체구에 저런 체력은 어디서 나오는 건지. 고개를 돌리니 분명 마지막까지 남은 멤버 중에 주축이었을 양 팀장도 조금 초췌했지만 기운이 넘쳐 보였다. 하긴 지금까지 회식 자리에서도 진가를 발휘해 온 그들이었다.

주변 관광지란 곳은 딱히 볼 게 없었다. 아직 성수기 전이라 그런지 작동되지 않는 놀이기구들이 많았고, 곤돌라를 타고 올라간 곳에서는 방문객을 위한 산책 코스가 이어져 있을 뿐이었다.

정상에 올라 가장 운치 있는 곳에 자리를 잡고 워크숍 개최 문구가 쓰인 현수막을 펼쳐서 단체 사진을 찍었다. 고스란히 주말을 반납한 여행이었지만 나름대로 오길 잘했다는 생각이 들었다. 물론 복병이 있었지만 사진으로 남게 될 모습들이 훗날 추억으로 남을 것 같았다.

집으로 돌아오자마자 경원은 짐을 풀 새도 없이 소파에 몸을 뉘었다. 모래사장에서 느닷없이 추격전을 벌였던 탓인지 후폭풍으로 온몸이 쑤셨다. 생명의 위협을 느낄 정도로 뜀박질을 했으니 어쩌면 당연했다.

내일이면 다시 일상으로의 복귀라니 아쉬울 정도였다. 눈을 감고 얌전히 휴식을 취하는 도중 타이밍 좋게 휴대폰이 울렸다.

발신자를 확인한 그녀의 입가에 미소가 서렸다. 일정 때문에 어젯밤 먼저 서울로 돌아갔던 시운이었다. 받자마자 다정한 목소리가 들렸다.

─도착했어?

"이게 누구시죠. 어제 저를 바닷물에 패대기치던 권 상무님이신가요?"

─패대기치다니요. 제가요?

"네. 그쪽이요."

경원은 키득거리면서 소파에서 몸을 일으켰다. 목이 말라 휴대폰을 들고 주방으로 가서 냉장고를 열었는데 못 보던 반찬 통이 채워져 있었다.

─잘못했습니다. 용서해 주세요.

"용서가 안 되겠는데요? 자꾸 이런 식으로 나오시면 곤란해요."

장난스럽게 대꾸를 하면서도 누군가 집에 다녀간 흔적에 신경은 한껏 예민해졌다. 주변을 다시 둘러보다 가스레인지

쪽에 시선이 갔다. 분명 식기 건조대에 뒤집어 놓았던 냄비가 올라가 있었다. 뚜껑을 열어 보니 안에는 먹음직스러운 된장국이 들어 있었다.

엄마가 다녀갔다.

경원은 잠시 넋을 놓았다가 뚜껑을 덮었다. 종종 반찬을 해다 주시긴 했지만 연락도 없이 다녀간 적은 처음이었다. 그리고 보니 싱크대 주변도 말끔했다. 경원은 순간 말을 잇지 못하고 아랫입술을 물었다.

—진짜로 화났어요?

휴대폰 너머로 그의 목소리가 거듭 들렸다. 기분이 묘했다. 지난번 할머니 기일에 크게 다툰 이후 연락이라곤 일절 주고받은 적이 없는데. 사실 경아가 다녀간 것이라고도 생각할 수 있었지만 저 된장국은 분명 모친의 솜씨였다. 그것도 자신이 좋아하는 돼지고기가 들어간.

아직 술기운이 남아서인지, 아니면 다른 이유에선지 다시 속이 쓰렸다. 내겐 너무 미운 당신이라 그런 걸까. 코끝이 시렸다.

"난 우리 엄마가 너무 싫어."

—어?

"진짜 싫어. 너무 싫어."

가끔은 진저리칠 만큼 너무도 밉고 원망스러운데. 월급날만 다가오면 뻔히 속 들여다보이는 메시지를 보내는 것도,

모진 소리만 골라서 하는 것도.

　─경원아.

　"응."

　─괜찮아. 엄마잖아.

　갖가지 감정들이 소용돌이쳤다.

　이렇게 미운데, 나는 당신에게 약해질 수밖에 없다.

8. 깊어지다

"영화 별로였다, 그치?"

어제 지은 죄의 용서를 구하겠다며 찾아온 시운이 내내 그녀의 기분을 살폈다. 경원이 뭔가 울적해 보여 기분 전환 삼아서 극장을 찾았는데 영화가 생각보다 재밌지 않았다. 집중해서 본 건 영화가 아니라 그녀의 옆모습이었기 때문일까.

시운은 자연스럽게 경원의 어깨에 팔을 두르고 감싸 안았다.

'엄마'라는 단어에 마음이 약해지는 건 자신도 마찬가지였다. 일부러 캐묻고 싶진 않았다. 단지 그녀를 다시 웃게 만들고 싶었다.

"아냐, 재밌었어. 웃기던데."

"웃긴 사람 표정이 그거야? 에이, 영화표 날렸다."

"진짜야. 재밌었어. 고마워."

경원은 그를 안심시키기 위해 다소 굳어져 있던 표정을 살며시 풀었다. 영화가 어땠든 간에 저를 신경 써 주려는 모습이 좋았다. 그대로 집에만 있었으면 마음이 적적할 뻔했는데.

"그럼 이제 뭐 할까? 배고파?"

"먹을 때가 되긴 했는데, 별로 당기는 건 없네."

"그럼 당 충전할까? 생크림하고 시럽이랑 생과일 듬뿍 넣어서 크레이프 맛있게 하는 집 아는데."

"어디?"

"우리 집."

시운의 뻔뻔한 소리에 경원이 헛웃음을 뱉었다.

"그러니까 지금 네 집에 가자고?"

"왜? 설마 음흉한 생각하는 건 아니겠지?"

"그건 내가 아니라 너지."

"날 뭐로 보고. 너무하네."

"흐응."

경원이 실눈을 뜨고 시운을 위아래로 훑었다. 너무 뻔하지만 한 번 속아 주는 척 따라갈까, 고민이 됐다.

"와, 진짜 너무한다. 너 달래 주려고 주말에도 일 끝나자마자 달려왔는데, 내가 무슨 다른 속셈이 있어서 그러겠어?

그게 말이 돼? 기분 나빠질라고 그런다."

속사포로 내뱉는 소리에 경원은 픽 웃었다.

"누가 뭐래? 숨이나 쉬면서 말해."

"아니, 네가 괜히 오해하니까 그러지."

"여기서 얼마나 걸려?"

"20분. 아니, 15분!"

즉각 튀어나오는 대답이었다. 경원은 잠자코 그와 함께 주차장으로 향했다.

예상과는 달리 차에 올라탄 순간부터 그의 집까지는 대략 두 배 이상의 시간이 소요되었다. 일요일 저녁 시간이라 도로에 차가 막힐 수밖에 없다는 둥, 그가 핑계를 둘러댔다.

도착한 곳은 회사와 그리 멀지 않은 서울 중심부의 고층 아파트였다. 공동 현관문을 지나 엘리베이터를 타고 오르는 동안 투명한 유리창 밖으로 도시의 불빛들과 한강이 내려다보였다.

한강을 가로지르는 대교 위에는 빨간 불빛을 내는 차들이 드문드문 점처럼 보였다. 낮이었다면 도시의 매연과 미세먼지로 희뿌옇게 보였을 텐데, 야경이라 그런지 조금은 운치 있었다.

"잠깐만. 딱 30초만 기다려."

현관문 앞에서 시운이 다급히 외치고 먼저 집으로 들어갔다. 경원은 복도에 남아 멀뚱멀뚱 닫힌 문을 바라보았다. 한

층에 두 집밖에 없어서인지 유난히 조용했고 정적이 감돌았다.

기다림에 지치려던 찰나, 문이 열렸다. 안에서 정신없었는지 그가 숨을 크게 들이쉬었다.

"주말에 집을 못 치워서. 들어와."

그사이 얼마큼 치웠는지 모르겠지만 집은 생각보다 말끔했다. 섬유 유연제와 비슷한 좋은 냄새가 공기 중을 떠다녔다. 경원은 눈으로 대충 둘러보면서 소파에 앉았다. 예전에 대학 다닐 때 살았던 오피스텔은 크기만 크고 가전제품도 몇개 없어 휑했는데, 지금은 제법 사람 사는 느낌이 났다.

"너도 편한 옷 줄까?"

잠시 자취를 감추었던 시운이 어느새 편한 옷차림으로 나타났다.

"나 자고 간단 말 안 했는데?"

"아니, 너 치마 입었잖아. 불편할까 봐 그러지."

"하나도 안 불편하네요."

경원은 소파 위에 뒹굴던 쿠션을 가져다가 무릎에 올렸다. 시운도 자연스럽게 그녀의 옆자리에 앉더니 소파 등받이에 팔을 대면서 경원의 어깨를 감쌌다. 잠시 어색한 침묵이 흘렀다.

"뭐 만들어 준다며."

"응. 이따가."

"왜? 지금 만들어 줘."

"너 먹으면 바로 간다고 할 거잖아."

눈치는 빨라가지고. 경원은 TV 소리로 이 어색함을 깨기 위해 리모컨을 작동시켰다. 옆에서 자꾸만 흘깃대는 시선이 느껴졌다. 그 때문에 한쪽 볼만 따가웠다.

"이번 달에 진영이 집들이한대. 재욱이는 갈 것 같은데, 너도 가?"

경원이 TV 화면에 시선을 고정한 채로 말했다.

"진영이? 아아, 지난번에 축의금도 냈는데 가야지."

"학교 다닐 땐 별로 친하지도 않았으면서 별일이네."

"덕분에 너랑 재회했으니까. 물론 회사에서도 만났지만."

짧게 이어진 대화 후 두 사람 사이엔 다시 침묵이 감돌았다.

"그냥 빨리 먹을 거나 줘. 배고파."

경원이 투정 부리듯 둘러댔다. 낯선 그의 집에 있으니 기분이 이상했다. 아직 준비되지 않은 무언가를 해야 할 것만 같았다. 빤히 자신을 바라보던 그가 부드럽게 어깨를 그러쥐었다.

"아깐 배 안 고프다며."

"아깐 아까고."

노골적인 시선에 경원은 눈동자만 움직여서 그를 보았다. 눈이 마주치자 그가 싱긋거렸다.

"너랑 있으면 왠지 꿈꾸는 것 같아."

"나도 가끔 그래. 악몽이야, 아주. 너 자꾸 직원들 있는 데서 티 내고 그러면."

"어차피 다들 조만간 눈치챌 것 같은데. 차라리 먼저 밝히는 게 낫지."

"아직 좀 그렇단 말이야. 뭔가 민망하고. 아무튼……."

말하는 사이 시운의 얼굴이 가까워졌다. 숨이 느껴질 정도로 가까워진 거리에 경원은 말을 잇지 못하고 눈썹을 꿈틀댔다. 얼굴에 금방 열이 올랐다.

"아무 속셈 없다면서. 말과 행동이 너무 다른 거 아냐?"

"속셈은 없었는데, 막상 네가 우리 집 소파에 앉아 있으니까 너무 좋아서 흥분돼."

차츰 좁혀진 거리에서 그의 목소리가 한층 낮아졌다. 느릿하게 그녀의 이목구비를 훑어보던 시운이 입술을 달싹였다.

"이대로 널 눕히면 어떻게 될까."

"나한테 맞는 거지, 뭐."

시운이 눈꼬리를 휘어 웃었다. 그리곤 가볍게 경원의 **뺨**에 입을 맞췄다. 다시 반대편 **뺨**에 입을 맞추고, 그녀의 이마를 지나서 코끝에도 가볍게 입을 맞추더니 입술로 내려왔다.

서로 입술이 맞닿자 그의 행동이 더욱 느려졌다. 경원의 붉은 입술이 가져다주는 말캉하고 부드러운 감촉과 미온의 체온에 취해 정신이 혼미해질 지경이었다. 조심스레 혀끝을 내밀어 그녀의 닫힌 입술 사이를 공략했다. 서두름 없이 핥았다가 아프지 않게 살며시 깨물기도 했다.

"으응……."

경원은 제가 낸 신음 소리에 깜짝 놀랄 뻔했지만, 그가 한껏 집중하고 있는 바람에 내색하지 못했다. 몸은 점점 등받이 쪽으로 기울어졌고 시운의 단단한 허벅지가 자꾸만 무릎에 닿았다. 강제적이지 않았지만, 너무 섬세하고 조심스러워서 저항할 수 없었다. 심장이 빠르게 뛰었다.

그가 게슴츠레하게 뜬 눈이 사랑스러웠다. 살며시 작게 입을 열어 주니 역시 서두르지 않고 천천히 제 혀를 핥고, 가볍게 이를 부딪쳐 왔다.

경원은 손을 뻗어 그의 목덜미를 지나 뒷머리를 쓸어 넘겼다. 결 좋은 머리칼 사이로 손가락이 파고들었다. 어느새 단단해진 시운의 중심부가 제 허벅지를 찔렀다. 묘한 이질감이 느껴졌지만 싫진 않았다.

"안 때리네?"

시운이 잠시 입술을 떼고 잠긴 목소리를 냈다. 이미 그녀의 위로 완전히 무게가 실린 상태였다. 그녀가 자신을 거부하지 않도록 노력하느라고 옴짝달싹 못 해 애가 탔다. 마음 같아서는 이대로 경원의 옷을 벗겨 내고 속옷까지도 젖혀 여린 살결을 원 없이 주무르고 싶었다. 애달픈 속에 마른침을 삼켰다.

시운의 체중을 못 이겨 소파에 뉘어진 경원도 뺨이 붉게 달아오른 채 멍하니 입술을 벌리고 있었다. 미약해 보이는 그녀의 표정에 어쩐지 더욱 흥분이 일었다.

"경원아, 너무 예뻐. 네가 너무 좋아."

결국 참지 못하고 다시 그녀의 입술을 찾아서 고갤 내렸다. 전보다 조금 속도를 내서 입을 맞추고 혀를 감았다. 숨소리까지도 거칠어졌다. 손등으로 경원의 뺨을 쓸어내리며 둥근 어깨와 가냘픈 쇄골을 지나 짜릿한 여운을 느끼면서 조금씩 아래로 내려갔다.

중심부가 이미 경원의 허벅지 사이로 파고든 상태라 스커트는 이미 훌러덩 젖혀 있었다. 가장 여린 살결을 찾아 갈망에 허덕였다.

"흣. 잠깐만, 잠깐……."

제지하려는 소리가 들렸다. 하지만 시운은 애써 무시하고 그녀의 목덜미에 고갤 파묻었다. 경원이 가진 은은한 살 내음에 취해서 정신을 못 차릴 지경이었다. 간신히 잡은 이성의 끈이 날아가기 직전이었다. 그의 입술이 가슴께로 넘어가려던 찰나, 경원이 두 팔을 엑스자로 하고 앞을 막아섰다.

"왜? 너무 밝아? 침대로 갈까?"

시운은 흥분이 가시지 않아 조금 갈라진 목소리로 물었다. 그녀가 막아서는 순간 세상이 무너지는 기분이 들었다. 조급하게 굴고 싶지 않았지만 이미 욕망은 서로 입술을 맞대는 걸 넘어서 좀 더 깊고 진한 여운을 원했다.

"그것도 그렇고, 씻지도 않았잖아."

그래도 완전한 거부 의사가 아닌 것이 천만다행이었다. 시운은 그제야 웃음기를 되찾았다.

"알았어. 씻고 오면 마저 해도 돼?"

"그거는?"

"그거?"

"그거⋯⋯."

콘돔? 이럴 줄 알았으면 미리 준비해 놓는 건데! 절체절명의 이 기회를 놓치고 싶지 않았다. 시운은 빠르게 움직였다.

"사 올게! 바로 밑에 편의점 있으니까 먼저 씻고 있어!"

경원은 그가 달랑 지갑만 들고 나가는 모습을 지켜봤다. 하마터면 그냥 넘어갈 뻔했다.

그녀는 젖혀진 스커트와 옷매무새를 바로잡았다. 방금까지 잔뜩 고조되었던 분위기를 되새겨 보니 민망함이 물밀 듯 밀려들었다. 이대로 욕실에 들어가서 씻는 것도 민망스럽지만, 시운이 얼마나 큰 기대를 품고 들떠서 달려 나갔을까 하는 생각을 하니 짠하기도 했다.

편의점은 1층 상가 건물에 바로 있으니 금방 돌아올 것이다. 경원은 즉시 종종걸음을 하고 욕실로 향했다.

제 방보다 널찍한 욕실에는 둥근 원형의 거품 욕조와 갖가지 좋은 향을 낼 것 같은 바디 용품들이 일렬로 세워져 있었다. 안 어울리게 이런 것들을 모으는 취미가 있었지.

혹시 몰라 꼼꼼하게 욕실 문을 잠그고, 경원은 욕조에 물을 받기 시작했다. 차오르는 물을 보니 뭔가 간단하게 씻고 나가기엔 아깝단 생각이 들었다. 취향에 맞는 향을 찾아서 거품을 내고서야 만족스러움에 절로 기분이 좋아졌다.

문밖으로 그가 돌아온 듯 인기척이 들렸다. 하지만 그녀는 제법 오랫동안 욕조 안에서 그윽한 향기 삼매경에 빠져서 나오지 않았다.

"때 밀고 나왔어?"

식탁에 마주한 시운이 뾰로통한 표정을 지었다. 주방에서 고소하고 달큰한 냄새가 난다 싶더니, 기다리는 동안 크레이프를 완성시켜 놓은 모양이었다. 보기만 해도 군침이 돌만큼 그럴싸했다.

"딱 배고프던 참인데, 고마워. 잘 먹을게."

경원이 젖은 머리에 수건을 얹은 상태로 식탁에 앉았다. 그대로 크레이프를 손에 들고 한 입 크게 베어 물었다. 입안 가득 달달한 크림과 새콤한 과일이 씹혔다.

"맛있어?"

"먹을 만하네."

사실 먹을 만한 수준을 넘어서 밖에서 사 먹는 것보다 훨씬 맛있었다. 금방 한 접시를 먹어 치우고 나니 금세 새로운 접시가 놓였다.

내내 그녀가 먹는 모습을 지켜보던 시운이 마른 수건을 가져와 경원의 젖은 머리를 말려 주었다. 새침한 소릴 해도 엄청 잘 먹네. 기특해서 정수리에 대고 쪽하고 입을 맞춰 주었다.

익숙한 샴푸 향이 났다. 그녀에게서 자신이 즐겨 쓰는 샴푸의 냄새가 나는 게 왜 이리 설레고 좋은지 모르겠다. 빵빵하게 채워진 두 볼에도 번갈아서 입을 맞춰 주었다.

"같이 살면 좋겠다. 이렇게 만날 너한테서 나와 같은 향기가 났으면 좋겠어."

혼잣말 같은 중얼거림이었지만 그녀가 대꾸했다.

"나도 하나 살까? 냄새가 다 좋더라."

"무드 없기는. 그 말이 아니잖아."

"그럼 동거? 참고로 난 연애관이 극사실주의라 그런 쪽으로는 완전 마음 없거든? 낭만 떨지 말자, 서로."

서로 마음을 확인한 지도 얼마 안 됐는데도 낭만 떨지 말자는 소릴 하는 이 여자가 자신은 어디가 그리 좋은 거지. 시운은 잠시 곰곰이 생각에 빠졌다. 무드도 없고, 애교를 부릴 줄도 모르고, 틱틱대기만 하는데. 물론 그 와중에 귀여운 구석이 있긴 하지만.

게다가 얼굴도 예뻤다. 콩깍지가 씌어서가 아니라 이목구비 어디 하나 나무랄 곳 없으니 예쁜 거 아닌가? 워크숍에서 미션 달리기를 했었을 때도 종이를 확인하자마자 고민의 여지도 없이 그녀를 택했었다. 경원이 예쁘단 생각은 고등학교 때부터 줄곧 해 왔는데. 이미 그때부터 콩깍지의 조짐이 보였던 걸까?

분명한 건 그녀만 보고 있으면 마음이 즐겁다는 거였다. 이미 경원과 관련해서 객관적인 시점 따위는 상실된 지 오래였다.

"결혼은? 결혼해서도 남편하고 한집에서 안 살 거야?"

"생뚱맞게 무슨 소리야. 여기서 결혼이 왜 튀어나와."

"우리 정도 인연이면 결혼해야 하는 거 아닌가?"

"우리 인연이 뭐? 권시운, 인생이 소꿉장난이야? 순간적인 감정에 휩쓸려서 중대사를 막……."

쪽. 시운이 그녀의 입을 막으려 기습 뽀뽀를 했다.

"내가 널 여자로 본 순간부터 내 인생의 중대사는 끝났거든."

"먹고 있는데 갑자기 입에다 뽀뽀하는 게 어디 있어!"

"씻고 올게. 먹고 방에 딱 들어가 있어."

하여간에 입만 살아서. 그가 욕실로 들어가 버리고, 경원은 마저 접시를 비우고 손을 털었다. 상대가 누가 됐든, 아직 결혼에 대해선 진지하게 생각해 본 적이 없었다.

결혼이라. 아직 자신에겐 머나먼 남 얘기 같은데. 경원은 한동안 식탁에 앉아 멀뚱멀뚱 생각에 잠겼다.

그러다 피곤함을 이기지 못하고 침대에 잠시 누워 있는다는 게 어느 순간, 까무룩 잠이 들었다. 선잠치고는 아주 달콤하게 취해 있었는데 어디선가 저를 부르는 목소리가 들렸다. 익숙하면서도 나긋한 음색으로.

"경원아. 이경원."

폭신한 베개 위에 머리가 뉘어져 있었고, 두 눈이 천근만근해 제대로 떠지지 않았다. 저를 부르는 소리가 들렸지만 쉬이 반응할 수 없었다.

"에이, 먼저 잠들면 어떡해? 안 일어날 거야?"

"으응……."

"경원아, 응?"

맨살에 닿는 시트의 느낌이 너무 포근해서 도저히 눈을 뜨고 정신을 차릴 수 없었다. 한참 동안 그의 조르는 말투가 들렸다. 함부로 흔들어 깨우진 못하겠고, 미약하게나마 손가락으로 뺨을 툭툭 건드려 보았지만 얼굴만 잠시 꿈틀댈 뿐이었다.

시운은 어느새 젖은 머리에 웃통을 벗고 있었다. 물론 하의는 입은 상태였지만. 욕실에서 나오는 순간부터 설레발을 치면서 기대에 잠겨 있었는데 그녀가 불편한 새우 자세로 침대의 끄트머리에 몸을 뉘고 있을 줄은 전혀 상상도 하지 못했다.

"거짓말이지?"

주말 내내 출장 때문에 정작 피곤해서 쓰러지고 싶은 건 자신이었다. 하지만 이 시간을, 이 밤을 그냥 이대로 지나쳐 버리는 건 말도 안 되는 일이었다.

그가 허공에 대고 푹 한숨을 내쉬었다. 매끈하게 드러난 그녀의 맨다리는 참으로 유혹적이었다. 무방비 상태로 잠든 경원을 훔쳐보고 있자니 마치 범죄자가 된 듯한 찝찝한 마음이 들었지만, 자꾸만 시선이 가는 건 불가항력이었다. 이대로 자신의 침대에 그녀를 얌전히 재워 두는 게 가능할 리 없었다. 시운은 호흡을 가다듬고 결의를 다졌다.

"으응…… 간지러워."

꿈인가 생시인가 헷갈렸다. 경원은 단잠에 빠진 동안 어딘가 몹시 간지럽고 축축한 기분을 느꼈다. 거듭될수록 신경이 예민해졌다. 결국 가렵고 축축한 부분에다 손을 가져다 대니, 커다란 털 뭉치가 느껴졌다. 아니, 사람의 머리인 것 같은데. 부슬부슬하게 손에 잡히는 머리칼을 매만지던 그녀는 순간 번뜩이면서 정신이 들었다.

"뭐야, 치사하게 잠든 사람한테."

"치사한 건 네가 먼저 시작했어."

시운의 입술이 쇄골 아래까지 닿아 있었다. 혀끝을 써서 핥짝대기도, 입술로 가볍게 빨아들이기도 했다. 이제 보니 그는 상체에 아무것도 입고 있지도 않았다. 다행히 바지는 만져졌지만 가운데가 불쑥 솟아서 허벅지 안쪽의 여린 살을 자극하고 있었다.

"아, 간지러워. 그만해."

"이제 시작인데 무슨 소리야?"

그의 입술이 지나가는 자리마다 예민하게 신경이 곤두섰다. 아직 꿈속인 것 같기도 하고. 경원은 제 입술을 깨물며 들릴 듯 말 듯 신음을 냈다. 배꼽에서부터 유영하듯 올라온 그의 손이 브래지어를 젖히고 들어왔다. 부끄러운 곳을 보인 기분이 들어 소름이 끼쳤다.

시운의 단단한 맨가슴에 두 손을 대고 막았지만 강하게 힘이 들어가지 못했다. 주려고 하면 할수록 도리어 힘이 빠졌다. 그의 입술이 주는 감촉과 뜨거운 손길을 도저히 거부할 수 없었다.

두 사람은 동시에 달뜬 신음 소릴 내뱉었다. 서로 간에 농밀한 터치가 이어지고 점차 짙어지면서 방 안의 온도가 올라갔다.

"하읏, 거긴……."

시운은 빳빳하게 드러난 그녀의 젖꼭지를 혀끝으로 촉촉하게 머금었다. 앙증맞게 솟은 작은 돌기가 너무도 부드럽게 입안에 감겼다. 그녀가 수줍은 듯 몸을 뒤틀었지만 방해가 되기는커녕 더한 자극을 불러일으켰다.

"그 표정 귀여워. 좋아."

"훗, 놀리지 마."

"놀리는 거 아니야. 진심으로."

마음 같아선 당장 경원에게 제 분신을 욱여넣고 싶은 충동이 들었다. 하지만 자신보다 그녀가 먼저 충분히 몸이 달은 후에 시도해야 만족감이 더해질 것 같았다. 시운은 그녀의 젖꼭지와 가슴 둔덕을 주무르고 나머지 한 손은 서서히 아래로 뻗어 나갔다.

평평하고 살결이 고운 부위를 지나서 리드미컬하게 경원의 허벅지 사이로 파고들었다. 아직 부끄러운지 몸을 배배 꼬고 있던 경원이 틈을 보이지 않으려 그의 손을 밀어냈다. 그러자 더한 자극을 주어서 그녀를 만족시키고 싶은 본능에 사로잡혔다.

시운은 입술로 부지런히 그녀의 가슴과 목덜미 주변을 훔치면서도 손끝에 신경을 세웠다. 경원이 당황하지 않게 충분히 마음의 준비를 하고 받아들일 수 있도록 허벅지 안쪽의 여린 살을 정성껏 문지르며 배회했다. 그러다 얼핏 벌어진 틈을 타서 가운뎃손가락을 굽히고 그녀의 은밀한 부위를 덮고 있는 속옷을 문질렀다.

어느 한 부분이 도톰하게 부풀어 오른 듯 유독 솟아 있었다. 시운은 그곳을 놓치지 않고 손끝을 이용해 원을 그리듯 자극했다.

"하읏……."

견디다 못한 경원이 열기에 찬 숨을 터트렸다. 그가 열심히 문지르고 있는 부위가 빠르게 젖어 들고 있었다. 아랫배에 짜릿한 전율이 솟아올랐다. 거부할 수 없는 자극이었다. 그녀는 스스로도 의식하지 못한 상태에서 시운의 뒷덜미를 꼭 끌어안았다. 보슬보슬 잘 말린 그의 머리에서 향긋한 샴푸 향이 풍겨 왔다. 마치 이성을 유혹시키는 페로몬 향 같기도 했다.

경원은 아랫입술을 잘근 깨물고 미간을 좁혔다. 저도 모르게 엉덩이에 힘이 들어가면서 허리가 곤추세워졌다.

"엄청 매끈한데. 굉장히 젖었어."

"그런 말하지 마!"

"그만둘까? 정말 그러길 바라?"

그가 나른하고 간절해진 표정으로 그녀에게 눈을 맞추고 입술을 가까이하며 물었다. 마치 애원하는 듯한 말투였다. 자신이 원하는 대답을 해 주길 바란다는 듯 더없이 야릇한 말투의 음성이었다.

"하앙, 흐웃!"

경원의 은밀한 부위를 겨우 가리고 있던 속옷이 어느덧 발목 아래로 끌어 내려졌다. 드러난 곳은 애액으로 번들거리고 있었다. 시운의 손가락이 자연스럽게 미끄러지며 그녀의 몸에서 가장 깊고 은밀한 지점으로 들어섰다. 부끄러운 줄도 모르고 다리가 벌려졌다. 경원은 괴로운 듯이 신음하면서 그에게 더욱 자신을 몰아붙였다.

"이렇게 하는 거 좋아?"

"하앙, 몰라. 읏!"

"얼른 대답해 봐."

그의 손가락이 하나에서 두 개로 늘어났다. 흥분해서 잔뜩 조여져 있는 공간을 침입당하는 느낌이 더욱 진하게 와닿았다.

"좋아. 흐웃, 얼른······!"

"좋아? 이거 말고 다른 거로 넣어 주면 더 좋겠지?"

"으응, 얼른 넣어 줘. 미칠 것····· 같아."

이번엔 반대로 그녀가 시운에게 애원하듯 말했다. 부디 자신이 원하는 것을 들어 달라는 듯이 간절했다. 숨이 멎을 정도로 깊고 질척한 키스가 이어졌다.

경원은 마치 자신을 집어삼킬 듯이 파고드는 그의 혀 놀림에 기절할 것만 같았다. 정신이 아득해질수록 시운을 제게로 끌어당겨 깊게 묻어 버리고 싶은 기분이 들었다.

서로의 입술이 맞닿던 부위가 잠시 멀어졌다. 시운이 급히 자신의 바지와 브리프를 끌어 내렸다. 동시에 힘줄이 툭 불거져 나온 기둥이 꺼덕거렸다.

그는 동작을 서두르면서도 뜨겁게 타오른 눈길로 경원을 직시하고 있었다. 완전히 맨몸이 되어 버린 두 사람이 서로의 몸을 끌어안았다. 부드럽게 피부가 닿았다. 이대로 가다간 온몸이 녹아내릴 게 분명했다.

"경원아, 사랑해. 사랑해······."

시운이 정신없이 사랑을 고백했다. 그의 단단해진 성기가 허벅지 안쪽을 꾹꾹 눌렀다. 경원은 시운의 목덜미와 등을 쓸어내리던 손으로 자연스럽게 성기를 그러쥐었다. 끝이 촉촉했다. 그 역시 젖어 있는 것을 확인하자 더욱 몸이 달아올랐다. 단단한 기둥을 손가락으로 가볍게 쓸어내렸다가 다시 올리기를 반복했더니 시운이 격한 반응을 보였다.

"윽……."

시운이 허리를 움찔하며 신음했지만 경원은 멈추지 않고 성기의 가장 끝부분까지 휘감아 주었다. 송글송글 맺혀 있던 액을 이용하여 성기 전체를 부드럽게 어루만졌다. 한 손으로 잡아 쥐기에는 무리가 있었으나 그가 예민하게 반응하자 멈출 수 없었다.

두 사람은 다시 진하게 키스를 이었다. 서로의 타액을 교환하며 나는 소리가 야릇하게 귓전을 맴돌았다.

"하아, 더는 못 참겠어."

들어서기 전 시운은 침대 맡에 있는 테이블에 두었던 콘돔을 집어 들었다. 잇새로 거칠게 포장지를 뜯어내고 윤활제로 미끌거리는 내용물을 발기한 성기에 씌워 내렸다.

바로 진입하기에는 아직 공간이 좁았다. 시운은 자신의 성기를 쥐고 그녀의 입구를 충분히 문지르다 차츰 거리를 좁혀 갔다.

"훗. 하앙!"

경원이 괴로운 듯이 움찔댔지만 멈출 순 없었다. 시운은 한쪽 팔꿈치를 그녀의 머리맡에 두고 얼굴을 내려서 다시 입을 맞추었다. 반쯤 들어서니 충분하게 젖어 있던 그녀의 안쪽이 길을 터 주었다.

"하……."

경원의 안을 완전히 침범한 시운이 잠시 숨을 멈추었다가 훅 내뱉으며 뒤로 물러서더니 다시 밀어붙이기를 반복했다. 수면 위로 물감이 퍼지듯 두 사람의 맞물리는 부위에서 미칠 듯한 쾌감이 피어올랐다.

그 후로는 정신없이 서로의 몸을 탐하고 본능에 매달렸다. 숨을 헐떡거리며 치덕거리는 피스톤 질을 반복했고 교합 부위에서 새어 나오는 미끈한 액이 시트를 적셨다. 서로가 본디 한 몸이었던 것처럼 맞물리는 감촉에 이성을 날려 버릴 듯한 쾌감이 일었다.

"경원아, 네가 너무 좋아. 미치겠어."

열에 붉어진 그녀의 뺨과 콧등에 차례로 입을 맞추며 시운은 어느 때보다 간절하게 제 마음을 표현했다.

"저 감기 걸렸어요. 분명 바다에 빠진 것 때문에……, 엣취!"

아침부터 정신없이 재채기를 하며 정 주임이 말했다. 같이 바다에 빠졌어도 그나마 멀쩡해 보이던 정 주임이 때 아닌 감기를 달고 나타났다. 반면 경원은 멀쩡했다.

"바다에 빠진 게 문제가 아니라 그 몸으로 밤새 술을 마셨던 게 문제가 아닐까?"

"팀장님하고 똑같이 말씀하시네요."

"난 멀쩡하니까."

정 주임이 삐죽 입술을 내밀었다. 그리곤 다시 코를 훌쩍이면서 재채기를 해 댔다.

"약은 먹었어?"

"약이 있길래 먹긴 했는데 점심까지 보고 병원이라도 다녀오려고요."

"그러니까 뭐 하러 날이 밝도록 찬바람 쐬면서 술을 마셔?"

그녀가 혀를 차면서 말했지만 내심 안쓰러워 한 소리였다. 남한테 잔소리할 입장은 아닌데. 경원은 간밤에 그와 있었던 일을 떠올리면서 헛기침을 했다. 그의 집에서 나와 제집에 들렀다가 오느냐고 아침부터 정신이 없었다.

사무실의 자동문이 열리면서 경원이 자연스레 시선을 돌렸다. 하지만 그대로 헉, 하고 숨을 들이켜면서 책상에 바짝 엎드린 자세가 되었다. 예상치 못한 인물이 나타나 두 눈을 의심케 했지만 반사적으로 몸을 숨겼다.

잠깐, 내가 왜?

스스로 의아해했지만 이내 등줄기가 서늘해졌다.

"여기 권시운 상무 방이 어디죠?"

낯선 방문객의 우아하고도 나긋한 음성이 사무실 전체에 울렸다. 필시 자신이 예상하는 바로 그 인물이 틀림없었다. 경원은 구겨진 종잇장처럼 인상을 썼다. 품위가 넘치는, 혹은 부담스러운 저 말투는 이 세상에서 시운의 어머니 말고 쓰는 사람을 아직 못 봤기에 그녀는 단언할 수 있었다.

"상무님이요? 따로 약속 잡으셨나요?"

마침 입구 쪽으로 향하던 정 주임이 반응을 보였다.

"내가 내 아들을 보러 오는데, 따로 약속을 잡아야 하나요?"

"아, 상무님 어머님이세요?"

정 주임이 손뼉을 치면서 오버 액션을 취하는 사이, 경원은 깊은 고뇌에 잠겼다. 내가 잘못 한 것도 없는데, 왜 숨은 걸까.

그러나 마음과 다르게 파티션 너머로 빼꼼 고개를 내밀었다가 다시 책상에 엎드려 버렸다. 순간 심장이 얼어붙는 줄 알았다. 시운의 모친이 선글라스를 콧등에 걸쳐 내리고 사무실 전경을 훑고 있었다.

"흐음. 생각보다 좀 작네, 규모가."

혼잣말이었지만 모두가 들을 수 있을 정도의 소리였다. 태평하게 휴대폰 게임에 빠져 있던 양 팀장이 자신의 동물적인 직감에 반응했다.

"아이고! 우리 권 상무님 어머님이시라고요? 연락이라도 주시고 오셨으면 제가……."

"상무님은 어디 계시지요?"

양 팀장이 이목을 집중시키는 사이 경원은 냅다 휴게실로 도피할 계획을 세웠다. 일단 자리에서 피하는 것이 상책일 것 같았다. 딱히 켕기는 구석이 있어서가 아니었다. 그저 예기치 못한 재회에 아직 마음의 준비가 안 되었을 뿐.

그때 눈여겨보던 휴게실 문이 열리더니 그 안에서 시운이 나타났다. 정면으로 눈이 마주친 그가 불편한 자세로 책상에 엎드려 있는 경원을 보고 이마를 구겼다.

"지금 뭐하는……."

길게 의문을 갖기도 전에 입구에서 주고받는 익숙한 목소리에 시선을 돌렸다가 흠칫하고 놀랐다.

"어머니?"

"오, 시운아."

또각또각. 입구에서부터 구두 굽 소리가 가까워지기 시작했다. 경원은 소리 없이 그에게 경고 신호를 보냈다. 빠르게 사태를 파악한 시운의 안색에 당혹감이 서렸다.

"저쪽! 제 방은 저쪽입니다."

"응?"

"저쪽이요!"

그가 서류 판을 쥔 손으로 다급히 반대편을 가리켰다. 일순 사무실 안을 흐르는 침묵에 분위기가 묘하게 어색해졌다.

"제가 안내해 드리겠습니다. 이쪽으로 모실게요."

이제라도 하는 수없이 자세를 고쳐 앉으려던 경원은 정 주임의 나긋한 대처에 속을 쓸어내렸다.

"참, 음료는 어떤 걸로 준비해 드릴까요?"

"아메리카노. 시럽 없이 아이스로 부탁해요."

또각거리는 발소리가 이내 멀어졌다. 시운의 더듬대는 말보다 정 주임의 유연한 대처가 신의 한 수였다. 하마터면 폭풍이 몰아칠 뻔했다.

그의 어머니를 처음으로 보았던 건 스무 살 즈음이었다. 경원은 달갑지 않은 그때의 기억을 떠올렸다.

머리부터 발끝까지, 시운의 어머니는 온통 명품 일색이었다. 때깔 좋은 모피 코트 역시 인상 깊었다. 그만큼 위압감도 상당했고 상대의 기를 죽이는 분위기가 물씬했었다.

당시 시운의 거처였던 오피스텔에서 시험공부를 하고 있었는데, 화장기 없는 맨 얼굴에 후드티를 입은 채 불시에 마주했던 그의 어머니는 서늘한 눈길로 경원의 겉모습을 훑어보았다. 이내 마뜩잖게 혀를 차면서 내뱉던 말이 지금도 잊히지 않았다.

"여자 보는 눈 하고는."

기분을 팍 상하게 하는 소리였다. 경원은 당시에 무슨 깡으로 그랬는지 두 눈을 부릅뜨고서 만만찮게 대꾸를 했다.

"무슨 뜻이세요?"
"몰라서 묻니?"
"몰라서 묻는데요."
"생긴 것과 다르게 아주 되바라졌네."
"아줌마가 먼저 시작하셨잖아요."

상대가 저보다 어른인 것을 둘째 치고, 기분이 너무 상해서 한마디도 물러서지 않고 되받아쳤었다. 서로에게 좋지 못한 인상을 새긴 첫 만남이었다.

"연락도 없이 어쩐 일이세요."

기분 탓인지 식은땀이 나는 것 같았다. 예고도 없이 사무실로 찾아온 모친에게 놀랐지만 몸을 숨기고 있던 경원이 마음에 걸렸다. 본의 아니게 그녀를 불편하게 한 기분이 들었다. 시운은 한숨을 내쉬며 모친의 맞은편 자리에 앉았다.

"연락해도 내내 바쁘다고만 하고 영 얼굴을 보여 주지 않으니 직접 찾아와야지, 어쩌겠니? 오랜만에 본 이 어미가 반갑지도 않아?"

정 주임이 가져다준 차가운 커피의 향을 음미하던 모친이 조금 언짢은 심기를 드러냈다. 해외에서 근무하다 몇 년 만에야 귀국해서 자리를 잡은 아들이지만 아무리 바쁘다 하더라도 혼자서 적적한 자신을 챙겨 주리라 여겼다.

하지만 하나뿐인 아들놈은 어째서인지 나이가 들수록 무뚝뚝해져만 갔다. 물론 어디에 내놔도 부끄럽지 않을 효자였지만 은근히 서운한 마음이 드는 건 어쩔 수 없었다.

"무슨 말씀이세요. 잘 오셨어요. 자주 연락 못 드려 죄송해요."

시운은 서운함이 얼굴에 그득해 보이는 어머니를 달랬다. 어머니는 늘 여린 소녀 같은 분이었다. 자식이라곤 저 하나밖에 없어서인지 바라는 것도 많았다. 시운은 어머니가 원하는 것이라면 모든 걸 감수하고 받아들였다. 반면 제 유일한 약점이기도 했다.

"아무튼 너 그러는 거 아니야. 엄마가 고심해서 알아본 선자리도 바쁘다고 핑계나 대면서 다 걷어차고."

"어머니, 일단 나가요. 제가 맛있는 점심 사 드릴게요."

시운은 먼저 이곳에서 어머니를 모시고 나가기로 마음먹었다. 꼭 전해 드려야 할 말도 떠올랐다. 어디서부터 시작해야 할지 아직 감이 서질 않았지만 더 이상 숨기고 싶지 않았다.

지난밤에 비로소 확신이 들었다. 자신의 팔을 베고 누워서 곤히 잠든 그녀를 보며 생각했다. 내가 이 사람을 오랫동안 행복하게 해 주고 싶다고.

어딘가 늘 안쓰럽게 여겨지던 경원이었다. 학창 시절부터 함께한지라 그녀의 집안 사정까지도 충분히 잘 알고 있었다. 때문에 시운은 어머니를 설득하는 일에 경원을 끌어들이고 싶지 않았다.

어떻게 해서 다시 만나게 된 사람인데. 비로소 깨달은 그녀를 향한 자신의 마음을 멈추고 싶지 않았다.

"여기서 뭐 하세요?"

막 휴게실로 들어온 지원이 낯익은 옆모습을 보고 주춤 걸음을 멈추었다. 경원이 테이블에 앉아서 열심히 노트북을 두드리고 있었다. 휴게실 안에서 업무 중인 아이러니한 그녀의 모습에서 눈을 뗄 수 없었다.

"지원 쌤."

경원이 인사를 대신해서 손바닥을 내보였다가 다시 노트북을 두드리는 데에 집중했다. 점심 전까지 업체에 보내기로 한 파일을 수정하는 중이었다.

사무실 자리에서 익숙한 자세로 앉아 작업해야만 더 빨리 끝낼 수 있을 텐데. 경원은 유난히 노트북으로 작업하는 게 불편했다. 하지만 지금 같은 때에 원치 않은 재회를 회피하기 위한 수단으로 어쩔 수 없는 일이었다.

"많이 바쁘세요?"

어느새 지원이 테이블 앞까지 다가와 그녀에게 다시 말을 붙였다. 노트북 화면 옆으로 그의 실험실 가운이 보였다.

"급하게 수정할 게 있어서요. 거의 다 했는데, 왜요?"

"오늘 점심 같이 드실래요?"

"글쎄, 연구원들하고는 좀."

"아뇨. 저하고만."

지금 단둘이 점심을 먹자는 거야? 갑자기 왜? 보기만 해도 정신없는 숫자가 포함된 파일을 보다가 머릿속까지 엉키고 말았다. 같은 회사 직원으로서 단둘이 점심 정도는 먹을 수 있었다. 허나 왜 이렇게 쉽게 대답이 나오지 않는 걸까.

그와 어느 정도 친분이 있다고 하더라도 부서가 달라 일정한 거리를 두고 있었다. 제법 괜찮은 사람이라 호감은 있었지만 불쑥 다가와서 둘이서 점심을 같이 먹자 제안은 당혹스러울 수밖에 없었다.

"같이 먹어요, 네?"

경원이 아무 대답이 없자 그가 다시 물었다.

"상관없기는 한데, 갑자기 왜요? 연구팀에 오늘 사람 없어요?"

"그건 아닌데, 불편하세요?"

"아, 뭐……. 먹어요, 그럼."

"작업 다 끝나면 메시지 주세요. 저도 끝내야 할 일이 있어서요."

"그래요. 연락할게요."

결국 약속을 잡아 버렸다. 경원은 겉과 다르게 속으로 비명을 내질렀다. 뭔가 상당히 어색한 점심 식사가 될 것 같은데. 하지만 일처리가 급했던 경원은 애써 대수롭지 않게 여겨 넘기기로 마음먹었다.

당황스러움을 누르고 바쁘게 일하다 보니 어느새 점심시간이었다. 약속한 대로 지원과 식당을 찾아 자리에 앉은 경원은 빠르게 주문을 마쳤다.

어색함을 느끼는 건 저뿐인 모양이었다. 지원에게선 시종일관 여유가 넘쳐 보였다. 경원은 그를 의식하지 않으려 시선을 돌리고 물컵을 단숨에 비웠다. 얼마 지나지 않아 음식이 나왔다.

"안 드세요?"

잠시 넋을 놓고 있었나 보다. 경원은 갓 나온 된장찌개에서 구수한 냄새와 뜨거운 김이 모락모락 나고 있는 것을 보다가 맞은편에 앉은 상대방의 얼굴을 확인했다.

"먹어요. 맛있겠네."

경원은 국물을 한 수저 뜨고 가볍게 웃어 보였지만 조금은 어색한 분위기가 흘렀다.

두 사람 사이의 경직된 공기가 점심시간이 되자마자 몰려

든 회사원들의 등장에 서서히 풀려 갔다. 오늘따라 주변 소음들이 이 어색한 분위기를 풀어 주는 것만 같아 고마웠다.

경원은 열심히 공깃밥을 비워 나갔다. 지원도 맞은편에 앉아서 조용히 식사하고 있었다. 하지만 은연중에 저를 보는 시선이 느껴졌다.

"혹시 할 얘기 있어요?"

타이밍을 찾다 물었다. 지원은 뭔가 따로 할 말이 있어 보였다. 그런 게 아니고서야 친하지도 않고, 팀도 다른 자신에게 따로 밥을 먹자고 할 리가 없었다.

"그래 보여요?"

지원이 짧게 미소 지었다.

"갑자기 단둘이 점심을 먹자고 해서요. 뭐, 회사 문제인가요? 아니면 거래처? 내가 하고 있는 업무랑 뭔가 관련된 거 맞죠?"

나름대로 연관성을 찾아보려는 질문이었다. 하지만 지원은 대꾸 없이 홀로 웃었다. 그 웃음이 그다지 유쾌한 의미로 보이진 않았다. 씁쓸해 보이기도 하고, 어이가 없다는 건가.

"궁금한 게 있는데, 대답해 줄래요?"

"뭔데요. 끌지 말고 물어요."

"지금 만나는 사람 있어요?"

"만나는 뭐요?"

"사귀는 사람 있냐고요."

머릿속에 다시 물음표가 튀어 올랐다. 생뚱맞은 질문이었다. 경원은 당혹감을 감추지 못하고 연속해서 눈을 깜빡거렸다. 설마 시운과의 사이를 눈치챈 건가. 아니면 같은 팀인 허서은 박사가 그새를 못 참고 소문을 퍼트렸거나.

"있어요. 왜요?"

"얼마 안 됐죠?"

"얼마 안 됐어요. 사람 취조하는 것처럼 왜 그런 걸 물어요?"

"예상했던 대답이긴 한데 좀 슬프네요."

슬프다니, 뭐가?

"어떤 사람이에요?"

지원의 질문에 경원은 멍하게 그를 쳐다봤다. 설마?

"좋은 사람이니까 만나겠죠. 그런데 어떻게 알고 물은 거예요?"

"그냥요. 왠지 그런 느낌이 들어서요. 확신이 안 서서 직접 물어보고 싶었어요."

설마 이 남자, 날 좋아한 걸까. 모호한 말투와 눈빛이 그런 의심을 들게 했다. 경원이 아무 말 없이 쳐다보자 그가 해사한 얼굴로 잠자코 말을 이었다.

"부담스러워 하실까 봐 그냥 묻어 두려 그랬는데, 눈치채실 것 같아서 말할게요. 저 대리님한테 좋은 감정 가지고 있습니다."

어떤 표정으로 그를 봐야 할지 감이 서질 않아 경원은 손 끝을 입에 가져다 댔다. 지원이 하는 말에 어떤 식으로 반응을 보여야 할지 종잡을 수 없었다.

"올 초에 있었던 전체 회식 때 기억나시죠. 생각해 보면 그때부터였던 것 같아요. 어떻게 표현하면 좋을지 조금 망설였습니다. 대리님한텐 뭔가 보이지 않는 벽이 존재하는 것 같았어요. 그 벽을 깨부술 타이밍만 보고 있었는데, 제가 한 발 늦은 것 같아서 오늘 여쭤본 거고요."

올 초에 있었던 전체 회식이라면 그와 나란히 카메라에 찍혔던 그날이었다. 하지만 지원이 자신에게 그런 마음을 품게 될 거라 전혀 예상치 못했다. 그는 누구에게나 상냥했고 친절한 사람이었으니까. 누구나 그를 좋아했고 관심을 두는 대상이었다.

"죄송해요. 부담 갖지 않으셨으면 좋겠어요. 만나시는 분하고도 계속해서 좋은 관계 유지하시길 바라요."

"부담이라기보다는 좀 놀랐네요. 그나저나 회식 때부터라니. 그때 나 좀 취해 있었던 것 같은데. 무대 공포증이니, 뭐니 헛소리를 했던 것 같기도 하고. 대체 어느 부분이 포인트였어요?"

"솔직하게 말해요?"

"아니, 정말 미스터리라 그래요. 도대체 내 어디가 좋았다는 건지."

"귀여웠어요. 그때까지만 하더라도 저한테 대리님은 조금 차갑고 덤덤한 이미지였는데 생각보다 표정도 다양하고, 뭔가 귀여웠어요. 이 사람이 과연 어떤 사람인지, 어떤 다른 면이 있을지 계속해서 궁금해지기도 했고요."

"의외로 괴짜 같은 면이 있네. 그러다 멀쩡한 여자 못 만나요. 진심으로 걱정돼서 하는 소리야."

모르는 사이에 누군가 자신에게 호감을 가지고 있었다는 것은 분명 설레는 일이었다. 스스로를 조금 괜찮은 사람이란 생각이 들게 하는 뿌듯한 일이었다.

물론 상대가 같은 회사 직원이라는 것에 불편함이 없진 않았다. 하지만 이 와중에 농담으로 던지는 소리에도 웃어 보이는 지원의 모습이 싫지 않았다. 감사하다고 말하고 싶을 정도였다. 누군가의 관심의 대상이 될 만한 괜찮은 사람이란 걸 느끼게 해 줘서 고마운 마음이었다.

"걱정해 줘서 감사하지만 괜찮아요. 다음엔 더 귀여운 사람을 찾을 생각이거든요. 제가 취향이 한결같아서 못 고쳐요."

"지원 쌤 정도면 주변에 다가가는 사람이 많을 테니까 행운을 빌게요."

그의 말대로 다음엔 더 취향에 맞는 사람이 나타났으면 하고 바랐다. 당신도 나처럼 부디 좋은 사랑을 할 수 있기를.

물론 아직 시운에 대한 마음을 사랑이라는 단어로 결론 내리기는 성급한 면이 있었다. 하지만 분명 시간이 지나 흐를 수록 그가 더없이 좋아질 것만 같았다.

지금 이 순간에도 계속 생각나는 사람이었다. 그가 확실히 마음 한구석에 자리 잡고 있다는 것을 깨닫고 저도 모르게 안심이 되었다.

9. 터닝 포인트

"음식이 입에 맞으세요?"

회사 주변 번화가에서 조금 벗어난 호젓한 한정식 집을 예약한 시운은 어머니의 취향에 맞는 음식들을 주문했다. 점심 시간임에도 불구하고 가게 안은 북적거리는 소음 없이 고즈넉한 분위기가 났다.

"맛있네. 너도 얼른 먹어."

"어머니 드시는 모습만 봐도 배불러요."

"실없는 소리 하기는. 이 어미 속 달래려거든 하란 대로만 해. 이번 주 중에라도 저녁에 시간만 낸다면 바로 선 자리를……."

"어머니, 저 만나는 사람 있습니다."

"그럼 데리고 와 보라니깐? 어느 집에 어떤 아가씨인지, 엄마가 보고……."

"어머니도 아실 거예요."

시운이 젓가락을 들어서 발라낸 생선 살을 모친의 앞 접시에 놓아주었다. 잠시 할 말을 잃은 정 여사가 아들의 얼굴을 들여다보았다.

"성 박사님 막내딸? 미국에서도 봤었지, 아마? 아니면 세영이?"

머릿속에 떠오른 인물 중에서 그나마 바라는 이름을 뱉으며 물었다. 그동안 여러 분야에서 인맥을 쌓아 온 정 여사가 자신의 외동아들을 위해 포섭한 또래 아가씨들이었다. 허나 별다른 진전 없이 단지 친구로만 지내거나 일절 연락도 하지 않는 걸 알고 있으므로 말하면서도 의구심이 들었다.

"연희인가? 신 교수님의……."

"경원이요."

"누구?"

"경원이요."

시운은 거듭 같은 말을 꺼냈다. 하지만 정 여사는 마치 못 들을 말을 들었다는 듯이 눈살을 찌푸리면서 연신 되물었다.

"경원? 그게 누구야?"

"아시잖아요."

"누군데! 똑바로 말해 봐!"

"제가 유일하게 어머니한테 좋다고 말한 여자애요. 기억나시잖아요."

정 여사는 뒷목이 당겨 헉, 하고 숨을 들이마셨다. 차마 말을 잇지 못하고 물을 벌컥벌컥 들이켰다. 그럼에도 여전히 뒷목은 풀릴 기미가 없었다. 더욱 기가 차고 어이가 없는 건 자신의 반응을 보면서도 느긋하게 음식을 먹는 시운의 태도였다.

"너 지금 엄마 놀려? 기억이 나긴 뭐가 기억나!"

"목소리 낮추세요. 혈압 올라가요."

"혈압은 네가 올리고 있잖니!"

"어머니."

"됐어, 입 열지 마! 듣고 싶지 않다."

더 이상의 대화는 용납하지 않겠다는 듯이 눈앞에 손바닥을 내보였다. 시운은 젓가락을 내려놓고 얌전히 어머니의 반응을 살폈다. 어느 정도 예상했었지만 조금은 기대를 품었었다.

"어머니."

"입 열지 말래도!"

"이제 알겠어요, 저도."

"뭘!"

"왜 어머니가 그렇게 아버지를 못 잊으시고 그리워하시는지. 이제야 이해가 되고 알 것 같아요."

"거기서 왜 네 아버지 얘기가 나오는 거니?"

정 여사가 부릅뜬 눈으로 시운을 노려보았다.

"사람 마음이라는 게 머리하곤 다르잖아요. 결국엔 마음을 따르게 되더라고요."

"권시운."

"옛날에는 그냥 머리로만 생각해서 몰랐거든요. 어차피 어머니도 반대하실 거 뻔히 아니까 더 그랬고요."

"그래서 지금 하고 싶은 말이 뭐야. 그 애랑 만난다고 쳐. 거기까진 뭐라 관여 안 해. 하지만 그 이상은 안 돼. 지금이야 눈에 콩깍지 씌었으니 뭔들 안 하고 싶겠니. 뭔들 어렵겠어. 네 말처럼 내가 여전히 네 아버질 그리워하는 건 맞아. 하지만 이건 완전히 다른 경우라고."

"결혼할 생각입니다. 경원이가 원한다면요. 아니, 제가 그러길 원해요. 그래서 경원이도 원하게 만들 겁니다."

"야!"

결국 정 여사의 서슬 퍼런 외침이 천장까지 울려 퍼졌다. 분에 못 이겨 옆자리에 방석까지도 내던졌다. 평소에 고고한 자태는 온데간데없이 정 여사가 꽥 소리를 내질렀다.

"갠 절대로 안 돼! 엄마가 분명히 말했어!"

"저도 말씀드렸습니다, 어머니."

"이 나쁜 자식!"

이경원, 집안도 별 볼 일 없고 싹수 노란 계집이 결국 멀쩡한 아들놈을 건드려 놓았다. 절대로 있을 수 없는, 아니 있어선 안 될 일이었다. 그 싸가지는 절대로, 죽어도 안 돼!

모친에게 어느 정도 예상한 반응이 나오자 시운은 작게 한숨을 내쉬었다. 경원에게 최대한 피해가 가지 않으려면 자신이 무슨 수를 써서라도 어머니의 마음을 돌려놔야 했다.

지난 세월 동안 단 한 번도 실망시킨 적 없는 아들이었다. 어머니가 바라는 대로, 하라는 대로 그저 묵묵하게 따라왔다. 그러니 이번 한 번쯤은 고집을 피워서라도 자신의 결단을 굽히지 않을 생각이었다.

"제가 많이 좋아합니다. 놓치고 싶지 않은 여자예요."

"연애만 해. 결혼은 안 돼. 요즘 뭐 연애한다고 다들 결혼하니? 잠깐은 만나도 상관없으니 그 이상 엄마를 실망시키지 마."

"저 어머니 아들이에요. 저도 고집부리면 끝까지 갑니다."

"글쎄, 입 아프게 같은 말하게 하지 말래도!"

정 여사는 손바닥으로 테이블을 두드려 가면서 소리쳤다. 바르게 자란 아이가 이제 와서 어미의 속을 뒤집으려 하는 게 기가 막혔다. 미국에서 돌아온 지 얼마나 됐다고 벌써 그 계집과 만난 걸까. 어떻게 제 아들놈의 마음을 이리 홀려 놓은 건지 분통할 지경이었다.

"그 애가 어디 잘난 구석이 하나라도 있니? 한국대 졸업한 거? 그 정도 학력은 길거리에도 차고 넘쳤어. 집구석은 완전

별 볼 일 없는 콩가루 집안인 데다 계집애가 사근사근한 구석 없이 뚱해가지고! 특히 그 쪽 찢어진 눈매가 마음에 안 들어! 볼 때마다 내 말에 빠득빠득 대들기나 하고. 너 기억 안 나니? 그런 계집이 어떻게 마음에 들 수 있겠어!"

"경원이도 그다지 어머니에 대해서 감정이 좋진 않을 겁니다. 마찬가지예요. 왜 어머니 마음에만 들지 않는다고 생각하세요?"

"야, 권시운! 너 자꾸 이럴래? 그게 엄마한테 할 소리야?"

"저는 오히려 경원이가 저한테서 마음을 돌릴까 봐 걱정됩니다."

계속 언성을 높이는 모친에게 시운은 저도 모르게 발끈해서 말했다. 담담한 어조였지만 제 감정을 드러내듯 악센트가 있었다.

"너 지금 엄마한테……."

정 여사는 그의 반응이 믿기지 않는다는 듯이 말끝을 흐렸다.

"아들놈 키워 봤자 소용없다더니. 너 정말 이러는 거 아니다. 나중에 얼마나 땅을 치고 후회를 하려고."

"어머니."

"됐어. 너 당분간 연락할 생각도 하지 마. 꼴도 보기 싫어."

결국 정 여사는 가방을 챙기고 먼저 자리에서 일어섰다.

홀연히 혼자 남겨진 시운은 한동안 미동도 없이 굳어 있었다.

어머니가 어떤 마음으로 자신을 키웠는지 모르는 게 아니었다. 여전히 그에겐 세상에 단 하나뿐인, 사랑하는 어머니였다. 죄송하고 송구스러운 마음이 드는 것과 동시에 아무 잘못도, 부족함도 없는 그녀에게 악감정을 가지고 고집을 부리시는 어머니가 야속했다.

"어머니하고 혹시 무슨 일 있었어?"

퇴근 후에 만난 카페에서 경원이 넌지시 물었다. 예리한 눈치로 자신을 들여다본 그녀가 사뭇 진지했다.

"아니? 별일 없었는데."

"얼굴 보니까 별일 없던 게 아닌데?"

시운이 씩, 하고 입꼬리를 올렸다.

"내 얼굴이 왜? 너무 잘생겨서 볼수록 놀라워?"

"또 시작이다."

경원이 빨대를 입에 물었다가 뱉어 냈다. 시운은 반응이 귀여워 쭉 손을 뻗어서 그녀의 정수리를 흩트려 놓았다.

"예뻐 죽겠네. 이렇게 일 끝나고 데이트하니까 너무 좋다. 꿈 아니지, 이거?"

"좋니? 난 오늘 사무실에서 직원들한테 종일 시달렸는데. 우리 회사 대표 미녀 이 대리님, 하면서 얼마나 놀려 댔는지 알아? 최소 일주일은 갈 것 같아. 특히 팀장님이 나만 보면 느끼한 표정으로 손가락 하트를 날린다고."

"그랬어?"

두말하면 입 아프지. 경원은 으득으득 얼음을 씹어 삼켰다. 사람 놀리는 데에는 협동심이 말도 아니었다. 특히 급박했던 프로젝트 건이 지나고 그나마 여유를 찾아 한껏 너그러워진 양 팀장이 유독 그랬다.

"이 대리, 나 신일테크놀러지스 납품 리스트 좀 보내 주겠어?"

"좀 전에 메일로 보내 드렸어요."

"오, 고마워라. 일처리도 완벽해. 역시 우리 부서 간판다워."

양 팀장이 손가락으로 삐죽 하트를 날려 보이는 순간, 경원은 점심때 먹은 게 속에서 역류할 뻔했다. 어디서 저런 걸 배워 왔는지 종일 눈만 마주치면 날려 대는 통에 제가 뭘 그리 잘못했나요, 하고 물었을 정도였다. 그뿐인가. 옆에서 정 주임이 웃겨 죽겠다면서 꺄르륵거리니까 그 반응에 힘입어서 더욱 오버를 해 대는 통에 골 아픈 하루였다.

"그냥 우리 대놓고 연애하는 게 어때? 숨길 게 뭐 있어. 어차피 나중에 청첩장 돌리면 다 알게 될 사실인데."

"청첩장? 저기요, 김칫국 마시지 마세요."

"난 너랑 하기로 마음먹었는데. 우리 집에 딱 너만 들어오면 돼. 그냥 맨몸으로 와. 프러포즈는 근사하게 준비할 테니까 걱정 말고."

"나도 내 집 있거든? 오버하지 마. 만난 지 얼마나 됐다고."

탐탁스럽지 않은 반응에 시운이 살짝 미간을 좁혔다.

"세어 볼까? 고1때부터니까 10년은 넘었고……."

"공백 기간은 왜 포함하는데? 우리가 그때부터 사귀었어? 말을 안 해서 그렇지, 너 내가 아는 여자애들만 몇 명을 만나……."

"쉿, 나 계산하고 있잖아. 10년은 족히 넘었고, 앞으로 내가 열렬하게 잘해 줄 거니까 너도 나한테 푹 빠져서 헤어 나오지 못할 테고. 난 너 아니면 안 되겠고, 너도 나 아니면 안 될 테니까 그럼 결혼해야지."

"뭐냐. 여자애들 얘기 꺼내니까 괜히 그러지, 너? 어디서 그런 식으로 계산해?"

경원은 속내와 다르게 낯부끄러워 퉁명스럽게 말했다. 그가 저돌적인 소리를 할 때마다 어떤 식으로 반응해야 할지 난감했다. 물론 싫기만 한 건 아니었다. 너무 직진이라 맞장구를 쳐 주기가 민망했다.

경원은 얼음을 하나 더 입에 넣었다. 시운이 거의 뚫어질 것처럼 자신을 보고 있었다.

"안 돼, 이경원. 너한테 내 인생 배팅했어. 이런 반응이면 곤란해."

"배팅은 무슨. 사랑이 도박이니?"

도박이라 할 순 없지만 그녀를 자신의 짝으로 이미 마음먹은 만큼 되돌릴 생각이 없단 뜻이었다. 때문에 어머니에게도 당당하게 얘기할 수 있었다. 시운이 한 손으로 턱을 괴고 여전히 빤한 눈으로 경원을 바라보았다.

"도박엔 소질 없는데, 잃지 않을 자신 있어. 너라면."

"왜 그렇게 봐. 저리로 치워."

"오늘 밤에도 같이 있고 싶어. 안 될까?"

밤이라는 소리에 괜스레 민망한 상상이 들었다. 경원은 자신이 상상한 것이 표정에 드러날까 봐 신경이 쓰였다.

"야, 깜빡이는 켜고 들어오지? 갑자기 무슨."

"방금 상상했는데, 벌써 설 것 같아."

뭐? 그녀의 시선이 자연스레 아래로 향했다. 물론 테이블에 가려져 그의 하체는 보이지 않았지만 반사적으로 눈이 돌아갔다.

"너도 상상했지?"

"전혀. 너만 그런 건데?"

"우리 경원이 내숭이 많이 늘었어. 귀여워라."

쪽. 그가 예고도 없이 볼에다 입을 맞추어 왔다. 덕분에 바짝 열이 올랐다. 푹 빠진 눈빛으로 자신을 보며 입을 맞춰 오는 남자에게 어찌 설레지 않을 수 있을까.

"나 오늘 너희 어머니 보고 숨어 버렸어. 왜 그랬을까?"

"너 아까 책상에 찰싹 붙어 있던 거 말이야?"

그때의 상황이 떠올라서 시운이 낮게 웃었다.

"웃겨? 난 내가 왜 그랬는지 몰라. 그냥 숨고 싶더라. 너희 어머니가 날 보면 질겁하실 거 뻔히 아니까."

"그냥 먼저 인사드리지 그랬어. 우리 어머니 다른 사람들한테 이미지 신경 쓰느라고 뭐라 말 못 하셨을 텐데."

"나도 모르게 그랬어."

경원은 쓰게 입을 다셨다. 꼿꼿하게 자리에 앉아서 아무렇지 않게 반응할 수 없었다. 예전과는 확실히 달라 덜컥 겁이 났다. 속으로 어떤 생각을 하실지 뻔히 예상되었으니까. 아무래도 상관없을 줄 알았는데, 아니었다. 시운에게 전과 다른 마음을 품고 있기 때문일까. 조바심을 떨쳐 낼 수 없었다.

"겁이 났나 봐. 왜 당당하게 있지 못한 걸까. 몸이 먼저 반응하더라."

"됐어. 넌 그냥 아무 걱정도 하지 마. 그 자리에서 나만 봐 주면 돼. 내가 다 알아서 할 테니까."

"말은 잘해."

의지가 된다는 게 이런 기분일까. 그렇게 못 미덥던 녀석인데. 얄미울 정도로 잘나고 눈부셔서 어두운 쪽은 볼 줄도 모르고 외면하리라 생각했다. 무엇이 그를 변하게 만들었을까. 원래 그런 사람인데 믿지 못한 건 자신이었나. 아니, 믿지 못한 것보다 서로를 너무 몰랐던 걸까.

"손 줘 봐."

시운이 단단하게 그녀의 손을 포개어 쥐었다. 맞닿은 부위에 따스한 체온이 전해졌다. 이렇게라도 그녀에게서 걱정거리를 덜어 내 주고 싶었다. 괜찮으니 나를 믿어 달라고 그가소리 없이 마음을 전했다.

며칠 뒤, 시운은 어머니를 찾아갔다. 당분간 연락도 하지말라고 했지만 일부러 전화를 돌리면서까지 피하실 줄은 몰랐다.

"뭐니? 왜 왔어? 꼴도 보기 싫다니까."

현관문 앞에서 어머니가 퉁명스럽게 자신을 맞이했다.

"그래도 문전박대는 안 하시네요."

"아직 들어오란 말 안 했어."

"저 일 끝나고 바로 와서 배고파요. 밥 주세요."

"뻔뻔한 녀석."

정 여사는 코웃음을 치면서 어깨에 걸친 카디건을 여몄다. 그러다 시운이 손에 든 쇼핑백이 눈에 들어왔다. 자신이 가장 애용하는 브랜드의 로고가 박혀 있었다.

"누가 그런 걸 사 오래? 흥."

"어라, 이거 어머니 드리려는 거 아닌데요."

시운이 구두를 벗고 들어서면서 쇼핑백을 가볍게 흔들어 보였다. 동시에 정 여사의 표정이 일그러졌다.

"너무 노골적으로 인상 쓰시는 거 아녜요? 어머니 거 맞아요."

"너 지금 나 놀리니!"

"이번에 봄 신상으로 나온 스카프예요. 딱 어머니 취향이실 것 같아 사 왔는데."

"흥."

"밥 차려 주실 거죠?"

정 여사는 시운이 얄미워서 머리라도 쥐어박고 싶은 충동을 억눌렀다. 어디서 감히 능구렁이 같은 짓을 하는 건지 기가 찼지만 오랜만에 집으로 찾아온 아들을 빈속으로 돌려보내기도 마음에 걸렸다. 정 여사는 도도하게 그에게서 등을 돌려 주방으로 향했다.

"나쁜 놈."

속이 뒤틀려 중얼거림이 멎지 않았다. 아들이 오면 꼭 먹여서 보내기로 마음먹었던 재료들을 꺼내어 요리를 시작했다. 냉동실에 꽁꽁 얼려 두었던 1등급 한우 등심을 해동시키고, 특별히 주문한 특산지의 버섯과 해물로 탕을 만들기 위해 가스레인지에 냄비도 올렸다.

통통대면서도 어느새 근사한 상이 차려졌다. 주방에서 맛있는 냄새가 풍겨 왔다.

"어머니는 안 드세요?"

다 차려진 식탁에 앉고 보니 수저는 한 쌍뿐이었다. 보슬보슬하게 지어져 김이 모락모락 나는 잡곡밥도 한 공기만 덩그러니 올랐다.

시운이 고개를 빤히 들어 어머니를 바라보았다. 반대편으로 멀찍하게 의자를 끌어와 앉은 정 여사가 눈을 마주치지도 않고 말했다.

"내가 지금 너랑 마주 앉아서 밥이 목구멍으로 넘어가겠어? 너나 많이 먹어. 먹고 얼른 가기나 해."

"입맛이 없으세요? 알겠습니다. 잘 먹을게요."

먹어 보란 말도 없이 아들놈이 젓가락을 집었다. 평소 같았으면 같이 먹을 때까지 음식엔 입도 대지 않겠다고 말할 녀석인데. 정 여사는 분노와 억울함이 섞인 감정으로 경악을 금치 못했다.

"너는 이 상황에서 밥이 목구멍으로 잘도 넘어가는 모양이구나."

"예. 아주 맛있는데요."

그래, 먹어라. 먹다 아주 체해 버려!

"역시 어머니 음식 솜씨는……. 참, 경원이도 지난번에 저한테 해물탕을 끓여 줬는데요. 생각보다 얼큰하게 국물을 잘 내더라고요."

"그거를 벌써 집에 들였어?"

"그거라니요, 어머니. 말씀이 너무 지나치신데요."

"이제 보니 내 속을 더 뒤집으러 온 게로구나."

화를 풀기 위해 그가 싹싹 빌어도 시원찮다고 생각했다.

"제가 사랑하는 여자예요. 이젠 그 애가 아니면 안 됩니다. 저 죽어요."

"허이고, 죽든 말든. 계속 네가 이런 식으로 나오면 내가 먼저 죽겠다."

"그럼 헤어질까요? 어머니께서 계속 이러시면 헤어질 수는 있어요. 그 애를 위해서요. 대신 전 죽어요. 숨을 끊겠다는 게 아니라 인형처럼 죽어 있을 거예요. 그냥 일만 하는 기계처럼. 그걸 원하세요?"

단순히 어머니에게 저녁밥이나 얻어먹을 심산으로 찾아온 건 아니었다. 시운은 태연하게 식사를 하면서도 속은 안달이 나서 타들어 가는 심정이었다. 그녀에게 한 약속을 지키고 싶었다. 너는 그냥 그 자리에 있기만 하면 된다고.

며칠간 어머니는 자신의 전화를 피하고 메시지에도 답이 없었다. 경원과 가까워질수록 어머니하곤 멀어지고 있었다. 이런 때에 자신이 도리어 어머니의 속을 긁는 것이 더한 악순환을 불러일으키는 것일지 모르겠지만 시운은 나름대로 확신하는 게 있었다.

"좋은 사람이에요. 여리지만 단단하고 속이 깊어요. 저 바보 아닌 거 아시잖아요. 제가 반한 여잡니다.”

　“밥이나 먹어. 입 열지 마, 너.”

　결국은 못 이기는 척 자식한테 져 줄 것이라는 걸. 잠시 미움 받더라도 시운은 고집을 꺾을 수 없었다.

　〈그대, 보고 싶소.〉

　PC로 업무를 하던 중 바탕화면 아랫줄에 메시지 창이 떠올랐다. 깜찍한 이모티콘과 함께 떠오른 내용을 확인한 경원의 표정이 밝아졌다.

　〈유치하게 누가 이런 이모티콘 쓰래?〉

　웃음기를 머금고 답장을 보내자 상대는 기다렸다는 듯이 다시 이모티콘을 보내 왔다.

　〈귀여워 보이려고.〉

　시운은 외근을 나가서도 틈만 나면 메시지를 보냈다.

〈회의 지루해 죽는 줄.〉

〈점심 먹으러 나왔어. 회전 초밥.〉

〈무지 맛있네. 너도 데려오고 싶다.〉

업무를 하느라 잠시 한눈을 판 사이에 메시지가 연이어 와
있었다. 귀엽기는. 거래처 사람들과 점심을 먹으러 나왔다던
시운이 사진까지 전송해 왔다. 접시에 담긴 윤기 나는 생선
초밥이 제법 선명하게 찍혀서 먹음직스러워 보였다.

〈맛있게 먹고. 일 잘 보고 와.〉

"뭐가 그렇게 재밌어요?"

메시지 창을 띄우고 답변을 보냈는데 불쑥 정 주임이 나타
났다. 경원은 재빨리 포커페이스를 되찾고 마우스를 움직여
메시지 창을 닫았다.

"친구가 말을 좀 웃기게 해서."

"흐응."

정 주임이 파티션에 기대 실눈을 뜨고서 경원을 내려다보
았다. 뭐야, 그 눈빛은.

"품의서는 다 썼어?"

"열심히 쓰고 있습니다요. 근데 영 속도가 안 붙네요. 오
늘 날씨가 너무 좋아서 축축 늘어져서요."

"날씨가 좋은데 왜 축축 늘어져?"

"봄이잖아요, 봄! 밖에 온통 꽃이 폈다고요! 사랑하는 연인과 나들이 가기 딱 좋은 날씨. 흑, 제겐 다른 세상 얘기죠."

아, 그런 뜻이었어? 삐죽삐죽 우는 시늉을 하는 그녀에게 딱히 위로해 줄 말이 떠오르지 않았다. 경원은 묵묵하게 그녀의 어깨를 두드려 주었다. 이미 경원의 마음엔 봄이 왔고 꽃도 피기 시작했다. 언제 이렇게 시운에게 스며들었나 싶을 정도로 제 마음속은 밝은 봄날의 연속이었다.

자리로 돌아와 업무에 집중하려 했지만 그가 머릿속을 떠다녔다. 퇴근 후에 시운과 만나기로 한 기대감에 마음만은 이미 퇴근 시간인 탓일까.

지난주는 시운이 퇴근을 하고도 개인적인 일로 바빴기 때문에 오랜만에 하는 데이트였다. 그가 둘러댔던 사정이 회사 일은 아닌 것 같은데, 저녁만 되면 누군가를 만나러 가는 통에 서운할 지경이었다.

만회하기 위해선지 오늘은 외근을 마치자마자 회사 앞으로 데리러 온다고 했다. 경원도 오랜만에 그와 저녁을 먹고 둘만의 시간을 보낼 생각을 하니 설레었다. 얼핏 내다본 사무실의 유리창 밖은 눈부신 햇살로 가득했다. 제 마음뿐만 아니라 현실에도 봄이 찾아왔다.

산뜻한 봄의 기운을 느끼고 있는 건 시운도 마찬가지였다.

그는 거래처 직원들과 식사를 마치고 건널목 신호를 기다리고 있었다. 따스한 봄바람이 기분 좋게 불어왔다.

은연중에 날씨를 느끼고 있었다. 어느덧 계절이 바뀌었다. 그녀와 함께한 계절이 몇 번째인 거지. 시운은 막연히 그런 생각을 하며 어렴풋이 회상에 잠겨 들었다.

샌프란시스코로 떠나기 전 어느 봄날, 캠퍼스를 오르는 언덕길에 잔뜩 흐드러지게 피었던 벚나무. 살랑거리는 바람결을 타고 마치 눈발처럼 휘날리던 꽃잎들이 아름다웠다. 아니, 아름다워 보이던 건 이 계절이 찬란해서가 아니라 그녀와 함께 있는 순간을 장식하고 있어서였다.

"잘 찍고 있는 거야?"

흩날리는 꽃잎이 너무 예쁘다며 사진으로 간직하고 싶다던 그녀의 말을 따라 시운은 휴대폰을 들고 멀찍이 서 있었다. 주변에 다른 사람들도 저마다 포즈를 취하며 사진 찍기 삼매경에 빠져 있었다.

"얼른, 바보야!"

한쪽 귀에 꽃잎을 꽂고 해사하게 웃어 보이던 경원이 투정을 부리듯 소리쳤다. 계속해서 포즈를 취하고 있다 보니 뒤늦게 민망함이 치고 오른 것이었다.

"바보?"

시운이 곧장 휴대폰을 내리자 그녀가 바로 두 손을 가로저
으며 정정했다.

"아니, 절대 아니지. 예쁘게 찍어 주세요."

피식, 하고 입가에 웃음을 걸친 그가 다시 화면 가득 경원
의 모습을 담았다. 누구라도 설렐 것 같은 날씨와 한 폭의 그
림 같은 풍경이었다.

"찍었어?"
"응. 찍었어."

그 안에 속해 있는 너. 아름다운 건 단지 계절뿐만이 아니
었다.
잠시 날씨를 보며 추억에 젖어 있는 시운은 자신을 부르는
소리에 번뜩 정신을 차렸다.
"상무님, 식사는 어떠셨습니까?"
"덕분에 괜찮은 맛집을 알게 됐네요."

"입에 맞으셨다니 다행입니다. 맞은편에 제가 직원들과 자주 가는 카페가 있습니다. 들렀다가 사무실로 올라가시죠."

시운은 대답 대신 미소를 지어 보였다. 건널목 신호등이 초록색으로 바뀌었다. 그런데 이상하게 손이 가볍단 생각이 들었다. 맞다, 휴대폰.

"한 대표님, 먼저 가서 계시겠어요? 휴대폰을 두고 왔네요."

"네, 알겠습니다."

"금방 뒤따라가겠습니다."

경원과 연락이 끊기고 싶지 않은 마음에 식사하는 동안 충전을 맡겨 두었던 것을 깜빡했다.

시운은 먼저 직원들을 보내고 방금 나온 상가 건물로 다시 들어갔다. 하지만 타이밍 나쁘게 눈앞에서 엘리베이터 문이 닫혀 버렸다.

"이런……."

시운은 엘리베이터를 기다리길 포기하고 계단으로 3층까지 단숨에 올라갔다.

"어머, 바로 오셨네요? 안 그래도 잊으신 줄 알고 걱정했는데."

다행히 직원이 그를 알아보고 휴대폰을 건네주어 시운은 목적을 달성하고 금방 여유를 찾았다. 이렇게까지 물건에 집착하는 편이 아닌데, 이상하게도 밖에 나와서 휴대폰이 손안에 있지 않으면 마음이 불안해졌다. 특히 경원과 멀어져 있는 경우에는 더 그랬다. 근래는 며칠 동안 내리 어머니의 집을 찾아갔던 탓에 그녀를 신경 써 주지 못해 마음이 무겁던 찰나였다.

시운은 부지런히 어머니를 찾아갔지만 아직 마음을 완벽하게 돌리지 못했다. 여전히 퉁명스럽게 식사를 차려 주었다.

시운은 홀로 식탁에 앉아 묵묵하게 그릇을 비웠고 어머니는 반대편으로 고개를 돌리고 그를 외면했다. 바닥이 꺼져라 한숨을 내쉬는 어머니에게 못 할 짓인가 싶어도 포기할 수는 없었다.

그래도 안심이 되는 건 반복되는 상황에서도 날이 갈수록 어머니의 표정이 누그러지고 있다는 사실이었다. 미세한 변화였다. 이토록 어머니의 온화한 표정을 보기가 힘들 줄은 몰랐다.

지난주에는 조금씩 풀어지는 어머니의 표정에 힘입어 생신 선물을 주제로 간신히 말을 붙였었다.

"어머니, 생신 선물은 뭐 갖고 싶으세요?"

"찾아올 생각 말고 택배나 퀵으로 보내."

"저는 보기 싫으셔도 선물은 받고 싶으세요? 뭐 갖고 싶으신데요?"

"선물은 당연히 줘야지. 그냥 넘어가려 그랬니?"

시운은 솔직한 어머니가 은근히 귀여워서 한참 동안 큭큭
대며 웃었다. 불퉁스럽게 고집을 피우면서도 역시 어머니였
다. 오늘은 오랜만에 경원과 데이트를 즐기면서 백화점에 들
러 어머니의 생신 선물을 고르고 경원에게도 마음에 드는 선
물을 할 생각이었다.

건널목 신호등 색이 바뀌자 시운은 가뿐하게 걸음을 옮기
면서 경원이 선물을 받고 어떤 표정을 지을지 상상했다.

빠아앙!

어디선가 고막을 찌르는 클랙슨 소리가 울려 퍼졌다. 시운
은 반사적으로 소리가 나는 곳으로 고갤 돌렸다. 검은 승용
차가 신호를 무시하고 속력을 유지한 채 가까워지고 있었다.

그가 몸을 틀기도 전에 시야는 어느새 하늘로 향해 있었
다.

"대리님, 퇴근 안 하세요?"

6시가 다 되었다. 경원은 이미 일을 마무리하고 시운의 연
락을 기다리며 인터넷 사이트를 들락거리고 있었다.

"가야지. 먼저 들어가요."

"네, 내일 봬요."

도대체 이 남자는 왜 연락이 안 되는 거야? 전화를 걸어도

받지 않고 메시지에는 몇 시간 째 답이 없었다. 퇴근 시간에 다다르자 슬슬 불안해졌다. 머릿속으로 온갖 상상을 하다가 급기야 인터넷 뉴스의 사건 사고 부분을 뒤적거렸다. 이내 경원은 머릿속에서 못된 상상을 지웠다.

"이 대리, 안 가?"

양 팀장은 가방을 들고 퇴근 준비를 마친 모습이었다.

"너무 열심히 하는 거 아냐? 내 자리를 노리는 건가?"

"일이나 주지 마시고 그런 소리 하세요. 먼저 들어가세요. 저도 금방 가요."

"어허, 쉬엄쉬엄 좀 하라고. 너 때문에 내가 눈치 보여서 게임도 때려치웠잖아."

양 팀장이 낄낄대면서 사무실을 나섰다. 그게 어디 저 때문인가요. 그가 틈틈이 PC로 보드 게임을 시작한 걸 경원은 알고 있었다. 양 팀장은 단지 폰 게임이 지겨워졌을 뿐이다.

슬슬 기다림에 지쳐 가던 찰나, 윙윙대면서 휴대폰이 울렸다. 경원은 기다렸단 듯이 통화 버튼을 눌렀다.

"뭐야, 너!"

받자마자 버럭 성질부터 내 버렸다.

―미안, 기다렸지.

"권시운, 왜 이제 연락해? 설마 그 개인적으로 할 일이라는 거 때문이야?"

그의 멀쩡한 목소릴 듣자 안심이 되면서도 화가 나 신경질

적으로 소리쳐 버렸다. 가뜩이나 뭔가 숨기는 것 같아서 알
게 모르게 신경 쓰고 있어 더 그랬다.

　―미안. 경원아, 놀라지 마.

　"핑계나 좀 들어 보자."

　―나 지금 병원이야.

　"뭐?"

　이 와중에 자신을 놀리는 건가 싶었다.

　―사고가 났는데, 큰 사고는 아니고 잠깐 기절했었나 봐.
기다리게 해서 미안. 걱정했지?

　"사고라니? 무슨 사고?"

　―교통사고인데 별로 안 다쳤……, 윽.

　순간 너무 놀라서 아무 말도 하지 못했다. 경원은 앉은 자
리에서 벌떡 일어났다. 교통사고라면서 별거 아니라는 앞뒤
가 맞지 않는 소릴 듣자 기가 막힐 노릇이었다.

　"어디야? 어느 병원인데?"

　―근데 나 진짜 괜찮아.

　말로는 괜찮다면서 대화하는 중간중간 신음을 억누르는
것 같은 소리가 들렸다. 경원은 가까스로 PC의 전원을 끄고
가방을 챙겨 들었다. 급히 사무실을 빠져나와 엘리베이터를
기다리는 동안에도 속이 뒤집힐 만큼 심장이 뛰었다. 혹시나
하고 걱정했던 것이 실제가 되었다.

　바보같이 사고나 당하고 말이야.

속으로는 시운을 탓했지만 당장에라도 그의 멀쩡한 모습을 확인하지 않으면 불안해서 견디지 못할 것 같았다. 경원은 회사 건물을 빠져나오자마자 택시를 잡아탔다.

대학 병원 응급실에 도착하자 긴장감 때문에 숨이 턱턱 막히고 다리가 후들거렸다. 주위를 둘러보니 여기저기서 환자들의 괴로운 비명이 터지고 있었다.

경원은 막연히 울고 싶어졌다. 하필 맨 먼저 그녀가 목격한 것은 정신을 잃고 얼굴에 피투성이가 된 환자의 모습이었다. 덜컥 겁이 났다. 침대 시트를 물들인 검붉은 핏자국에 속이 울렁거렸다.

"경원아. 이경원, 거기 아니야."

제 이름을 부르는 귀에 익은 목소리. 경원은 재빨리 반대편으로 고갤 돌렸다.

"권시운……."

환자복을 입은 시운이 방긋대면서 손을 흔들고 있었다. 오른팔에는 깁스를 했고, 얼굴에는 군데군데 상처가 보였다. 응급 처치를 했는지 연고를 발라 상처 부위가 번들거리고 있었다.

상체를 세우고 있는 걸로 봐선 거동이 불편한 정도는 아닌 것 같았다. 하지만 링거를 달고 환자복 차림으로 침대에 있는 그의 모습이 낯설었다. 현실이 아니라 꿈만 같았다.

"어떻게 된 거야?"

"빨리 왔네. 아니, 아까⋯⋯. 너 울어?"

시운을 보자마자 긴장이 풀리면서 눈물이 났다. 영문 모를 서러움에 감정이 복받쳤다.

"진짜 괜찮은데, 왜 울고 그래."

"내가 얼마나⋯⋯."

경원은 차마 말을 잇지 못하고 두 손을 포개어 입을 막았다. 이토록 사람을 놀라게 하다니, 욕이라도 한 바가지 퍼 주고 싶었지만 진심으로 그가 미운 건 아니었다.

짧은 시간 동안 너무도 그리운 얼굴이었다.

"우리 아기 많이 놀랐네."

우리 아기라니. 시운의 생뚱맞은 농담에도 눈물이 멎지 않았다. 경원은 한동안 침대 밑에서 어깨를 들썩이며 울었다. 토닥거리는 손길이 느껴졌다. 드디어 모든 게 현실처럼 느껴졌다.

"너 이제 오빠 없으면 안 되는구나?"

10. 우리 사랑하고 있어요

운전자가 통화를 하면서 한눈을 판 사이에 벌어진 사고였다. 다행히 수술이 필요할 정도의 내상을 입지는 않았지만 팔과 다리의 골절로 깁스 신세를 면치 못했다. 목과 허리에도 디스크 진단을 받아 당분간 병실에 입원하게 되었다.

사고 당시, 시운은 충격으로 기절한 상태였다. 시끄러운 주변의 소음에 시달리다 눈을 뜨니 응급실 침대에 누워 있었다.

자신의 상태를 살피기보다 경원이 먼저 떠올랐다. 시운은 지나가던 간호사를 붙잡고 횡설수설 회사에 가야 한다고 토로하기까지 했다.

그때까지만 하더라도 반쯤 정신이 나가 있었다. 경원이 회사에서 지금까지 자신을 기다리고 있을 거라는 걱정만 들었다. 경원에게 급하게 전화를 하고서 잠시 후 병원으로 온 그녀가 놀라진 않을까 염려스러웠지만 자신을 걱정하는 눈빛에 조금은 기뻤다.

하지만 그 기쁨도 잠시였다. 의사의 소견에 따라 입원하고 아무것도 하지 못한 게 벌써 이틀 째였다.

"있잖아. 나 머리 좀 감겨 주면 안 돼?"

2인실은 고요하기 그지없었다. 시운은 빳빳하게 누워 천장을 바라보면서 중얼거렸다. 입원실로 올라온 이후 벌써 이틀째 세수는커녕 제대로 씻지를 못해 머리부터 발끝까지 찝찝하고 불쾌한 기분에 견딜 수 없을 지경이었다.

이곳은 마치 철창 없는 감옥 같았다. 반차를 내고 찾아온 경원이 좋을 말로 할 때 얌전히 누워 있으라고 명한 상태였기 때문에 시운은 그저 눈만 껌뻑대며 천장을 올려다볼 뿐이었다.

"뭐라는 거야, 또. 이제 아주 살 만하지?"

"나 진짜 부탁인데, 머리만 좀 감겨 주라. 응?"

"허리 아프다며. 좀만 참아."

경원은 한숨을 푹 내쉬었다. 사고가 난 당일은 오히려 멀쩡해 보이더니, 그다음 날부터 고통을 호소하기 시작했다. 교통사고는 후유증이 무서운 거라며 담당 의사도 보호자에게 각별히 주의를 요한 상태라 경원은 아직 마음을 놓지 못

하고 있었다. 하지만 시운은 따분한 병실에서 오랫동안 누워만 있는 것을 못 견뎌 했다.

침대 맡에 의자를 끌어와 앉은 경원이 그를 흘겼다. 몸을 함부로 움직일 수 없으니 입만 살았다. 그녀가 병실에 온 뒤로 그의 입술은 내내 쉬지 않고 열리고 있었다.

"좀 있으면 네가 냄새난다고 뭐라 할까 봐 못 견디겠어. 그럼 엄청 상처 받을 것 같아. 진짜야. 울지도 몰라. 응급실에서의 너처럼, 흑흑."

시운이 우는 시늉을 하자 경원이 찌릿 그를 노려보았다.

"왜 안 놀리나 했다."

"놀리는 거 아닌데. 나 진짜 울 수도 있어."

"어휴, 기다려 봐!"

경원은 복도로 나와서 간호사가 있는 데스크로 향했다. 누군가를 간호하는 건 처음이라 뭐든 물어봐야 걱정이 덜했다. 괜히 움직이게 했다가 몸에 무리라도 가거나 상처가 벌어질까 봐 평소의 그녀답지 않게 마음이 조마조마했다.

응급실에서 너무 놀라 펑펑 눈물을 쏟아 낸 기억이 아직 선명했다. 영영 그를 못 볼 수도 있었겠다고 생각을 하니 등골이 서늘해졌었다.

"엎드리지 말고 앉아서 감으래."

다시 병실로 돌아온 경원이 휠체어를 끌고 나타났다. 시운은 침대 너머로 그녈 보고 삐죽 웃었다. 그녀가 자신을 걱정해 주는 게 좋았다. 미안하게도 이 상황이 그리 싫지만은 않아서 계속 웃음이 새어 나오는 걸 견디지 못할 정도였다. 통증에 어느 정도 적응이 되니까 이런 마음도 드는 모양이었다.

"천천히 조심해서 내려와."

시운은 엄살을 부려도 못 이기는 척 받아 주는 것도 좋았다. 이럴 때 얼마나 큰 위안이 되고 소중하게 여겨지는지 말로 표현하기도 부족했다.

경원이 회사에 있는 동안에 시운은 홀로 복도를 다니거나 화장실을 들락거리면서 거동에 큰 불편함을 느끼지 않았다. 하지만 그녀가 병실에 나타나면 무슨 이유에선지 애처럼 굴고 싶어졌다. 상냥하게 어루만져 주는 손길이 좋았다. 퉁명스런 말투에는 애정이 가득 담겨 있었다.

"아, 거기 좋아. 으응, 시원하다."

샤워실은 투박하지만 제법 평수가 넓었다. 등받이가 있는 플라스틱 의자에 반쯤 몸을 뉘인 시운은 두 눈을 감고 두피를 어루만지는 손길에 빠졌다.

경원은 두 팔을 걷어붙이고 나름 신중을 가해서 그의 머리를 감기고 있었다. 타일로 된 공간에 드문드문 신음 소리가 울려 퍼졌다.

"이상한 소리 내지 마."

"근데 진짜 좋은데. 깁스하길 잘한 것 같아. 아앗, 그건 좀 아픈데."

"너 자꾸 쓸데없는 소리 할래? 사고 난 게 자랑이야?"

"알았어, 살살해 줘. 아까처럼."

아프면 어린애가 된다고 했던가. 경원은 천진난만하게 웃어 젖히는 그를 무심하게 내려다보았다. 사고 났을 당시에 정신을 잃었을 정도면 충격이 얼마나 컸을까 안쓰러운 마음이 들기도 했다. 지금은 입만 살아서 철없는 소릴 해 대고 있었지만.

경원은 구석구석 그의 머리를 감기면서 푹 한숨을 내쉬었다.

"교통사고는 후유증이 더 무서운 거야. 눈에 보이는 곳보다 안 보이는 데가 나중에 더 아플 수 있다고. 비 올 때마다 몸 쑤시고 그러면 어떡할래? 초기에 치료를 잘 받는 게 중요하니까 몸부터 챙길 생각해. 나중에 후회하지 말고."

"나도 알고 있어. 오빠가 너 책임져야 하잖아. 걱정하지 마."

"이게 자꾸 오빠래."

경원은 얄미운 소리만 하는 시운을 흘겨보곤 샤워기를 끌어다가 손등으로 물 온도를 확인했다. 허옇게 거품이 나 있는 그의 머리로 조심스럽게 가져갔다. 아직 흉터가 낫지 않은 얼굴에 물이 닿을까 봐 신경 쓰는 그녀의 표정이 사뭇 진지했다.

"경원아."

시운이 나지막이 말했다.

"고마워. 내가 더 잘할게."

시운의 음성이 잔잔하게 울렸다. 경원은 샐쭉한 표정을 지었다가 그의 얼굴 주변에 묻어난 거품 자국을 꼼꼼하게 닦아냈다.

"당연한 소릴 하고 있어."

"응. 진짜 잘할게."

"어. 진짜 잘해라."

제 말투를 따라 하는 그녀가 귀여웠다. 킥킥대며 웃던 시운이 감았던 눈을 뜨고 경원을 올려다보았다. 허리를 굽히고 불편한 자세로 물줄기를 쐬어 주고 있는 그녀의 삐져나온 잔머리가 자신의 뺨을 간지럽혔다. 그 느낌이 싫지 않아 배시시 웃음이 났다.

"나 퇴원하고도 당분간은 깁스해야 하는데. 집에 가면 몸도 씻겨 줄 거야?"

"그건 네가 해야지!"

"한 손으로 어떻게 해. 불편하게. 절대 못 하지."

칭얼대는 소리에 장난기가 가득했다.

"혼난다, 진짜."

"혼내 줘. 혼내 주는 거 좋아."

"얼씨구."

"특히 침대에서 그래 주면 좋겠다. 나 얌전히 누워 있을 테니까 혼내 줘야 돼."

경원이 어이없어 눈살을 찌푸렸다. 수증기 때문인지 열이 올라 얼굴이 금방 붉어졌다.

실없는 소릴 계속해 대는 그를 씻기고, 보송하게 수건으로 드라이까지 해 준 다음 샤워장 밖으로 데리고 나왔다. 다 큰 성인의 머리를 감기는 일이 이렇게 고될 줄이야. 경원은 허리를 펴고 앓는 소릴 내다가 시운의 머리를 한 번 더 털어 냈다. 물수건으로 가볍게 얼굴까지 닦아 주었더니 그새 제 미모를 찾았다.

"진짜 개운하다. 세상이 달라 보여."

시운은 휠체어 대신에 경원의 부축을 받으며 걸음을 옮겼다. 몸이 한결 가벼워진 듯한 느낌에 자꾸만 입꼬리가 올라갔다.

"이제 밥 먹을 시간인가 보다."

복도에 식판 카트가 세워져 있는 걸로 보아 어느덧 저녁 식사 시간이 된 모양이었다.

"아까 편의점에서 사 온 죽 많으니까 난 그거 먹을게."

"그럼 병원 밥도 같이 먹자. 근데 남들이 보면 우리 부부인 줄 알겠다, 그치?"

시운이 생글대면서 경원의 이마에다 입술을 가져다 댔다. 쪽 소리를 내면서 연속으로 입을 맞췄다.

"누가 우릴 봐. 전자레인지에 죽 데워 올 테니까 로션 바르고 식탁 펴 놓고 있어."

"오케이."

경원은 시운의 걷는 속도에 맞춰 링거를 끌어 주면서 병실 문턱에 다다랐다. 2인실이라 늘 고요하기만 하던 주변이 조금 북적대고 있었다. 하나, 둘, 셋, 넷, 다섯……. 경원은 족히 다섯은 넘는 사람들과 동시에 눈이 마주쳤다. 차라리 모르는 사람들이었더라면 덜 민망했을 텐데.

"어머, 대리님."

경원은 마른침을 삼켰다. 회사에선 그렇게 반갑던 정 주임이 지금은 때아닌 불청객의 일원이 되어 있었다. 정 주임뿐만 아니라 죄다 아는 얼굴들이었다. 일찍 퇴근하고 단체로 병문안을 온 모양이었다. 그들의 친절한 마음씨에 감격을 하다못해 경원은 소리 없이 울고 싶어졌다.

"두 분 뭡니까? 언제부터 그렇게 사이가 좋으셨어요?"

입을 연 건 다름 아닌 양 팀장이었다. 그 옆으로 줄줄이 선 직원들도 몹시 경악스런 표정을 짓고 있었다. 경원도 마찬가지였다. 다들 사고 소식을 전해 듣긴 했지만 이렇게 불쑥 찾아올 줄은 몰랐다.

경원은 퍼뜩 정신을 차리고 자신에게 팔을 두르고 있던 시운을 저만치 밀어내 버렸다.

"으앗."

"헉."

그가 환자라는 걸 잠시 잊었다. 방심하고 있던 시운이 휘청거리며 벽을 짚었다.

"어머, 상무님. 괜찮으세요? 이 대리님! 아무리 부끄러워도 그렇지. 그러시면 어떡해요, 환자신데. 푸흐!"

정 주임이 참지 못하고 실실거렸다. 이어 다른 직원들도 각자 한마디씩 내뱉었다.

"두 분 몰래 연애하고 계셨던 거예요? 어쩜 좋아. 뭐라고 말 좀 해 보세요!"

"아, 그래서 워크숍 때 이 대리가 제일 예쁘다고 하신 거예요?"

"대박 사건. 진짜요?"

경원은 낮게 탄식했다. 어차피 오래 못 갈 것을 알고 있었지만 하필 낯부끄러운 짓을 하다가 걸릴 줄은 몰랐다.

"예. 저희 사귑니다."

시운은 어느새 중심을 잡고 경원과 나란히 어깨를 맞대고 섰다.

"잘 어울리죠?"

지금 그게 할 말이니. 경원은 경직된 미소를 지어 보였다. 이런 식으로 어이없게 들킬 줄 알았으면 차라리 당당하게 먼저 밝힐 걸 그랬다.

직원들이 각기 다른 표정으로 두 사람을 응시했다. 양 팀장은 등치에 맞지 않게 두 손으로 뺨을 쥐고 들릴 듯 말 듯 중얼거렸다.

"소름……."

그렇게 두 사람의 비밀 연애는 오래가지 못하고 발각되었다. 민망함에 어쩔 줄 모르던 경원도 솔직하게 그와의 관계를 인정했다.

얼마 지나지 않아 알게 된 사실이지만 이날 직원들이 단체로 병문안을 올 예정이었다는 걸 시운은 미리 알고 있었다고 했다. 심지어 그가 병원과 병실 호수를 미리 양 팀장에게 메시지로 전달했다는 것까지. 결국 시운이 직원들 앞에서 밝히고 싶어 벌인 일이었다.

"좋으시겠어. 원하던 대로 회사에 소문 쫙 퍼져서."

다음 날, 퇴근하고 자연스럽게 시운의 병실을 찾은 경원이 비아냥거리는 투로 말했다.

두 사람의 연애가 들통난 후 첫 출근을 한 경원은 많은 이에게 시달려야 했다. 소문은 날개 돋친 듯 회사 전체에 다 퍼졌고, 덕분에 엘리베이터를 탈 때나 복도에서 마주친 직원들이 안면뿐인 사이더라도 부담스레 축하한다는 말을 전했다. 정 주임과 양 팀장도 예외는 아니었다.

"그러고 보니 인상이 확 달라졌네. 아주 예쁘다, 예쁘다 하니까 진짜로 예뻐지잖아?"

"여자는 원래 사랑하면 예뻐진다잖아요."

"그러냐. 그럼 정 주임 너도 연애 좀 해라. 여기서 제일 막내면서 어째 티가 안 나냐고."

"팀장님께서 저한테 지적하실 처지가 아니실 텐데요."

양 팀장과 정 주임이 티격태격 대화를 주고받았다. 당사자를 바로 앞에 두고 하는 소리라 뒷담화 같지는 않았지만 자신을 놀리는 건 분명했다. 경원은 파일을 정리하던 중에 찌릿, 하고 그들을 노려보았다.

"암튼 다음 주부터 상무님 복귀하시면 대놓고 사무실에서 꽁냥꽁냥 모드 들어가시는 거 아녜요? 닭살스런 애칭만은 자제 부탁드려요."

"애칭? 이를테면?"

"평범하게 자기야, 정도지 않을까요?"

"그게 무슨 애칭이냐, 그냥 부르는 거지. 차라리 각자 이름의 끝 글자만 따서, 이를테면……."

"으! 그건 좀."

양 팀장과 정 주임이 이렇게 짝짜꿍이 잘 통하는 사이였
나. 경원은 기가 찼지만 한편으론 두 사람이 귀여워 웃고 말
았다.

"오늘도 일 끝나고 병원으로 가나?"
"네, 맞아요. 아주 보고 싶어 안달 나 죽겠거든요."

경원은 맞장구를 쳐 주기로 마음먹었다. 이런 때일수록 뻔
뻔하게 대응하고 버티면 관심은 언제 그랬나 싶을 정도로 수
그러들 터였다. 그때까지 피곤하기가 이만저만이 아니겠지
만 더는 눈치 볼 필요가 없다는 게 좋았다. 경원은 지금처럼
의 평온함이 앞으로도 오랫동안 이어지길 바라고, 또 바랐
다.

회사에서 있었던 일을 회상하는 사이 시운이 치근덕거렸
다. 경원은 얼른 그의 얼굴로 시선을 옮겼다.

"얼른 퇴원하고 싶다."
"부디 그래 주길 바라. 보는 눈이 너무 많아서 나누었으면
좋겠네."

어느새 시간이 훌쩍 지나 퇴원 날짜가 잡혔다. 담당의는
생각보다 회복이 빨라 다음 주에 퇴원이 가능하다고 했다.
물론 꾸준히 물리 치료를 받으란 말도 빼먹지 않았다.

입원해 있는 동안 병실에 그를 혼자 두는 것이 마음에 걸려 주말마다 내내 붙어 있던 경원도 한시름을 놓았다.

그가 입원을 해 있는 동안 많은 일들이 있었다. 회사 사람들뿐만 아니라 그사이 동창들이 병문안을 와 격한 반응을 보였다. 하지만 그들이 경악한 것은 환자의 상태와 사고 경위가 아닌, 전혀 예상 못 한 두 사람이 교제를 시작했다는 사실이었다.

시운과 경원의 재회에 한몫했던 재욱은 급한 일 때문에 조금 늦은 병문안을 왔지만 두 사람의 만남에 부담스러울 만큼 과한 반응을 보였다.

"얌체 같은! 내 이럴 줄 알았어! 둘이 눈 맞을 줄 알았어."

시운이 고개를 저으며 재욱에게 상황을 설명하자마자 그도 이해했다는 듯이 두 사람을 번갈아 보며 웃었다. 재욱이 자신도 좋은 소식이 있다며 청첩장을 건넸다. 두 사람은 결혼식에 나란히 하객으로 참석하기로 약속했다.

"어머니도 아시냐?"

경원이 잠시 자리를 비운 사이, 재욱은 둘밖에 없는 병실에서 굳이 목소리를 낮춰 소곤댔다.

"어, 말씀드렸지."

"와우, 뭐라시는데?"

"예상한 반응. 상관없어."

"험난하겠네. 어쩌려고 그래. 결혼할 생각이냐?"

"해야지. 경원이랑."

시운은 잠시 잊고 있을 뻔했다. 어머니에게 그녀에 대한 얘길 전해 드렸던 걸. 그러고 보니 사고가 나서 입원해 있다는 사실조차 알리지 못한 상태였다. 퇴원하고 알게 되면 분명 서운해하실 텐데.

"부디 꽃길만 걸어라."

친구가 전해 주는 위로에 시운은 어머니에게 자신의 뜻을 다시 관철시켜야겠다고 마음을 다잡았다. 이제 넘어야 할 장벽은 하나였다.

"못된 놈, 나쁜 놈! 넌 진짜 내 아들도 아니야!"

정 여사의 서슬 퍼런 외침이 병실에 울려 퍼졌다. 시운은 이마를 짚고 한숨을 내쉬었다. 막 병실로 들이닥친 어머니가 환자복을 입은 그의 가슴을 두 주먹으로 내리쳤다. 미약한 통증이 전해졌다.

시운은 다시 한번 마른 숨을 쉬었다. 역시 퇴원하는 날까지 연락을 드리는 게 아니었다.

"이런 일이 있으면 바로 말해야지! 더 크게 다쳤으면 어쩔 뻔했어! 너 자꾸 엄마 실망시킬래!"

"저도 정신없었어요. 괜한 걱정 끼치고 싶지도 않았고요."

"아들놈 걱정하는 게 당연한 거지, 괜한 거야?"

모진 말과 다르게 정 여사의 눈가에 그렁그렁 눈물이 비쳤다. 입원한 지가 언젠데 이제야 연락을 했다는 건 정말 큰 사고를 당해 의식이 늦게 돌아와 그랬을 거란 걱정 때문이었다. 아직도 놀란 가슴이 진정되지 않았다. 속내와 다르게 시운을 보자마자 손부터 앞섰다. 늘 반듯하던 모습과 다르게 환자복 차림으로 병실에 누워 있는 모습이 걱정과 화를 동시에 불러일으켰다.

"금방 퇴원할 겁니다. 깁스도 곧 풀고요."

"네 몸만 성하면 다야? 엄만 정말이지……!"

보행자가 조심한다고 해서 어디 피할 수 있는 사고가 아니었다. 하지만 시운은 군말 없이 얌전히 어머니의 성질을 받아 냈다.

"어머니, 죄송해요."

시운은 쓰게 웃었다. 당신에게 늘 자랑스럽고 내세울 만한 자식이었지만 거듭 심려만 끼쳐 드려 정말 죄송하다고. 그렇다고 경원에 대한 마음을 굽히지 않을 터라 더욱이 그랬다.

"곧 있으면 경원이 올 거예요. 사고 난 당일부터 쭉 옆에 있어 줬어요."

정 여사는 손등으로 이마를 짚었다. 시선을 옮긴 곳에는 침대 옆 사물함에 딸린 좁은 탁자가 보였다. 세면도구들과 로션, 수건 등 크고 작은 생활용품들이 정돈된 걸로 보아하니 보호자의 손길이 묻어 있었다. 형형색색을 띤 여러 종류의 알약이 담긴 투명한 봉투도 매 끼니마다 순서에 맞게 정리되어 있었다. 정 여사의 속눈썹이 미세하게 떨렸다.

"너 멀쩡한 거 봤으니 됐다. 그만 갈게."

"좀 더 있다가 가세요."

그 말이 마치 곧 있으면 나타날 누군가를 만나고 가라는 것처럼 들렸다. 정 여사는 조금 붉어진 눈으로 그를 응시했다. 다시 속에서 불이 치미는 것 같았다.

"퇴원하면 연락해."

또각또각. 구두 굽 소리를 내면서 정 여사가 병실에서 나갔다. 여전히 속이 뒤집히는 소리를 하려는 걸로 봐선 다친 곳에 큰 문제가 없는 건 분명했다. 그래도 멀쩡한 걸 확인했으니 지금은 이것으로 족했다.

정 여사는 부들부들 떨리는 속을 진정시키기 위해 복도에 길게 난 벤치에 앉았다. 핸드백을 쥔 손에서 땀이 났다. 덜컥 내려앉은 가슴으로 이곳에 오기까지 얼마나 숨이 찼는지 모르겠다. 그래, 멀쩡하면 된 거야. 정 여사가 겨우 호흡을 가다듬던 중 별안간 발치에서 그림자가 길어졌다.

"괜찮으세요?"

차마 고개를 들어 확인해 보지 않아도 누군지 가늠할 수 있었다. 정 여사는 다시 한번 주먹을 세게 쥐었다. 뒤틀린 속이 겨우 진정되려는 차에 다시 울컥한 것이다.

경원은 잠시 망설였었다. 퇴근 후 병원에 왔더니 병실 문 앞에서 낯익은 목소리가 들렸다. 그의 어머니는 격앙되어 있지만 떨림이 가득한 목소리였다. 섣불리 끼어들 만한 분위기가 아니란 판단이 섰다. 경원은 살며시 문턱에서 비켜났다.

그가 어느 틈에 어머니에게 말씀드린 건지 모르겠지만 자신과 시운의 관계를 알고 계셨다. 호락호락하게 체념하실 분이 아니라서 걱정이 되었다.

경원은 벽에 등을 대고 주저앉았다. 시운이 그동안 따로 할 일이 있다며 둘러댄 말들이 떠올랐다. 분명 어머니가 반대하실 테니 그 여파가 자신에게 닿지 않도록 노력하고 있을 터였다. 자신이 어머니란 존재에 약한 것처럼 시운 역시 마찬가지였다. 그가 지금까지 어떤 아들로 자라고 행동해 왔는지 모르지 않았다.

그래서 벤치에 앉아 있는 정 여사에게 망설임을 버리고 먼저 다가섰다. 정 여사가 지친 기색으로 고갤 들었다. 시운과 닮은 눈이었다.

경원은 떨리는 속내를 감추기 위해 애써 담담한 얼굴이 되었다.

"많이 놀라셨죠. 곧 퇴원할 수 있다고 하니까 너무 심려 마세요."

"내가 어디 사고 난 거 하나로 놀란 것처럼 보이니?"

가시가 잔뜩 돋힌 말투였다.

"물론 아니시겠죠. 무슨 말씀이신지 알아요. 어머님께서 저한테 어떤 감정을 가지고 계신지도 충분히 압니다."

"그걸 안다면서 지금 나한테……."

"죄송합니다. 저는 헤어질 마음이 없습니다."

심장이 가슴을 뚫고 튕겨져 나갈 것만 같았다. 정신없이 쿵쿵대는 바람에 식은땀까지 났다. 하지만 그의 어머니 앞에서 약한 모습을 보이고 싶지 않았다. 그럴 거였으면 애초부터 시작도 하지 않았을 거다. 경원은 본심에 충실하고 싶었다. 시운은 이제 제 인생에 오랫동안 함께해 주었으면 하는 사람이었다.

"허락해 주세요."

"허락 못 하겠다면?"

"그래도 헤어질 마음은 없습니다."

"변한 데가 없는 아이로구나."

정 여사가 자리에서 일어났다. 마주 선 두 여자의 시선이 짙어졌다. 고요한 긴장감에 경원은 마른침을 넘겼다. 지금이 아니면 기회는 다시 오지 않을 수도 있다. 꼭 전하고 싶은 말이 있었다.

"저에 대해서 어떤 식으로 말씀하셔도 달게 듣겠습니다. 제가 어머니께 허락을 구하고 싶은 이유는 다른 게 아녜요. 제가 좋아하는 사람이 불행하길 바라지 않습니다. 그 사람이 마음에 걸리는 일 없게 하고 싶어요. 그러려면 꼭 어머니의 허락이 필요하고요."

"하아, 여전히 말로는 지지 않는구나."

역시 버릇없는 소리라고 생각하실까. 경원은 천천히 눈을 감았다가 떴다. 정 여사의 서늘하고 예리한 눈빛이 제 속을 들여다보는 것처럼 여겨졌다.

전에 이 눈빛이 너무 두려워 오히려 당돌하게 대든 적도 있었다. 시운과 닮은 짙은 갈색의 예쁜 눈동자를 가진 또렷한 눈매로 서늘한 기운을 내는 게 싫었다. 두려운 만큼 거부감도 배로 들었다. 역시 그래선 안 되었나 보다. 저 좀 잘 봐주세요, 하고 진작 꼬리를 내릴 걸 그랬다. 그럼에도 시원찮을 판국이지.

경원의 머릿속이 과거와 현재를 넘나들면서 기억을 더듬고 있었다. 후회가 치밀었지만, 한편으로는 싱거워 웃음이 났다. 사랑이 전부인 양 구는 자신이 익숙하지 않았다. 언제 이렇게 변했나.

"다음 주 중에 시운이 따라 집으로 와."

"네?"

"들었으면서 뭘 또 묻니?"

"어머님을 뵈러 집으로 오란 말씀이세요?"

"그래."

"아⋯⋯."

경원은 차마 말을 잇지도 못하고 감탄사만 겨우 내뱉었다.

손바닥 뒤집듯 마음을 바꾸실 분이 아닌 걸 알아 기쁨 반, 의심 반이었다. 경원은 벌린 입을 다물고 빤히 정 여사를 바라보았다.

어느새 핸드백에서 선글라스를 꺼내어 쓴 정 여사가 짐짓 도도하게 말했다.

"아직 너희 결혼을 허락한 건 아니니 오해하지 마. 내가 그렇게 호락호락한 사람 같으니?"

"아뇨."

꾸며진 말보다 솔직한 대답이 먼저 나왔다. 까만 선글라스에 가려진 정 여사의 표정이 잠시 굳었다가 풀어졌다. 여전히 마음에 들지 않는 아이지만 나이가 들어서인지 막상 경원을 앞에 두고 보니 더 이상의 고집이 쓸데없는 시간 낭비일 것 같단 생각이 들었다. 몸을 돌려 경원을 지나치려던 순간이었다.

"어머니!"

복도에서 갑자기 시운의 목소리가 울렸다. 경원은 놀라 뒤를 돌았고, 정 여사는 시선을 옮겼다.

"경원이한테 무슨 말씀하고 계셨어요?"

어머니가 분명 그녀에게 모진 소릴 하고 계셨을 거라고 생각했다. 시운은 경원의 손목을 잡아 자신의 옆으로 끌어당겼다.

분명 올 때가 되었는데 연락도 없이 깜깜무소식인 그녀를

마중 나온 참이었다. 시운은 어머니가 경원과 마주 서 있는
모습을 보고 불안함에 경계심 가득한 말이 튀어나왔다.

"권시운, 그런 거 아니……."

"어머니, 왜 아직 안 가고 여기 계시냐고요. 하실 말씀 있
으시면 저한테 하세요."

예전에 그랬던 것처럼 어머니가 경원에게 상처가 될 말을
내뱉었을 것 같았다. 되도록이면 그녀에게도 숨기고 자신이
어머니의 마음을 설득하려고 했다. 다시는 그녀와 멀어지고
싶지 않았다. 시운은 경원의 손목을 쥔 곳에 더욱 힘을 주었
다.

"야, 권시운."

하지만 먼저 반응을 보인 건 경원이었다. 그녀는 눈살을
찌푸리며 시운을 노려보았다. 이런 식으로 오버할 타이밍이
아닌데, 이 바보가.

"너 말투가 그게 뭐야? 너 사고 난 거 알고 어머님이 얼마
나 놀라셨겠어!"

"가만있어. 어머니, 너랑 나 만나는 거 알고 계셔. 그러니
까……."

너나 가만있으라고! 경원은 순간 그의 입을 틀어막고 싶은
충동이 들었다. 사고를 당하더니 머리를 다쳤나. 어머니한테
그렇게 꼼짝 못하던 놈이.

경원은 슬쩍 곁눈질하여 정 여사를 살폈다. 얼굴의 반이

커다란 선글라스에 가려져 있었지만 부들부들 경련이 일어나고 있음을 알 수 있었다.

"권시운, 어머니 1층까지 모셔 드리고 와. 나 먼저 병실에 들어가 있을 테니까. 그리고 너 한 번만 더 그런 식으로 버릇없이 굴면 진짜 가만 안 둬."

"경원아, 난 그게 아니고 네가 괜히……."

시운은 당혹감에 말을 더듬었다. 졸지에 버릇없는 아들놈이 되었다. 가뜩이나 요즘 어머니를 대하는 자신의 태도에 마음이 불편하던 차였다.

하지만 지난번 사무실에서 어머니의 등장에 경원이 몸을 숨기던 것도 그렇고, 그녀가 어머니와 마주하기 꺼려하는 걸 알고 있었다. 때문에 일부러 편을 들어주려고 한 건데 경원은 눈에 잔뜩 힘을 주고 자신에게 무언의 경고를 보내고 있었다.

이거 아니야……?

머릿속에 가득 물음표가 떠오르던 찰나, 갑자기 오른쪽 정강이가 확 걷어차였다.

"윽!"

신음하지 않고는 못 배길 아픔에 시운은 급히 정강이를 부여잡았다.

"나쁜 자식."

그를 걷어찬 건 다름 아닌 정 여사였다. 시운은 하마터면 경원에게 얻어맞은 걸로 착각할 뻔했다. 지금까지 단 한 번도 자신에게 손찌검은커녕 회초리를 든 적도 없는 어머니였다. 그런데 다 큰 성인이 되어서 정강이를 걷어차이다니 믿을 수 없었다.

시운은 괴로움에 찌푸린 얼굴로 어머니를 올려다보았다.

"어머니!"

"여태까지 너무 오냐오냐 키웠어. 그러니 멀쩡하게 다 커서 엄마한테 대들기나 하지!"

"저 환자예요!"

"닥쳐!"

다, 닥쳐?

정강이가 치인 고통보다 어머니의 언행에 충격을 받은 것이 정신을 지배했다. 아무리 밉다 해도 집으로 찾아가면 정성 들여 밥상을 준비해 주시던 어머니였다. 자신에게 입을 닫으라고 여러 번 소리를 치신 적은 있어도 이런 식의 폭력은 상상도 못 한 일이었다.

정 여사가 엘리베이터 쪽으로 몸을 틀자 시운은 멀쩡한 한쪽 정강이가 걷어차이게 될까 봐 흠칫하고 놀라 물러섰다. 정 여사는 한심하단 듯이 쯧쯧 혀를 걷어차면서 그를 흘겼다.

"사고 난 데보다 맞은 데가 더 아파."

병실에 돌아온 시운은 여전히 찌릿한 고통에서 헤어 나오지 못하고 정강이를 문질렀다.

"매를 벌었지."

경원은 무뚝뚝하게 대꾸하면서 침대에 걸터앉았다.

"난 네 생각해서 그런 거야. 어머니가 너한테 괜한 소리하실까 봐."

"어머님이 나한테 무슨 말씀하셔도 거기서 네가 대들면 어떡해?"

시운이 억울함을 호소했지만 소용없었다. 도리어 혼이 더 나 버렸다.

"어머님이 다음 주에 집으로 오라셨어."

"정말이야? 어머니가 그렇게 말씀하셨어?"

"그래. 아직 내가 마음에 안 드시겠지만 그래도 너 생각해서 해 주신 말씀이야."

시운은 머쓱해서 더는 칭얼거릴 수 없었다. 경원이 없는 이야길 지어낼 인물이 아니란 걸 잘 알고 있었다.

"아까 병실에서 하는 얘기도 다 들었어. 우리 만나는 거 언제 얘기한 거야? 왜 나한테 말 안 했어?"

"어머니가 허락하실 때까지 너한테 부담 주고 싶지 않았어……."

시운은 말끝을 흐렸다. 어머니는 분명 여자 하나 때문에 불효를 저질렀다고 생각하시겠지. 울적해짐과 동시에 한편으로 실낱같은 희망이 전해졌다.

"그럼 우리 만나는 거 허락하시는 건가?"

"프라이드가 높은 분이시니까 당장 그런 말은 입에 담지 않으실 거야. 가능성이 없는 건 아니지만."

"그렇지? 그런 거지?"

"아무튼 너 한 번만 더 그런 식으로 해 봐. 내 입장을 봐서라도 그러면 안 되지. 민망해서 쥐구멍에라도 숨고 싶더라. 회사에서 상무란 직위에 있는 사람이 어쩜 그렇게 생각이 짧니?"

경원은 툴툴대는 말과 다르게 그를 위해 사 온 과일을 꺼내 놓았다. 병원 밥이 생각보다 부실해서 그녀는 틈나는 대로 냉장고에 가득 먹을거릴 채워 두었다.

"미안. 내가 생각이 짧았어."

"사과는 어머님한테 해."

"당분간 내 전화 안 받으실 텐데."

"그럼 메시지라도 넣어. 제가 잠시 미쳤었나 봅니다, 하고 구구절절 사죄하란 말이야."

경원은 챙겨 온 과도로 키위의 껍질을 깎았다.

"맞아. 내가 진짜 미쳤지."

"그래."

"너한테 미쳐도 단단히 미쳤어."

속 깊은 경원의 행동에 참을 수 없는 사랑스러움이 전해져

왔다. 시운은 두 팔을 벌려 망설임 없이 그녀를 껴안았다.

"손에 칼 들린 거 안 보여? 위험하게 뭐 하는……."

"진짜 미쳤어. 미쳤다, 이경원. 너무 좋아!"

"야, 숨 막혀!"

"사랑해!"

"셋 셀 때까지 놔. 하나, 둘!"

시운이 경원의 뺨에 입을 맞추었다.

"너도 말해 줘."

"뭘?"

"사랑한다고."

"토 나오게 왜 이래."

그런 걸 굳이 말로 해야 하느냐는 뜻이었지만 시운은 시무룩해졌다.

"너무해. 토 나온다니……."

"이거나 먹어."

경원은 퉁명스럽게 시운의 입안에 키위 한 조각을 넣어 주었다.

"너무해, 이경원."

그는 얌전히 입을 오물거리면서 말했다. 동갑내기인데 어쩜 이렇게 어린애같이 구는 거야? 모른 척하려다가 경원은 다시 그의 입에 키위를 넣어 주었다. 축 처진 눈꼬리가 안쓰러울 정도였다.

경원은 과도를 내려놓고 시운을 향해 상체를 기울였다. 그의 벌어진 입술에 자신의 입술을 포개었다. 상큼한 키위 향이 풍겼다. 경원은 그의 어깨에 팔을 두르고 눈을 감았다. 입술을 핥으니 달짝지근한 맛이 났다. 그녀가 좀 더 적극적으로 그의 입안에 살며시 혀를 밀어 넣었다.

"음, 으응……."

시운은 터져 나올 것만 같은 신음을 억눌렀다. 머리털이 곤두설 것처럼 더없이 짜릿한 키스였다. 시운은 본능적으로 더듬거리며 경원의 허리를 끌어안았다. 이곳이 침실이었더라면 당장에라도 그녀의 몸 위에 올라타서……. 정말이지 상상만으로도 미치겠다.

"키위 하나 더 줄까."

입술을 뗀 경원이 나지막이 말했다.

11. 메리 미?

"좋은 아침."

시운은 퇴원한 바로 다음 날부터 사무실로 복귀했다. 오른팔은 여전히 깁스를 풀지 못한 상태였지만 답답한 병실을 벗어난 것 자체만으로도 숨통이 트였다. 업무를 수행하는 데는 불편함이 있겠지만, 양손잡이라는 게 새삼 감사했다.

"어머, 상무님! 이렇게 바로 나오셔도 돼요?"

정 주임이 깜짝 놀라는 시늉을 하면서 그를 반겼다.

"병원 생활하느니 회사에서 야근하는 게 낫겠더라고요."

시운은 보기 좋게 웃어 보였다. 다른 직원들도 그의 복귀를 기다렸다는 듯이 하나둘씩 주변으로 모여들었다. 단, 경원만 제외하고.

경원은 직원들의 눈치를 보며 슬금슬금 구석진 자리로 향했다. 뭔가 대단히 바쁜 사람처럼 괜스레 업무 자료들을 뒤적거렸다. 사이좋게 직원들과 인사를 나누고 있는 시운이 보였다. 공개적으로 사내 연애를 밝힌 뒤, 회사에서의 첫 대면이었다.

"이 대리, 상무님 오셨네?"

하지만 그냥 지나칠 양 팀장이 아니었다. 그가 다소 기름진 말투로 불쑥 얼굴을 내밀었다. 장난기가 그득한 표정이었다.

"그러네요."

경원은 겉으로 태연한 반응을 보였지만 당장에라도 손발이 오그라들 것만 같은 충동을 느꼈다.

"아이고야, 아직 팔이 불편하신가 보네. 걱정되겠어, 이 대리."

"네. 그렇죠."

그녀의 심드렁한 대꾸가 마음에 안 드는지 양 팀장이 눈썹을 꿈틀댔다. 바로 짓궂은 표정을 되찾더니 능글맞은 소릴 뱉었다.

"저런, 여직원들이 상무님 때문에 난리가 났네. 미영 씨는 거의 울 것 같은데? 아프신데 왜 나오셨어요, 더 쉬시지!"

양 팀장이 어느 여직원의 콧소리를 흉내 내는 바람에 헛구역질이 날 뻔했다.

"팀장님, 어제 드린 자료는 확인해 보셨어요? 얼른 피드백을 주셔야 처리하죠."

"급한 것도 아닌데, 뭘. 어이쿠, 상무님이 이리로 오시네."

직원들 사이에 둘러싸여 있던 시운이 경원의 자리로 걸어오고 있었다. 그가 가까워질수록 긴장감으로 괜스레 심장이 조였다. 자료를 훑던 손길이 갈피를 잃었다. 오지 마, 오지 말라고!

"좋은 아침."

설마 인사를 못 들어서 이러고 있는 줄 알았나. 그는 친절하게도 손수 다가와서 경원의 어깨에 손을 올렸다. 피식피식, 여기저기서 바람 빠지는 웃음소리가 났다. 두 사람의 재회를 기대하던 건 양 팀장만이 아니었다. 다른 직원들도 다음 장면에 대한 기대감으로 가득 차 눈빛을 반짝이며 경원의 반응을 기다렸다.

"아침부터 혼자 뭘 그렇게 열심……."

경원은 얼굴이 빨갛게 달아올라 금방이라도 터질 것만 같았다. 이런 식으로 몰리는 시선에는 익숙하지가 않았다. 민망해서 사무실을 뛰쳐나가고 싶은 마음이랄까. 사무실에서 그를 보면 담담하게 잘 대응할 수 있으리라 자신했는데, 막상 얼굴을 보니 당황스럽기만 했다.

경원은 제 어깨를 잡아 돌리는 시운의 손길에 소스라치게 놀라서 그의 손등을 탁, 하고 쳐 버렸다. 예상치 못한 거부 반응에 그녀와 마주 선 시운의 얼굴에 당혹감이 서렸다.

"미안, 아니 죄송해요!"

의도치 않게 쉿소리를 내 버렸다. 시운은 얼른 표정으로 두 눈을 껌뻑거렸고 관객들의 반응은 가히 폭발적이었다. 모두 박장대소하는 것을 보니 당사자들을 지켜보는 것만으로도 웃겨 죽겠는 모양이었다.

"상무님 서운하시겠다!"

"밀쳐 내는 소리가 너무 크지 않았어? 상무님, 어깨 탈골되신 거 아녜요?"

경원은 민망함에 양손으로 얼굴을 가렸다. 다들 업무는 제쳐 놓고 구경거리에 신이 났다. 시운은 따갑게 내쳐진 자신의 손등과 경원의 달아오른 얼굴을 번갈아 보더니 부드럽게 입꼬리를 올렸다. 순간 자신이 무슨 큰 실수라도 저지른 줄 알고 자괴감이 들 뻔했다.

뭐야, 부끄러워서 그런 거야?

시운은 그녀의 뒷머리를 두어 번 정도 쓰다듬고 가볍게 걸음을 돌려서 방으로 들어갔다. 귀여운 경원을 더 예뻐해 주고 싶었지만 보는 눈들이 너무 많아 나머지는 나중에 해야겠다 생각하고 홀연히 무대를 빠져나갔다.

"대리님 쓰다듬으실 때 상무님 눈에서 꿀 떨어지는 거 봤어요?"

"젠장, 나도 연애할래!"

한참 동안 가시지 않는 열기에 혼이 빠질 뻔했다. 두 뺨이
아직도 후끈거렸다.

너무 설레서.

그렇게 두 사람은 사내의 공식 커플 1호가 되었다. 예상대
로 주변 반응은 뜨거웠다. 공식적으로 밝혀진 관계다 보니
따가운 눈초리로 보는 이들도 없었다. 두 사람이 오랫동안
좋은 만남을 이어 가길 바라는 분위기였다.

"아아, 경원아……."

욕실을 가득 메운 수증기 사이로 달뜬 신음 소리가 울려
퍼졌다. 거품이 나는 욕조에 몸을 뉘인 시운이 내는 목소리
였다.

"경원아, 거기 더."

"야! 너 이상한 신음 좀 내지 마!"

욕조 밖에서 잠자코 그의 머리를 감겨 주던 경원이 참다못
해 꿀밤을 먹였다.

"너무 좋은데 어떡해."

"깁스도 제거했는데 머리 정돈 네가 감지 그래?"

"나 아직 아프단 말이야."

엄살만 심해서는.

경원은 기가 차 실소를 머금으면서도 그의 두피를 조심스럽게 주물럭거렸다. 이렇게 좋아하는데 모른 체할 수도 없고. 그가 욕조에서 조금씩 움직일 때마다 물이 튀어 방금 전에 씻고 갈아입은 옷이 무색하게 홀딱 젖어 버렸다.

"너도 들어와."

"나 방금 샤워했거든?"

"또 하면 되지."

시운이 음흉하게 웃으며 힘껏 경원의 두 팔을 잡아당겼다.

"웃, 너 아프다는 거 뻥이지?"

욕조 안으로 강제 입수당한 그녀가 한참 발버둥을 치다가 결국 그의 품에 안겨서야 잠잠해졌다.

"아니, 나 아직 환자야. 그러니까 오늘은 네가 올라와."

시운이 그녀의 귓가에 대고 야릇하게 속삭였다. 그리곤 혀를 내밀어 귓바퀴를 핥다가 살며시 깨물기도 했다. 맨몸에 닿는 경원의 젖은 옷이 거슬거슬하면서도 묘하게 자극적이었다.

"아까도 했잖아."

경원이 부끄러움에 말끝을 흐렸다. 허벅지 안쪽으로 그의 발기된 분신이 느껴졌다.

"넌 아침 먹었다고 점심 안 먹어? 아침을 먹었으면 점심도 먹고, 또 시간이 지나면 저녁까지 먹어야지."

"그거랑 이게 같아? 대체 무슨 논리야?"

경원이 손바닥을 세워 그의 얼굴에 물을 뿌렸다. 시운은 한쪽 눈을 찌푸리면서 잠자코 그녀의 공격을 받아 냈다.

"후회할 텐데."

"이거나 먹어라."

물장난을 좋아하지 않는 경원이었지만 시운과 함께한다는 생각에 금세 재미가 들려서 두 손으로 그를 향해 물을 마구 뿌렸다. 연속적인 공격에도 한동안 무방비한 태세로 굴던 시운은 그녀가 잠시 방심한 틈을 타 자세를 바꿨다. 그의 몸 위에서 마음껏 물장난을 치던 경원은 순식간에 깔리는 신세가 되어 버렸다.

시운이 여유롭게 씩 웃으며 경원의 양쪽 손목을 잡았다.

"치사하게. 연약한 여자 친구한테 힘쓰기야?"

"이럴 땐 치사해도 봐줘야지."

두 손이 완전히 결박당해 그를 올려다보게 된 경원이 억울하단 듯이 소리쳤지만 이내 아무 말도 할 수 없었다. 불쑥 내려앉은 시운의 입술이 치밀하게 그녀의 입술을 쫓았다. 버둥거려 봤자 소용없었다. 경원은 어느새 힘을 풀고 그의 입맞춤을 받아 냈다.

한바탕 그를 적신 거품이 섞여 씁쓸한 맛이 나는 것 같기도 했다. 하지만 거부할 수 없는 맛이었다. 서두름이 없었지만 질척거리는 키스가 이어졌다.

결박되었던 손목이 풀리자마자 경원은 망설임 없이 그에

게 팔을 둘렀다. 매달리다시피 안긴 그녀는 반쯤 보이는 시야로 살짝 시운의 얼굴을 훔쳐보았다.

잔뜩 흥분한 그의 표정이 몹시 야릇했다. 계속 보고 싶은 마음에 완전히 눈을 감을 수 없었다. 남에겐 절대로 보이고 싶지 않은, 자신만의 것.

진한 여운을 남기면서 두 사람의 입술이 멀어졌다. 경원은 손끝을 세워 그의 목덜미를 긁었다. 시운이 살며시 눈살을 찌푸렸다가 입꼬리를 움직였다.

"왜 그렇게 빤히 봐? 또 반했어?"

"그런 표정은 나한테만 보여 줘야 해."

"내 표정이 어땠는데?"

촉. 시운이 그녀의 콧등에 가볍게 입을 맞추었다가 떼어 냈다.

"뭐랄까, 해 달라면 뭐든 다 해 주고 싶은 그런 표정이야."

시운이 킥킥대며 웃었다. 종종 이런 식으로 솔직하게 제 감정을 드러내는 그녀를 도무지 사랑하지 않을 수 없었다.

"그럼 프러포즈도 키스하면서 해야겠네. 이왕이면 욕실이 좋겠지?"

"음, 승률은 99%야."

"오, 정말?"

"대신 뺨 맞을 수도 있어. 생애 한 번뿐인 프러포즈를 그런 식으로 했다간."

"에이, 뭐야."

"나 확 도망가 버린다?"

시운은 경원이 말하는 내내 웃음을 참지 못하고 어깨를 들썩였다. 한참을 웃던 그는 미소를 머금고는 그녀의 목덜미와 어깨의 여린 살결을 입에 물었다.

"도망가 봐. 지옥까지 쫓아갈 테다."

"내가 왜 지옥엘 가?"

"오빠 버리면 그렇게 돼."

"저주냐?"

경원이 삐죽대며 그를 흘겨보았다. 실없는 소리가 날이 갈수록 늘었다.

"장난이지. 네가 무슨 죄를 지어도 지옥만은 면하도록 내가 열렬히 기도할게."

유치한 말장난에 어이없어 하면서도 웃음이 나는 건, 제 눈에 콩깍지가 제대로 씌어서일 테지. 경원은 물 위로 손가락을 튕겨 내서 그의 뺨을 적셨다. 간지러워 찡긋거리며 시운이 다시 그녀에게 가까이 얼굴을 내렸다.

"그러니까 절대 도망칠 생각하지 마."

뜨거운 그의 숨결이 닿았다. 자신을 내려다보는 그의 눈동자에 진심이 어렸다.

"우리 너무 오래 헤맸잖아. 절대 헤어지지 않을 거야."

그랬었지. 우린 너무 오래 헤맸었어. 서로의 마음을 확인하는 게 이렇게나 쉬운 일이었는데. 그동안 너무 바보같이 굴었다.

"이젠 계속해서 그 자리에 있어 줘."

"응."

더는 서로가 헤맬 일이 없도록.

✽ ✽ ✽

"결혼할 거면 올해 안으로 해."

경원은 하마터면 목으로 넘긴 물을 그대로 분수처럼 뿜을 뻔했다. 억지로 삼키자 대신 사레가 들려 연신 기침을 했다.

"네? 올해 안으로요?"

겨우 진정한 뒤 다소 경직된 자세로 정 여사의 눈치를 살피던 경원이 쉰 목소리로 되물었다. 옆자리에 앉아 있던 시운은 수저를 입에 물고 그대로 굳어 있었다.

"그래. 언제 또 내 마음이 바뀔지 모르니, 이왕이면 서두르는 게 좋을 거다."

경원과 시운이 서로 곁눈질을 주고받았다. 교제를 허락하겠단 말보다 앞서 대뜸 결혼에 관한 얘기를 꺼내실 줄은 전혀 예상치 못했다.

한적한 주말 오후. 집으로 찾아온 두 사람에게 눈길조차 주지 않던 정 여사는 부지런히 차려놓은 밥상 앞에서 뜬금없이 결혼 승낙을 선포했다. 단 올해 안으로.

"어머님, 저희는 아직······."

경원은 목을 가다듬고 정 여사를 반듯하게 응시했다.

"아직, 뭐? 싫으니?"

"아뇨, 그게 아니라 너무 갑작스럽게 말씀하셔서요."

"갑작스러운 건 너희지! 올해 안으로 식 올릴래, 그만둘래?"

선택지를 좁혀 물은 정 여사가 고집스러운 시선을 보냈다. 경원은 급기야 딸꾹질까지 났다. 이제 겨우 서로에 대한 마음에 확신하고 차근차근 거리를 좁혀 가고 있었는데, 결혼이라니. 정 여사는 두 사람보다 한 수 위인 듯했다.

"저를 며느리로 삼으셔도 괜찮으시겠어요?"

믿기지 않아 의심을 두고 한 질문이었다. 딸꾹질이 치미는 것을 꾹꾹 눌러 참으면서.

"내 아들놈이 좋다는데 뭐 어쩌겠어."

"진심이세요?"

속에서 할 소리가 입 밖으로 나왔다.

"너야말로 어떠니? 내가 시어머니가 되는 것에 대해 말이다."

정 여사에게 역공을 당한 경원이 거듭 마른침을 삼켰다.

"제 대답은 정해져 있어요. 어머님한테 어떻게든 잘 보일 생각으로 여기 왔으니까요."

"그럼 문제없겠네. 난 고집 굽힐 생각은 없어. 결혼해."

정 여사는 이미 확고하게 마음을 먹었다는 듯 말했다. 하나밖에 없는 아들놈이 여자한테 홀랑 빠져서 정신을 못 추스르고 있으니 더 이상의 반대는 의미가 없었다. 기왕 이렇게 된 거, 두 사람을 하루 빨리 결혼이라도 시켜 손주들 보는 낙이라도 있어야 했다. 정 여사가 마지막으로 못 박아 두듯이 덧붙였다.

"난 분명 말했다. 올해 안으로 식 치뤄."

경원은 어안이 벙벙해서 대답할 타이밍을 놓쳤다. 머릿속이 다른 이유로 복잡해지기 시작했다. 그녀가 팔꿈치로 옆자리에 시운을 툭 쳤다. 얌전히 수저를 내려놓은 시운이 생뚱맞게 피식피식 웃어 젖혔다.

"어머니, 놀랐잖아요. 제 생각하고 같으셔서."

뭐? 경원이 찌푸린 인상으로 고개를 꺾어 그를 보았다.

"저도 올해를 넘길 생각은 없었습니다. 그럼 허락하시는 거죠?"

"두 번 말하게 하지 마. 입 아파."

"결혼 준비는 전적으로 제가 알아서 하겠습니다. 이것도 동의해 주실 거죠?"

"속 보이는구나. 좋아 죽겠단 표정은 둘이 있을 때나 해."

정 여사의 무뚝뚝한 말투에도 시운은 참지 못하고 기분 좋은 속내를 드러냈다. 더는 바랄 게 없을 만큼 소원이 다 이루어진 기분이었다. 정 여사는 사랑에 눈먼 못난 아들놈의 광대뼈가 승천할 것 같은 모습을 보고 한심하단 듯이 혀를 걸어찼다.

"그리 좋니?"

"네, 좋습니다. 어머니께서 저를 믿어 주신 거잖아요."

"됐어. 넌 이미 신용도 최하위로 뚝 떨어졌어!"

"저도 사랑합니다, 어머니."

으응?

경원은 잠시 사고 회로가 정지된 사람처럼 입을 벌리고 있었다. 철부지처럼 좋아 죽을 것 같은 시운과 조금은 풀어진 표정으로 젓가락을 든 정 여사를 번갈아 보았다.

"음식이 입에 안 맞니? 왜 밥이 안 줄어."

"아, 아뇨. 맛있어요. 감사합니다."

이 상황, 감사하다고 말하는 게 맞는 거겠지? 하지만 너무 얼떨떨해서 무슨 반응을 보여야 할지 감이 서질 않았다. 시운과 암묵적으로 결혼을 기약한 사이는 맞았지만……. 정말 이래도 되는 거야? 하는 의문이 머릿속에 빙글빙글 돌았다.

"어머님이 기대하시는 것보다 제가 많이 부족할 수도 있어요."

"기대는 무슨? 바락바락 대들 생각이나 마."

"대들지 않더라도, 눈에 차지 않으실 수 있어요."

"내 아들놈 저리 좋아서 입 찢어지는 꼴 봐라. 저런 놈 거

뒤 준다니 오히려 감사할 지경이로구나. 실없는 놈."

탁탁. 정 여사가 젓가락으로 식탁을 두드렸다.

"그래서 할 말이 뭐야? 잠깐 가볍게 만나는 게 아니라 결혼은 부담스럽다 이거니? 안 할 거야? 안 해?"

"아뇨, 할게요. 하겠습니다."

"그럼 먹어! 음식 다 식겠네."

닦달하는 정 여사에게 저도 모르게 수긍해 버렸다. 누구에게 쉽사리 기죽지 않던 경원은 스스로도 놀랄 만큼 빠르게 동요되고 말았다.

허무해서 마음이 헛헛하면서도, 꿈만 같은 일이 벌어졌다. 꿈이 아닌 현실에서 벌어진 일이기 때문에 또 어떤 장벽이 기다리고 있을지는 모르겠다. 하지만 시운과 함께라면 아무리 탄탄하고 높아도 넘어설 수 있을 것이다.

경원은 그제야 마음을 놓고 근사하게 차려진 저녁상에 눈을 돌렸다. 식탁 아래로 그와 손이 맞닿았다. 시선이 마주치자 두 사람은 동시에 웃어 버리고 말았다.

"뭐? 결혼?"

며칠 뒤, 경원의 집 거실에서 가족들이 모두 모였다. 양손을 두둑이 하고 근사하게 슈트를 빼입은 남자가 뜬금없이 찾아와 이 집 장녀와 올해 안으로 식을 올리고 싶다며 허락해 주십사하고 밝힌 것이다.

가족들은 물론 그를 알고 있었다. 하지만 몇 년 만에 집으로 찾아와서 교제를 시작했단 말보다 대뜸 결혼이라니. 서로 친구일 뿐이라던 말은 역시 핑계였던 모양이다.

경원의 부친은 이 상황이 당황스러워 헛기침을 뱉으며 눈앞에 앉아 있는 시운을 응시했고, 동생들조차 어안이 벙벙한 상태였다. 생기가 돌아 눈빛을 반짝이는 건 경원의 모친뿐이었다. 갑작스러워 놀라기는 했지만 올해 들었던 말 중 가장 반가운 소식이었다.

"그럼 신혼집은 어디로 준비할 텐가?"

"엄마, 그 부분은 아직 얘기 중……."

"올해면 벌써 반년도 채 남지 않았는데, 그쪽 어머니께서 그렇게 서두르신다면 혼수나 예식 비용은……."

"엄마."

경원은 참다못해 정색을 하고서 모친의 말을 가로막았다. 딸과의 결혼을 승낙 받으러 온 예비 사위한테 노골적으로 금전적인 문제부터 거론하는 게 싫었다. 낯이 달아오르는 것 같았다. 하지만 모친은 경원을 한 번 힐끗 쏘아보더니 대수롭지 않게 말을 이었다.

"이왕이면 솔직하게 터놓고 얘기하자는 거지. 시운이도 내 말 무슨 뜻인지 알지?"

"예. 어머니께서 염려하실 부분 없도록 제가 알아서 잘 준비할 생각이었습니다. 걱정하지 마십시오."

시운의 믿음직한 대답에 모친의 표정이 흡족하게 밝아졌다. 역시 제 눈을 틀리지 않았다고 생각하면서. 예전부터 내심 사위로 점찍어 두었었다. 처음 봤을 때도 겉모습부터 귀티가 잘잘 흘러 부잣집 도련님이겠거니 했는데, 듣자 하니 경원이 다니는 회사에서 상무를 맡고 있다고 했다. 재력까지 겸비했으니 이보다 더 안성맞춤인 사윗감이 또 있을까.

경원은 모친의 속내가 빤히 들여다보여 속으로 한숨을 내쉬었다. 결혼을 도피처로 삼고 싶은 생각은 한 번도 해 본 적이 없는데, 왜 그럴 것 같은 기분이 드는지 모르겠다.

곁에 시운이 있어서 차마 모친에게 더는 말하지 못했다. 입을 열면 금세 큰소리로 이어질 것이 뻔했다. 쌓인 감정의 골을 언제쯤이면 풀 수 있을는지. 피하고 싶어도 외면할 수 없는 이 현실이 싫었다.

"제가 경원이 꼭 행복하게 해 주고 싶습니다."

시운은 담담하게 제 뜻을 밝히며 생긋 미소 지었다. 예비 장모님으로부터 비처럼 쏟아지는 질문 세례에 조금 당황할 뻔도 했으나 자신이 놀라거나 움츠리는 모습을 보이면 안 된다는 것을 알고 있었다.

얼핏 본 경원의 굳은 옆얼굴이 마음에 쓰였지만 시운은 침착하게 입가에서 미소를 지우지 않았다. 탁자 아래로 살며시 손을 뻗어 그녀의 마른 손등을 그러쥐었다.

가만히 시선을 내리깔고 있던 경원이 조금 놀란 듯이 그를 보았다. 오늘따라 시운의 손이 더욱 단단하게 느껴졌다.

생각보다 제법 긴 시간 동안 어른들을 설득시킨 시운은 내내 곧은 자세와 부드러운 표정을 잃지 않았다. 원하는 것을 이루기 위해서라면 이 정도쯤은 아무것도 아니었다. 덕분에 결과는 아주 좋았다. 마지막에 집을 나설 때는 가족들이 모두 대문 앞까지 나와 그를 마중했다.

"우리 엄마 때문에 내가 못 산다니까."

인사를 마치고 돌아가는 차 안에서 경원은 혼잣말을 중얼거렸다. 제 입으로 가족에 대해서 뭐라 말할 순 없지만 어쩐지 기운이 쪽 빠져 버렸다.

"다 널 생각해서 그러시는 거지."

왼손으로 운전대를 쥔 시운이 오른손으론 그녀의 손에 깍지를 끼고 가볍게 웃었다. 경원을 안심시키고 싶은 마음에서였다.

"무슨 날 생각해서야. 본인 생각해서겠지."

"아니야. 너 잠깐 경아하고 주방에 갔을 때 어머님이 나한테 절대 너 고생시키지 말고 지금처럼 변함없이 잘 부탁한다고 몇 번이나 말씀하셨어."

"치……."

경원은 입술을 삐죽대며 창밖을 보았다. 어찌 됐든 간에 모친의 마음을 이해하려면 평생을 가도 무리일 듯싶었다. 왠지 모르게 씁쓸했지만 따스한 체온으로 제 손을 꼭 쥐고 있는 감각에 피식 웃음이 새어 나왔다.

"아무튼 오늘 고마워. 멋졌어, 예비 남편."

"나 잘했어?"

시운이 칭찬을 받고 싶어 하는 아이 같은 표정으로 되물었다.

"응. 아주 잘했어."

"그럼 이따 집에 가서 상 줘."

"무슨 상이 받고 싶은데?"

건널목에 신호가 걸린 틈을 타서 시운이 고개를 비스듬히 하고 그녀를 바라보았다. 입가에 곧 짓궂은 미소가 피어올랐다.

"침대 위에서 받을 수 있는 거?"

"그게 뭔데?"

경원은 짐짓 모르는 척 갸웃거렸다. 서로 은밀한 눈길을 주고받았다.

"네가 생각하는 그거 말이야."

"숙면 취하기?"

"그게 아니잖아."

"신호 바뀌었어."

시운은 조금 억울하단 표정으로 전방을 바라보며 액셀을 밟았다. 경원은 소리 없이 웃으며 그의 허벅지 안쪽으로 서서히 팔을 뻗었다. 움찔하면서 바로 반응이 왔다. 서두르지 않고 느릿하게 움직이자 그의 중심부가 점차 부풀어 오르는 것이 느껴졌다.

"후우……."

양손으로 운전대를 움켜쥔 그가 긴장한 듯이 숨을 내뱉었다.

"사고 날지도 몰라."

"아, 그래?"

경원이 수긍하며 그에게서 손을 떼 버렸다.

"아, 안 돼. 계속 만져 줘."

"사고 날지도 모른다며. 같이 죽자고?"

"아니. 사고 안 나, 절대. 그러니까……."

시운이 괴로운 표정으로 아랫입술을 물었다. 경원의 손길이 지퍼를 따라 흘러내리다가 그 안에 갇혀 있는 발기된 기둥을 훑는 듯싶더니 곧 다시 멈추었다.

"안전을 위해 나머지는 침대 위에서."

"하, 왠지 얄미운데. 이따 어떻게 감당하려고 이래?"

"감당 못 하게 만들어 줘."

시운은 마른침을 꿀꺽 삼켰다. 다행히 오피스텔의 건물이 보이기 시작했다. 아래는 이미 터질 것처럼 발기된 상태였다. 오늘처럼 다급한 마음으로 주차장에 진입해 보기는 처음이었다.

두 사람은 현관에 들어서자마자 서로의 입술을 탐하며 정신없이 들어섰다.

"웃, 잠깐만."

겨우 침실로 들어선 경원은 다급하게 몸을 어루만지던 시운의 손길을 빼냈다. 침대에 걸터앉은 상태에서 그를 올려다보던 그녀가 묘한 눈길을 보냈다.

"오늘은 내가 위에서 할래."

시운의 팔을 잡아당겨서 침대에 눕혔다. 망설임 없이 그의 몸을 타고 위로 올라갔다.

당혹스러워하는 것도 잠시, 시운의 머릿속 가득 기대감이 퍼졌다. 그녀가 자신을 어떤 방식으로 희롱하고 자극시킬지 상상하는 것만으로도 사정해 버릴 만큼 흥분됐다.

"왜 이렇게 저돌적이야? 사람 미치게."

"침대 위에서 상 받고 싶다며. 너 원래 내가 위에서 하는 거 좋아하잖아."

"하아, 진짜 미치겠…… 윽."

시운은 인상을 쓰며 짧게 신음했다. 셔츠 단추가 하나씩 풀어지더니 드러난 상체 위로 경원의 매끄러운 손길이 닿았다. 가슴 부근의 중점을 두고 찌릿한 쾌감을 선사하더니 서서히 아래로 향했다.

그녀가 제게 몸을 기울이고 있느라 길게 흘러내린 머리칼이 피부를 자극시켰다. 시운은 손을 뻗어서 경원의 보드라운 머리칼을 쓸어 줬었다. 정신이 나가 버릴 것 같다는 생각에 다시 한번 들뜬 숨을 내뱉었다.

어느덧 두 사람 모두 완전한 나신의 상태가 되었다. 시운은 서두름 없이 느릿하게 자신의 페니스 부근을 배회하는 경원에게 불만을 토로할 작정이었다. 천장을 향해 우뚝 선 페니스 끝이 가련하게 번들거렸다.

"경원아, 얼른 나 좀 어떻게……."

"이렇게?"

"윽."

뜸을 들이며 애태운 것이 엄청난 반응을 불러일으켰다. 경원은 미끄덩거리는 그의 페니스 끝을 쥐고 문지르다가 입술을 가져다 대고 혀를 내밀었다. 그러자 시운이 하체에 가득 힘을 실은 상태로 허리를 튕겼다. 그녀의 머리칼을 어루만지던 손길에도 순간적으로 힘이 들어가더니 서서히 풀어지듯 가라앉았다.

고작 혀끝을 갖다 대었을 뿐인데 그는 부르르 떨며 예민한 반응을 보였다. 경원도 더는 여유를 부리지 않고 입안에 가득 페니스를 머금었다. 기둥 아래를 손으로 움켜쥔 상태로 머금었는데도 불구하고 전부 삼켜 내기가 버거웠다.

경원은 입안의 근육과 혀를 사용하여 최대한 그에게 흥분 감을 가져다줄 수 있도록 빨아 대기 시작했다. 고개를 흔들 면서 원을 그리듯이 머금기도 하고, 뿌리까지 삼켜 낼 기세 로 위아래로 빠르게 움직이기도 했다.

"하아, 으윽!"

시운이 간헐적으로 신음을 내뱉다 경원의 뺨과 목덜미를 쓸어 넘기더니 손을 아래쪽으로 내려 부풀어 있는 가슴 둔덕 을 쥐었다. 꼿꼿하게 세워져 있는 유두를 엄지와 검지 사이 에 넣고 비볐다. 단단하게 불기둥처럼 솟은 페니스가 어느덧 아이스크림처럼 그녀의 입안에서 녹아내릴 것만 같았다.

"경원아, 경원아……."

거의 애원하듯 되뇌는 말이었다. 견디다 못한 시운이 상체 를 들어 올리더니 그녀의 몸을 끌어당겼다. 서로 마주 보며 앉은 상태가 되었다. 그 사이에서 핏줄이 불거진 페니스만이 기세등등하게 뻗어 있었다.

시운이 그것을 잡아 쥐어 가볍게 훑어 내리고는 경원의 허 벅지를 양쪽으로 넓게 벌렸다. 이미 충분히 젖은 듯 보이는 은밀한 꽃샘의 입구로 귀두를 갖다 대었다.

"너 완전 젖어서 금방 들어갈 것 같아."

"하, 그래도 너무 깊이 넣는 건 싫……. 웃!"

입구에서 귀두 부근을 넣는 데까지는 조금 애를 먹었지만 경원의 젖은 통로가 매끈하게 페니스를 받아들였다. 순식간에 아래가 가득 차오르는 충만감이 전신을 휘감았다. 그녀가 의도치 않게 아래를 꽉 여물어서 우람한 기둥 전체를 질끈 조였다.

"하아, 미치겠다."

시운이 서서히 피스톤 질을 시작했다. 한 손을 바닥에 대고 무게 중심을 잡았고 다른 한 손으로는 경원의 낭창한 허리를 받쳤다. 좁지만 꿀이 넘쳐흐르는 그곳이 그를 황홀경으로 몰고 갔다. 마치 그녀와 한 몸으로 이어진 것처럼 자신의 페니스가 들락거리는 모습이 여과 없이 눈으로 보였다.

서로의 음모가 맞닿을 정도로 깊게 박았다가 다시 뒤로 빠져나오기를 반복했다. 허옇고 투명한 애액에 젖어 매끈거리는 부위는 시각적으로도 자극이 상당했다. 게다가 찌걱거리는 소리가 몹시 음란했다.

"아, 아앗, 하앙!"

경원이 정신을 지배하는 쾌감에 못 이겨 신음하다가 시운의 몸을 끌어안았다. 아래의 움직임에 따라서 위아래로 출렁거리던 그녀의 가슴이 눈앞에 가까워지자 시운은 기다렸단 듯이 입술을 갖다 대었다.

"하아, 어쩜 이렇게 맛있지?"

"훗, 아앗! 너무 빨라. 조금만 천천히!"

"웃, 미안. 너무 좋아서. 너한테서 물이 엄청 나와."

시운은 나른하게 되뇌며 경원의 골반을 양쪽으로 움켜쥐

었다. 그녀의 상체가 들썩일 수 있도록 움직임을 유도했다. 위아래로 정신없이 질컥대는 기분이 미칠 만큼 좋았다. 경원도 뱉은 말과는 다르게 본능과 쾌감에 몸을 맡겼다.

서로의 몸을 만지고, 핥고, 타액을 나누며 끝이 보이지 않는 아득한 절정의 세계로 빠져들었다.

짐승같이 서로를 탐하며 밤새 몇 번이나 관계를 맺었는지 모르겠다. 오후에서야 눈을 뜬 경원이 다리 사이에서 통증을 느끼고 눈살을 찌푸렸다. 몸을 살짝 움직이니 허리까지 뻐근했다.

창가에 암막 커튼이 쳐 있는 시운의 침실은 초저녁처럼 어두웠다. 벽에 걸린 시계가 알려 주는 시간이 아니었으면 지금이 낮일 거란 생각조차 들지 않았을 것이다.

"깼어?"

찰칵거리며 열린 문틈 사이로 시운이 등장했다. 샤워까지 싹 마친 모양인지 머리가 보송해 보였다.

"언제 일어났어? 나도 깨우지."

"곧 깨우려고 했는데 알아서 일어났네."

시운이 해사하게 웃으며 가까이 다가왔다. 상체를 기울여 이마와 콧등에 이어 입술까지 차례로 입을 맞춰 왔다.

"배고프지?"

"응. 어디서 맛있는 냄새가 나는데?"

"가자."

그가 자신 있게 그녀를 부엌으로 이끌었다. 식탁 위에는 기대 이상으로 그럴싸한 음식들이 차려져 있었다. 경원은 퉁퉁 부은 눈두덩이를 문지르며 입을 벌리고 감탄했다.

"와, 이걸 언제 다 했어?"

뜨거운 김이 나는 고슬고슬한 잡곡밥에 맑은 된장국과 매콤해 보이는 제육볶음.

보기만 해도 군침이 났다. 일어난 지 얼마 되지 않아 입맛이 없으리라 생각했는데 막상 먹음직스런 음식이 눈앞에 보이니 뱃속에서 골골대는 소리가 났다. 급속도로 허기가 느껴져 얼른 수저를 들고 싶은 충동이 들었다.

"너 항상 첫 끼는 밥 먹는 걸 좋아했잖아. 나랑 결혼하면 이것보다 더 맛있게 만들어 줄게."

시운이 식탁 의자를 빼 그녀를 먼저 자리에 앉혔다. 경원은 새삼 그의 아내가 된다는 것이 행복했다. 결혼 승낙을 받기 위해 본가에 들렀다가 새벽까지 끈적하게 관계를 맺느라고 그 역시 피곤했을 텐데. 하긴 상대가 권시운이 아니었으면 대뜸 본가를 찾아가 인사를 시키지도 않았을 것이다. 넘칠 듯한 사랑을 주고 확신을 느끼게 하는 사람이라서 가능한 일이었다.

"평일엔 장담 못 하겠지만 주말에는 꼭 내 손으로 만든 밥 먹게 해 줄 거야."

"손에 물 한 방울 안 묻히겠단 소리가 더 낫지 않아?"

"안 믿는 거야? 진짠데."

경원은 피식 웃음이 났다. 어쩜 너는 사랑하면 할수록 나를 설레게 하는지 모르겠다.

"이거 먼저 먹어 봐. 너 제육볶음엔 고추장 말고 고춧가루 양념만 들어간 거 좋아하지?"

시운이 젓가락으로 고기 한 점을 집어서 내밀었다. 경원은 살며시 미소 지었다가 입을 벌리고 음식을 받아먹었다.

"어때? 너무 짜? 아니면 매운가?"

"아니, 완전 맛있어. 간도 딱 맞아. 적당히 맵고."

"진짜?"

"응. 진짜로."

고기를 먹느라 이리저리 뺨이 볼록해지는 그녀의 모습을 진득하게 바라보던 시운이 픽하고 웃었다.

"너 누가 귀엽게 오물거리래."

"내가 귀엽다는 사람, 내 주변에 너 말곤 없……."

"안 되겠다. 우리 여기서 한 번 더 하자."

"뭐?"

경원은 놀란 토끼 눈을 하고 순식간에 시운의 품에 안긴 채 테이블 위로 걸터앉았다. 테이블이 튼튼한 대리석으로 되어 있어서 다행이었다.

"사실 아까 침대에서 너 눈뜬 거 보자마자 설 뻔했어."

"우리 인간적으로 밥은 먹고 하는 게 좋을 것 같은데?"

"나 인간 아니야. 짐승 할래."

어느덧 시운의 눈가가 열기로 붉어졌다. 경원은 제게 달려
드는 그를 밀어내려다 아랫배에서 야릇하게 찌릿한 기분이
퍼지는 바람에 곧 항복을 선언했다.

"경원아."

"웃, 너 진짜."

시운은 마치 중요한 의식을 치르듯이 경원의 온몸 구석구
석에 쪽쪽 소리를 내며 입을 맞추었다. 주문을 외듯 덧붙여
말했다.

"사랑해."

"……."

"사랑해, 경원아."

밤새도록 뱉은 말을 또 하고 있었다. 경원은 옅게 미간을
찌푸렸다가 그의 뒷머리에 손가락을 끼워 넣었다.

"나도."

앞으로가 더 기대되는 두 사람의 사랑 넘치는 오후였다.

Epilogue

"올해를 넘겨선 안 돼!"

정 여사가 못 박은 소리에 당사자들은 당황스러웠지만, 결혼 준비는 순탄하게 진행되었고 무사히 식장까지 골인했다. 순탄을 넘어서 예기치 못한 속도로 두 사람에게 2세까지 들어서고 말았다. 신혼집에 언젠가 태어날 아기를 위해 비워 둔 방을 나름대로 깜찍하게 꾸며 놓았는데, 그것을 알기라도 한 듯 의도치 않게 허니문 베이비를 갖게 된 것이다.

테스트기로 1차 확인을 마친 후에 의사로부터 임신이 확실하다는 소견을 받고 돌아오던 날, 경원은 다소 심각한 얼굴로 시운을 긴장시켰다. 일이 끝나자마자 평소처럼 집으로 온 그가 TV에서 방영하는 히어로 물을 보고 있었을 때였다. 마치 어린아이처럼 영화 속 주인공에게 열광하는 시운을 보고 과연 '아빠'라는 이름이 어울릴 것인가 의문이 들었다. 도무지 상상이 되지 않았다. 그와 자신이 부모가 된다는 것이.

"여보야, 지금 속으로 내 욕했지?"

평소와 다른 낌새를 짐작한 시운이 먼저 말문을 열었다. 나란히 소파에 앉은 경원이 어쩐지 자신을 한심하단 눈빛으로 바라보는 듯한 느낌이 들어서였다. 겸연쩍은 기분이 들었다.

"그게 들렸어?"
"아이, 왜앵! 이거 어른들도 좋아하는 애니메이션이란 말이야! 여보야도 지난번에 극장에서 재밌다고 그랬잖아. 기억 안 나?"

경원은 저보다 커다란 덩치에 나름대로 애교 섞인 말투로 찰싹 달라붙는 남편 때문에 기가 차 웃음이 터졌다. 하여간 조금이라도 진지하게 분위기를 잡을 틈을 주지 않는다. 애교를 부리는 데 타고난 듯한 시운 때문에 어쩔 수 없이 마음이 녹아내렸다. 경원은 웃음기를 머금고 일부러 눈을 흘겼다.

"권시운, 너 그래 가지고 제대로 된 아빠 노릇이나 할 수 있겠어?"

"아빠?"

시운이 눈을 끔뻑끔뻑거리며 그녀를 쳐다보았다. 어려서부터 지금까지 아버지의 품을 제대로 느껴보지 못했던 그에게 자신이 부모가 된다는 게 쉽게 와닿을 리가 없었다. 물론 미래의 자녀를 생각하지 않고서 한 결혼은 아니었다. 하지만 아이가 태어난다면 어떤 식으로 품어 주어야 할지, 존경받는 아버지가 되려면 어떻게 행동해야 할지, 겪어 보지 않은 시운에게는 지독히 어려운 과제로 남을 일이었다.

그는 계속해서 진지한 표정의 아내로부터 평소와 다른 분위기를 눈치챘다. 얼마 전부터 속이 더부룩하고 입맛도 없다면서 몸 상태가 좋지 않았던 아내였다. 그런데도 약은 몸에 좋지 않다고 거부하기에 한동안 걱정하고 있었는데.

"오늘 병원에 다녀온다더니, 산부인과였어?"

경원은 말없이 고개를 끄덕였다.

"그럼 나 아빠 되는 거야?"

끄덕거림을 멈춘 경원이 시선을 아래로 깔고 자신의 배를 가리켰다.

"헐……."

정신이 번쩍 들었다. 감탄사를 내뱉는 것 외에 어떤 식으로 이 기분을 설명해야 할지 몰랐다. 시운은 얼뜬 표정으로 경원의 배를 빤히 보았다. 저 좁은 곳에 아내와 사랑 결실로 맺어진 생명체가 숨 쉬고 있다는 것이 차마 믿기지 않았다.

"뭐야, 권시운. 그 시시한 반응은."

아무 반응 없이 그저 멍하니 바라만 보고 있는 남편에게 슬슬 불만을 가지려던 찰나, 시운이 그녀를 꼭 안아 주었다.

"나 진짜 노력할게. 어떻게 해야 잘하는 건지 모르겠지만, 진짜 열심히 잘할게. 결혼해 줘서 너무 고마워. 내 아이를 갖게 해 줘서 너무 고마워……."

감격에 겨운지 횡설수설하는 시운이 사랑스러웠다. 그의 품을 늘 그렇듯 따듯했고 전달된 온기가 자신과 아이에게 든든한 울타리가 되어 주는 것 같았다.

경원은 안긴 채로 얌전히 눈을 감았다. 이제는 너무나 익숙해져 버린 특유의 냄새에 마음이 놓였다.

"근데 아들이야, 딸이야?"

훈훈한 분위기로 무르익어 가는데 생뚱맞은 질문이 돌아왔다.

"벌써 그걸 어떻게 알아, 바보야."
"우리 여보 닮은 예쁜 공주님이었으면 좋겠다. 그럼 매일매일 안고 다닐 텐데. 눈에 안 보이면 조마조마해서 회사에도 데려가고 싶을 거야."
"공주 아니고 왕자면 어쩌려고?"
"그래도 좋지. 나 닮으면 얼마나 잘났겠어? 인물이면 인물, 거기에 머리도 엄청 똑똑할걸?"

참 기가 막혀서. 경원이 찌푸린 얼굴로 고갤 들었다. 한마디 하며 받아치려다가 마치 꿈꾸는 듯한 시운의 표정을 보고 덩달아 웃고 말았다.

부부의 바람대로 아이는 산달을 채운 뒤 건강하게 태어났다. 부모의 이목구비를 골고루 빼닮은 예쁜 공주님이었다. 14시간 동안의 진통 끝에 자연 분만으로 순산한 보람이 있었다.

회복실에서 입원실로 올라온 산모는 기진맥진할 지경이었지만 누가 봐도 제 핏줄인 아이를 품에 안으니 고통이 싹 가셨다. 진통이 심해서 제정신이 아니었을 땐 몰랐는데, 시운이 벌겋게 충혈된 눈으로 침대 맡에 서 있었다.

"자기야, 너 울었니?"

경원이 피식거리면서 농담을 건넸다. 이제야 살 만해져 시야가 선명해지자 제 눈 가득 들어온 시운이 수척해진 것을 느꼈다.

"아기는 안아 봤어?"

"응. 아까."

"다시 안아 볼래?"

포대기에 싸여서 꼬물거리는 작은 생명에게 품을 내주던 그녀가 말했다. 한바탕 폭풍을 겪고 나니 의연해 보이기까지 했다.

"너무 예뻐서 계속 보면 닳을 것 같아."

"얼씨구, 언제는 동네방네 안고 다니신다면서요."

"응. 근데 너무 예쁘잖아. 기분이 이상해."

좀 더 가까이 다가온 시운이 상체를 굽히고 손끝으로 살짝 아이의 머리며 손가락, 발가락을 어루만졌다. 핏덩이에서 겨우 벗어나 눈도 제대로 못 뜨는 신생아였지만, 지금 이 순간 부모에게만큼은 세상 누구에게도 견줄 수 없이 예쁘고 사랑스러워 보였다.

그렁그렁한 눈으로 아기에게서 눈을 떼지 못하는 남편을 보면서 경원도 코끝이 시큰댔다. 차오르는 눈물을 애써 참아 냈다. 앞으로도 건강하게 무럭무럭 자라날 자신의 아이를 위해 그녀는 좋은 부모가 되어 줄 것을 다짐했다.

그때 발칵, 문이 열리더니 양가 어머니들이 등장했다.

"경원아! 아이고, 고생했다. 힘들었지?"

시어머니인 정 여사가 먼저 산모를 살폈다. 진통 시간이 짧지 않았는데도 덩치만 큰 제 아들놈보다 의연하게 아기를 품고 있는 며느리의 모습을 보니 대견하면서도 눈물이 날 것 같았다.

"네, 저 엄청 고생했어요. 정신 차리고 나니까 어머님이 해 주신 갈비탕 국물이 계속 생각나는 거 있죠."

경원이 천연덕스럽게 대꾸하자 정 여사는 눈가를 훔치고 그녀의 손을 마주 잡았다.

"그래, 내가 한 솥은 끓여다 주마. 고생했다, 정말 고생했어……."

"어머님, 얘 꾸물대는 것 좀 보세요. 너무 귀엽죠?"

"이렇게 조그만 놈이 제 엄마 뱃속에서 열 달이나 있던 게야? 응?"

"보기엔 조그만데, 낳을 땐 무지 아팠어요. 진짜 하늘이 노랗다는 게 무슨 말인지 알 것 같더라니까요?"

경원은 슬쩍 모친을 살폈다. 조금 멀찍한 곳에 서서 자신과 아기를 바라보는 모친의 표정은 다소 경직되어 있었다. 그녀가 빤히 모친을 바라보자 정 여사와 시운이 나란히 옆으로 비켜섰다.

"한창 일할 시간이잖아요. 저녁에 와도 되는데."

경원은 시어머니를 대할 때의 말투보다 딱딱하게 내뱉었다. 그러자 모친이 제 곁으로 다가왔다. 새벽부터 병실 앞을 지켜 줬다는 걸 알고 있었다.

하지만 다른 가족들을 대할 때처럼 부드러운 말투가 나오지 않았다. 괜한 투정도 부리고 싶어졌다. 그동안 얼마나 자신에게 냉담하고 모질게 굴었던가. 부모가 되고 나니 더욱 이해할 수 없었다.

"고생했다."

그 한마디에 경원은 왈칵 무너져 내렸다. 참았던 눈물이 봇물 터지듯 흘러내렸다. 눈물이 그대로 아기한테 떨어질까 일부러 고개를 돌렸다. 한 번 터진 울음은 쉬이 멈추질 않았다.

"고생했어……."

숨이 차도록 무수히도 많은 양의 눈물이 흘렀다. 이렇게 쉽게 해 줄 소리였으면 더 일찍 해 주지, 진작 좀 품어 주지.

경원은 가까스로 진정하고 숨을 몰아쉬었다. 자신이 아이를 낳고서 엄마의 얼굴을 보는 것만큼 벅찬 일이 또 있을까.

아기를 신생아실로 돌려보내고 시운과 오붓이 남은 저녁 시간이었다. 평소에 교육을 잘해 놓은 덕분인지, 경원은 누워서 손 하나 까딱 않고도 먹을거리부터 TV 채널 돌리기 등 마음껏 휴식을 취할 수 있었다. 곁에서 그림자처럼 떠나지 않는 남편에게 새삼 고마웠다.

"참, 아기 이름 말이야. 생각해 봤는데."

잠자코 과일을 깎던 시운이 뭔가 대단한 발표라도 하려는 듯이 진지하게 운을 띄웠다.

"우리 이름에서 한 자씩 떼어서 짓는 게 어떨까?"

"또 그 소리세요? 어머님이 작명소에서 지어 오신 댔잖아."

"어머니한테 이 이름은 어떨지 작명가한테 한 번 물어봐 달라고 부탁드렸어. 경운이 어때?"

"저기요, 또바기 아버님. 공주님한테 너무 안 어울리는 이름 아네요?"

또바기는 아이의 태명이었다.

"뭔가 의미를 부여하고 싶은데. 괜찮지 않아? 중성적인 느낌도 들고."

"경운기도 아니고 경운이가 뭐야. 그리고 내 이름하고 너무 비슷하잖아. 경원, 경운."

"아, 경운기라고 하니까 팍 깨네. 그럼 그냥 또바기로 할까?"

"아이고? 애 유치원에 가면 얼마나 놀림받으라고."

남편의 실없는 소리에 결국 또 웃음이 터졌다. 일부러 웃게 해 주려고 한 소리인지, 정말 진지하게 한 소리인지 알 수가 없었다. 부디 전자길 바랐다.

"근데 우리 엄마 진짜 독하지 않아?"

"응?"

반질반질하게 잘 깎인 사과를 입에 넣고 경원이 우물거렸다.

"그렇잖아. 내가 그렇게 펑펑 우는데도 끄떡 않고 서 계시던 거 당신도 봤잖아. 난 완전히 복받쳐서 우는데 나중엔 민망해서 그친 거라니깐."

"장모님이 워낙 표현에 서툰 분이셔서 그렇지."

"사위라고 편들어 주네?"

경원이 비죽거리며 토막 난 사과를 마저 입에 넣었다. 산모 때 서러우면 평생 간다는데, 오늘의 서러웠던 기분 역시 제법 오랫동안 잊지 못할 것 같았다.

"장모님, 아까 우셨어. 병실 밖에서 계속 우셨어. 너 앞에서만 괜히 안 그런 척하신 거지. 눈 퉁퉁 부어 있으셨던 거

못 봤어?"

그랬었나. 경원은 다시 코끝이 시큰거렸다. 오늘 하루 날 잡아서 평소에 참았던 눈물이 한꺼번에 솟구치는 것 같았다.

"전에 처제한테도 들었잖아. 우리 청첩장 받고도 방에서 몰래 우셨었다고."

"몰라, 짜증나. 내 앞에서나 그럴 것이지."

"평소에는 내색을 잘 안 하시잖아. 갑자기 그러기에도 민망하셨을 거야."

"……."

"우리 아기도 태어났으니까 그 복덩이가 앞으로 할머니, 할머니하고 종알거리면 그땐 우리 보는 앞에서도 녹아내리실걸?"

어느새 남편의 토닥거림과 위로를 받고 있었다. 경원은 샐쭉한 얼굴로 쓱쓱 눈가를 문질렀다.

"네가 그걸 어떻게 알아?"

"알 것 같은데. 너도 그렇지 않아? 우리도 부모가 됐으니까. 아직 서투르지만 가족은 어쩔 수 없이 가족이라는 거."

삐죽 내밀었던 입술이 겨우 들어갔다. 하지만 움찔대는 모습을 보아하니 한바탕 또 눈물이 터질 것 같았다. 시운은 상냥한 미소를 머금은 채 아내를 품에 안았다.

"사랑해, 이경원. 우리 앞으로도 오래오래 사랑하자."

사랑하잔 말을 끝으로 그녀의 이마에 입을 맞추었다. 진하게 도장이라도 박듯이.

"나도 사랑해."

일곱 살이 된 시아는 아직도 종종 태명으로 불리고 있었
다. 무럭무럭 건강하게 자라나라는 뜻으로 지어진 또바기는
엄마 배 속에 있었을 당시에 아빠가 지어 준 태명이었다. 왠
지 씩씩한 사내아이 같은 태명이 그다지 마음에 들지 않았지
만, 아빠가 지어 줬다니 그러려니 했다.

아빠는 주변에서 인정받은 애처가면서 딸바보인 사람이었
다. 아빠는 집에서 단 한 번도 표정을 굳히거나 화를 내는 모
습을 보인 적이 없었다. 늘 선하고 웃음기를 머금은 얼굴이
었다. 엄마에게 가끔 찰떡같이 달라붙은 모양새를 보고 있자
면 딸인 저보다 더 어려 보이기까지 했다. 그 모습에 살짝 눈
살이 찌푸려지기는 했지만, 시아는 사이좋은 부모님이 좋았
다.

어느 집이든 모든 부모님이 다정한 모습으로 사는 줄만 알
았다. 그런데 생일 파티 겸 방문했던 친구 집에서 우연히 낯
설고 믿기지 않는 광경을 목격했다.

그날은 일요일이라 친구의 부모님이 집에 계셨다. 내내 작
은방에서만 틀어박혀 있던 친구의 아빠가 거실로 나온 사이

에 열린 방문 안쪽을 들여다보았더니 컴퓨터 화면에 게임이 켜져 있었다.

시아는 고개를 갸웃하며 어른들은 저런 게임을 하는 구나란 생각을 했다. 시아의 아빠는 주로 회사 업무를 할 때만 노트북을 사용했다. 게임을 하는 어른이 있다는 자체가 신기했지만 특이나 친구의 아빠는 항상 무서운 표정을 하고 있어서 게임과는 잘 어울리지 않아 보였다.

"눈뜨자마자 또 게임이야?"

이어 주방에서 찰싹거리는 소리가 났다. 놀이방에서 친구들이 노는 데 정신이 팔린 사이에 시아는 순진무구한 표정으로 멀리서 주방을 바라보았다. 친구의 부모님이 험악하게 인상을 구긴 상태로 대화를 나누는데, 엄마가 무시무시한 잔소릴 퍼붓고 아빠는 귀찮다는 듯이 단답형으로 대답할 뿐이었다.

"밥 줘. 배고파."
"아침에 같이 마트 좀 다녀오자니까 그건 그렇게 힘드셨으면서 게임만 하면 아주 시간 가는 줄 모르겠지? 그냥 회사 때려치우고 프로게이머로 나가시지 그래."
"밥."

"뻔뻔하기는. 네가 차려 먹어!"

시아는 멍하니 생각에 잠겼다. 자신이 잘못 본 건가 싶기
도 했다. 물론 집에서도 아빠가 엄마의 잔소리 폭탄을 듣는
횟수가 수없이 많았지만 저런 분위기는 아니었다. 표정부터
말투까지 전혀 생소한 모습들이었다. 낯선 것은 역시 무서웠
다.

그날 밤, 시아는 베개를 안고 안방을 찾아가 부모님 사이
에 누워 잠을 청했다.

역시 우리 엄마, 아빠가 최고야.

옆에서 귀찮을 정도로 장난을 거는 아빠 때문에 칭얼거리
며 엄마의 품에 안겼지만 다음 날 눈을 떴을 때 베개 대신 아
빠의 팔을 벤 상태였다. 아빠의 품은 언제나 따듯했고 마음
이 안정되었다.

아빠, 미안. 바보라고 생각해서.

시아는 부모님이 너무나도 좋았다. 아무리 속으로 생각하
는 말이라도 앞으론 절대 아빠를 바보라 부르지 말아야겠단
결심을 했다.

아빠는 가끔 이상한 것에 고집을 부리곤 했는데 그중 가장
좋은 게 바로 한 달에 한두 번 외할머니 댁에서 함께 밥을 먹
는 것이었다. 덕분에 시아는 외할머니와 외할아버지를 볼 수

있어서 좋았다. 두 분이 첫 손주인 자신만 보면 꼼짝 못 하신다는 걸 알았다. 외가댁에 가면 시아는 한껏 재롱을 부리며 분위기를 띄웠고 곁에서 뿌듯하게 자신을 바라보는 가족들의 시선에 더욱더 날아갈 듯이 신이 났다.

오늘은 자신의 일곱 번째 생일을 앞두고 외할머니 댁으로 저녁을 먹으러 가는 날이었다. 자신의 생일을 기념해 가는 자리였지만 시아는 특별한 이벤트를 준비했다. 아빠와 단둘이 은밀하게 미션을 계획한 것이다.

엄마가 잠시 자리를 비운 틈을 타 마주 본 두 사람이 결의를 다졌다.

"딸, 할 수 있지?"

"응, 아빠! 나만 믿어."

"오케이! 하이파이브!"

짝. 공중에 손바닥에 부딪혔다. 시아는 아빠와 비슷한 모양새로 입을 막고 어깨를 들썩거리며 키득키득 웃었다. 종종 이런 식으로 엄마 모르게 서프라이즈 계략을 꾸밀 때마다 부녀는 찰떡궁합이었다.

"있잖아요."

식사를 마치고 가족들이 거실에 모두 모였을 때였다. 야무진 손으로 방울토마토를 주워 먹던 시아가 얼핏 궁금하단 듯이 말문을 열었다.

"할머니하고 엄마는 왜 서먹서먹해?"

일순 거실의 분위기가 싸해졌다. 보기 드문 정적이었다. 어른들은 이 작은 아이가 도대체 서먹서먹이라는 단어를 어디서 배워 와 무슨 뜻인 줄 알고 쓴 건지 어안이 벙벙한 표정이었다. 맞은편에서 눈이 마주친 엄마의 얼굴에는 당혹스런 기색이 번지고 있었다.

"아니야. 할머니하고 엄마가 얼마나 사이가 좋은데."

싱긋 웃으며 대답한 아빠와 눈이 마주친 시아는 입안에 넣은 방울토마토를 깔끔하게 씹어 넘겼다.

"음, 근데 서로 말을 잘 안 하잖아."

똑 부러지게 대답하자 외할아버지가 뒤에서 헛기침하는 소리가 들렸다. 어린 시아가 보기에도 외할머니와 엄마의 사이에는 언제나 묘한 기류가 흐르고 있었다. 나빠 보이는 것은 아니었지만 가까운 사이임은 분명한데 뭔가 어색한 느낌이랄까. 아니면 분위기는 다르지만 그때의 친구 부모님을 보는 듯한 느낌이랄까.

어른들의 세계는 복잡하다는 것을 나름대로 인식한 상태지만 역시 마음이 쓰였다. 한편으론 호기심도 들었다. 그것은 마치 작년 즈음에 불현듯 떠올랐던 궁금증과 같았다.

"엄마는 왜 아빠랑 결혼했어?"

그때도 거실에 잠깐 정적이 흘렀었다. 나란히 소파에 앉은 부모님이 멍한 표정으로 동시에 시아를 바라보면서 말을 잇지 못하다가 금방 배를 잡고 웃음을 터트렸다. 웃음을 터트린 쪽은 엄마였고 아빠는 눈살을 찌푸렸다.

"또바기, 아빠한테도 물어봐 줄 거지? 너 설마 아빠를 이상하게 보고 엄마한테만 물은 거 아니지?"

"방금 애 표정 못 봤어? 엄마가 왜 하필이면 아빠랑 결혼한 건지 궁금하다잖아."

"시아야, 정말이야? 아니지?"

시아는 평상시에 아빠와 쿵짝이 더 잘 맞았지만, 닮고 싶은 롤모델은 엄마였다. 시아가 생각하는 여자의 이미지로 엄마는 더할 나위 없었다. 날씬하고 예뻤고, 집에서 필요한 인테리어 소품이 있다면 재료를 사 오거나 재봉틀로 모든 뚝딱뚝딱 만들어 내는 모습이 신기하고 대단해 보였다. 나중에 커서 엄마 같은 엄마가 되어야지, 라는 생각을 늘 품었다.

단 한 가지 닮고 싶지 않았던 점은 외할머니와 유난히 무뚝뚝한 사이라는 것이었다. 자신은 엄마를 너무 사랑하므로 절대 서먹한 사이가 되고 싶지 않았다.

"에이, 우리 또바기가 잘못 봤네. 원래 어른이 되면 굳이 말로 하지 않아도 마음이 통하는 거야. 그렇죠, 장모님? 그치, 여보?"

아빠가 번갈아 되묻는 모습을 보면서 시아는 여전히 똘망똘망한 눈으로 할머니와 엄마의 분위기를 살폈다.

"시아야. 엄마하고 할머니는 사이가 안 좋은 게 아니야."

"그럼, 당연하지. 우리 시아 걱정하지 않아도 된단다."

역시 대답이 뭔가 어색한데. 시아는 그런 할머니와 엄마를 빤히 보았다. 정말 어른이 되면 말하지 않아도 통하는 게 있을까. 그냥 말로 하는 편이 좋을 텐데.

외할머니는 다른 가족들에겐 잔소리가 심한 분이지만 자신에게만큼은 언제나 상냥하고 따스한 품을 내주시는 분이었다. 그런 분을 엄마가 오해하고 있는 건 아닐지 걱정이 되었다. 서로 통하는 게 있다면 부디 좀 더 가까워졌으면 좋겠다.

친구의 부모님을 보고 온 다음 날, 아빠는 시아에게 말했었다. 표현하는 방식이나 행동이 달라도 가족이라면 서로 간에 끈끈한 마음과 사랑으로 이어져 있는 건 모두 같다고. '또바기'에서 '권시아'로 성장해 나가는 일보다 감당하기 어려운 말이었다. 그냥 사이좋게, 다정하게 지내면 되잖아.

"엇, 그러면 시아야. 우리 이번 주말에 아쿠아리움 가는 거, 할머니랑 같이 갈까?"

예상했던 아빠의 말이 튀어나오자 시아는 씩씩하게 고갤 끄덕였다.

"웅, 나 생일이잖아! 같이 갈래! 할머니, 같이 가 줄 거죠? 나 할머니랑 같이 가고 싶어."

시아가 순식간에 애교 모드로 들어가 할머니의 옆구리에 찰싹 안겨 붙었다. 조금 당황한 듯한 할머니가 시아의 머리를 쓰다듬다가 맞은편을 보았다. 할머니와 엄마의 눈이 마주쳤다.

"어쩌지, 아가. 할머니가 이번 주말에는 아주 중요한 약속이 있는데."

"진짜요? 시아보다 더 중요한 약속이에요?"

"……하지만 우리 아가보다 세상에 더 중요한 건 없지. 같이 가자."

"야호! 신난다! 정말이죠?"

"할머니가 언제 시아한테 거짓말하는 거 봤누?"

"아뇨. 헤헤, 신난다."

시아는 앉은 자리에서 펄쩍 뛰며 좋아했다. 계획대로 미션 클리어다. 은근슬쩍 눈빛을 교환한 부녀의 표정이 밝아졌다.

집으로 돌아가는 길. 차 뒷좌석에서 아이가 곤히 잠든 것을 확인한 경원이 시운의 어깨를 주먹으로 가볍게 내리쳤다.

"너네 또 짰지? 어?"

"아파! 요즘 헬스장 다니더니 근력 운동만 한 거야?"

엄살을 부리는 남편을 찌릿하고 째려본 경원이 한숨을 푹 내쉬며 자세를 고쳐 앉았다.

"엄마랑 난 아무렇지도 않은데 왜 자꾸 난리야? 시아 꼬드겨서 이상한 것 좀 시키지 마."

"이상한 거라니. 시아가 보기에도 장모님하고 당신 사이가 어색한 것 같으니까 그렇지. 당사자들은 익숙해져서 아무렇지 않다지만 우리 공주님께서 걱정이 된다잖아."

경원은 입만 뻥긋댔다가 생각에 잠겼다. 모친과는 결혼 전보다 훨씬 편해지고 가까워진 게 사실이었다. 다만 주변에서 눈치를 주는 것 같아 당사자들이 부담스러울 뿐.

생각해 주는 마음은 잘 알지만 사람이 순식간에 바뀌긴 어려웠다. 20년을 넘게 모친과 그런 관계로 지내 왔는데 이 정도면 크나큰 발전이지. 그 이상 서로 달갑게 구는 방식은 몸서리쳐질 만큼 닭살이 돋아 할 수 없었다. 생각만 해도 손발이 오글거렸다. 차라리 아버지한테 그렇게 하라면 가능할 텐데, 도저히 엄마에게는……

"예전에는 장모님이 당신한테 쌀쌀맞게 행동하시는 것 같았는데, 시아를 낳고부터는 오히려 당신이 장모님한테 쌀쌀맞게 구는 것 같아."

운전대를 쥔 시운이 정면을 응시한 채 조심스럽게 입을 열었다.

"내가?"

경원이 놀랐다는 듯이 되물었다.

"응. 장모님이 전보다 훨씬 유해지셨지."

"글쎄, 난 잘 모르겠는데."

경원은 말끝을 흐리며 창밖을 바라보았다. 맞는 말만을 골라서 하는 시운에게 뭐라 받아칠 말이 떠오르지 않았다. 내가 엄마한테 쌀쌀맞아졌다니. 가장 가까운 곳에서 자신을 지켜보았을 상대에게 그런 말을 듣고 나니 겸연쩍은 마음이 들었다. 스스로 너무 무감각해져 있던 걸까.

경원은 조용히 뒷좌석에 아이의 얼굴을 확인했다. 곤히 잠들어 있는 천사 같은 모습이 너무도 사랑스러웠다.

"할머니하고 엄마는 왜 서먹서먹해?"

아이에게 그런 질문을 하게 한 것이 미안했다. 그렇게까지 어른들의 모습을 관찰하고 있었는지 예상하지 못했다. 생각보다 빠르게 커 가는 아이 때문에 오늘도 심장이 덜컹 내려앉을 뻔했다.

"그래도 우리 자기는 99점짜리 엄마야. 잘하고 있어."

침울해진 듯한 경원을 눈치챈 시운이 큼큼대며 목을 가다듬고 말했다. 99점짜리라니. 못내 아쉬운 숫자에 경원이 보기 좋게 눈살을 찌푸렸다.

"100점도 아니고 99점은 뭐야. 괜히 거슬리게?"

"나머지 1점을 채우려면 이번 주말에 아쿠아리움에 가서 우리 공주님 앞에서 장모님과 돈독한 모습을 보여 주는 거야! 그럼 시아는 생각하겠지. 아, 역시 난 커서 우리 엄마같이 예쁘고 상냥하고 멋진 어른이 될 거야."

"그리고 또 생각하겠지. 엄마는 대체 아빠랑 왜 결혼한 걸까."

"헐……. 난 여보 생각해서 한 말인데."

시운이 금세 낙담하며 시무룩한 모습을 보이자 경원은 미소를 머금고 그의 오른손에 깍지를 껴서 마주 잡았다.

"당신은 100점짜리 남편이야."

조만간 회사에서 열릴 창립 기념 파티에 아이를 데리고 가야겠단 생각이 들었다. 아빠가 회사에선 얼마나 멋진 모습으로 활약하고 있는지 꼭 보여 주고 싶었다.

"나도 100점짜리 아내가 되기 위해 노력할게. 고마워."

"고마워 말고 사랑해라고 해 줘."

"그래. 사랑해, 내 남편."

앞으로도 오랫동안 당신을 사랑할 것 같다.

Inside Story

고등학교 2학년 때의 일이었다.

경원은 시운이 자신의 옆자리인 게 마음에 들지 않았다. 쉬는 시간마다 아이들이 자리로 모여들었기 때문이다. 이번에도 반에서 1등을 놓치지 않으려면 쉬는 시간, 점심시간 할 것 없이 교재에 파고들어야 하는데 방해가 됐다.

시답잖은 소리에 까르륵하고 넘어가는 아이들을 바라보는 경원의 반응이 싸늘하기만 했다. 웃기니, 그게? 그녀는 무표정한 얼굴로 샤프 꽁무니를 눌렀다.

"이경원, 너도 올 거지?"

툭. 새로 뽑은 샤프심이 부러졌다. 자신에게 불쑥 말을 건 시운 때문이었다.

"어딜?"

"내일 내 생일이야. 같이 밥 먹자. 애들하고."

생일이라니 마땅히 축하할 일이지만 우르르 몰려가는 자리라면 싫다는 말이 목구멍까지 치고 올라왔다가 삼켜졌다. 그가 실망해서 입술을 삐죽 내밀게 될 모습이 상상됐다. 내일은 주말이라 아침부터 도서관에 가려고 했는데.

경원은 조금 망설이던 끝에 물었다.

"몇 시?"

"2시. 패밀리 레스토랑 갈 거야. 너도 가 보고 싶다 그랬잖아. 늦게까지 놀 건데 괜찮지?"

내가 언제 거기에 가 보고 싶다 그랬니? 단지 안 가 본 데라 궁금하다 그랬지.

"그래. 알겠어."

저를 보는 눈빛이 너무 반짝반짝해 차마 부정의 말을 내뱉을 수 없었다. 아무튼 번거로운 녀석이다.

대답에 만족했는지 시운이 배시시 웃었다. 그러다 갑자기 손을 뻗어서 자연스레 경원의 뒷머리에 대고 쓰다듬기 시작했다.

"착하다, 우리 경원이."

"내가 개냐?"

"개가 아니라 고양이 같아."

시운은 이 정도의 스킨십쯤은 자연스러운지 매번 서슴없

었다. 마치 외국에서 살다 온 것처럼 사람을 대할 때의 반응이나 스킨십이 자유분방했다. 다른 여자 친구들과도 거리낌 없이 껴안고, 머릴 만지거나 볼을 꼬집었다.

하지만 누구도 그를 보며 눈살을 찌푸리진 않았다. 여학생들에게 살갑다고 해도 남학생들과 사이가 안 좋거나 배척당하지 않았으니까. 오히려 남학생들은 시운이 여학생들과 서슴없이 지내는 모습을 동경했다.

경원은 다시 샤프 꽁무니를 꾹 눌렀다. 신선이 따로 없네. 저도 그처럼 부잣집에서 태어났으면 이렇게 성적에만 목숨 걸지 않았을 터였다.

그녀는 전교에서 10위권 안에 들었고 반에선 1등을 놓치지 않았다. 어떻게든 성적을 유지해야만 각종 경시 대회에 나가서 장학금도 받을 수 있었고, 선생님들과도 친밀감을 유지할 수 있었다.

내년에는 수능을 봐야 할 예비 수험생이었다. 하지만 집에선 그다지 대학 진학을 바라는 눈치가 아니었다. 몇 백만 원대의 등록금을 매 학기 감당할 수 없는 형편이었기 때문에 경원은 이를 악물고 공부했다. 장학생으로 입학해야만 대학에 갈 수 있었다.

절실한 상황에 부닥쳐진 경원에 비해서 짝꿍인 시운은 정반대의 세계를 사는 사람 같았다. 많은 사람 사이에 둘러싸여 늘 해맑게 웃고, 빛이 났다. 경원은 그가 부러우면서도 은근히 샘이 나기도 했다.

"야, 권시운."

수학 문제를 풀고 있었을 때였다. 양아치로 소문나 익히 알고 있는 옆 반의 한태성이 교실 문턱을 밟고 서 있었다. 그가 하도 크게 불러 이목을 집중시켰기 때문에 경원도 돌아보지 않을 수 없었다.

껄렁하게 짝다리를 짚고 서 있는 한태성에 경원은 눈살을 찌푸렸다. 종종 식당에서나 복도에서 마주치면 입에 담기도 험한 욕설로 친구들과 킬킬대던 녀석이었다.

"나 너희 엄마 봤다? 저번에 학교에 오셨을 때 봤던 얼굴이라 기억하고 있었거든."

한태성이 말을 하다 말고 뜸 들이며 재수 없게 웃었다. 점점 이쪽으로 거리를 좁혀 왔다.

"너희 엄마 정신과 다니지?"

한태성이 속삭이듯 말했지만 옆자리인 경원에게는 다 들릴 정도였다. 대뜸 무슨 헛소리를 하는 거야. 경원이 노려보며 한마디 하려는데 한태성이 이어서 더 얼토당토않은 말을 했다.

"우리 고모, 정신외과 의사거든? 어제 학교 끝나고 심부름할 거 있어서 고모 병원에 갔는데, 너희 엄마가 진료실에서 나오시더라고."

"뭐?"

시운은 아무 말 없이 한태성을 올려다볼 뿐이라 경원이 대신 대구를 했다. 당사자도 아닌데, 같이 듣는 사람이 더 난감한 기분이 들었다.

경원은 시운의 표정을 살폈다. 어째선지 그는 말없이 눈만 깜빡이고 있었다.

"우연도 이런 우연이 없어. 나 깜짝 놀랐잖아. 내가 너희 엄마 무지 예뻐서 기억하고 있었걸랑. 옛날에 배우도 하셨다더라? 울 엄마도 아시던데?"

"한태성, 그게 너하고 무슨 상관이야?"

경원이 참다못해 말했다.

"시끄러우니까 네 반으로 가."

"뭐야, 이경원. 뭔데 나한테 가라, 마라야?"

"여기 내 자리거든? 네 자리로 가라고."

"미친. 짜증나는 년이네, 이거."

한태성이 특유의 껄렁대는 제스처를 취하면서 경원 쪽으로 상체를 내밀었다. 그와 동시에 시운이 팔을 뻗어 제지했다.

"태성아."

"어."

"우리 엄마 본 거 비밀로 해 주라."

시운이 말하고 난 뒤에 씩하고 웃었다.

"아니, 딱히 소문내겠단 건 아니고. 다들 네가 완벽한 줄 알고 있는데, 너희 엄마가 비정상인 거 알면 좀 놀라겠지?"

"비밀로 해 줘. 맨입으로 하는 부탁 아니야."

경원은 눈살을 찌푸렸다. 아니, 자기 엄마가 비정상이란 소릴 들었는데 어째서 저렇게 침착한 거지? 그녀는 한태성보다 시운의 반응이 더욱 이해가 되지 않았다. 두 사람은 서로를 마주 보며 무언의 거래를 했다.

"소문낼 생각 없었다니까? 그럼 학교 끝나고 보자."

"그래."

만족스런 대답을 얻었는지 한태성이 휘파람을 불며 교실을 나갔다.

"기가 막혀서. 쟤 뭐니? 진짜 재수 없어."

경원이 대신 열을 내며 흥분했다. 어딜 가나 꼭 저런 애들 하나씩 있지. 잘나가는 사람 주변을 어슬렁거리며 뭐 흠잡을 거리 없나, 하고 질투하고 깐죽대는 녀석.

경원은 결국 다음 수업이 시작하기 전까지 단 한 문제도 풀지 못했다. 무의식중에 연신 옆자리의 시운을 보았다. 이미 수업이 시작됐는데도 그는 주머니에 손을 꽂고 얌전히 앉아 책상만 내려다보고 있었다.

그 눈빛은 생전 처음 보는 것이었다.

"괜찮아?"

하교 시간이 되자 반 아이들이 앞다퉈 교실을 빠져나갔다.

가방을 챙기던 시운이 고갤 들어 경원을 보았다.

그는 경원이 자신의 눈치를 보고 있다는 것을 알아차렸다. 무뚝뚝해도 저를 신경 써 주려는 모습이 썩 나쁘지 않았다. 아니, 좋았다.

"안 괜찮으면 위로해 줄래?"

"어떻게?"

"글쎄. 마침 아무도 없는데, 찐하게 뽀뽀라도 해 주던가."

장난인 줄 알면서도 경원의 얼굴이 빨개졌다.

"미친놈, 내가 괜한 걱정을 했어."

"그래도 내일 꼭 오는 거다? 알지?"

"알겠다고 했잖아."

"응, 꼭."

경원은 속이 다 들여다보일 정도로 가식이 없는 아이였다. 차분하지만 소심하지도 않았고, 조용하면서도 화를 잘 냈다. 시운은 피식거리며 가벼이 웃었다. 자신이 생각해도 너무 앞뒤가 맞지 않았다.

하여튼 그녀와 대화하면 이상하게도 마음이 편해졌다. 자신을 놓아 버릴 수도 있을 것 같은 기분이었다. 한태성이 병원에서 모친을 봤단 얘길 했을 때 다른 누가 들을까 봐 조바심이 났지만, 경원에게만은 두려운 마음이 들지 않았다. 숨기고 싶었던 제 치부 중 일부가 드러났음에도 그녀라면 괜찮다고 생각했다.

"한태성, 한동안만 저러다 말 거야. 너무 신경 쓰지 마."

시운은 교실 문턱에 서서 빤한 시선으로 경원을 응시했다. 단정한 교복 차림에 짧지도, 길지도 않은 단발머리와 말간 눈동자. 튀지 않았지만 수수함이 돋보였다.

"내가 용서하고 싶지 않은데, 어떡하지?"

"그럼 화를 내던가. 한태성한테 똑바로 얘기하면 되잖아."

"응. 그런데 그 정도론 안 풀릴 것 같아."

"그럼 어쩔 건데."

"음……."

자신이 왜 그녀에게 이런 말까지 하고 있는지 모르겠다. 남 앞에선 속내를 잘 드러내지 않는데, 목구멍까지 차고 올라온 말들이 입 밖으로 술술 나왔다. 그녀의 말간 눈동자가, 수수한 얼굴이, 저를 꼼짝없이 모든 걸 털어놓게 했다.

"죽여 버리고 싶어."

"뭐?"

"다신 그 입 나불대지 못하게 죽여 버리고 싶어."

할 말을 잃었다는 듯한 표정으로 경원은 아무 대꾸도 하지 않았다.

순간 시운은 아차 싶었다. 결국 험한 소리가 나오고 말았다. 아무리 빈 교실이었어도 섣부른 언행이었다.

"장난."

일단 웃음으로 무마시켰다. 으레 하던 대로 생긋 웃으며 보조개를 드러냈다. 멍해 있는 그녀에게 손바닥을 보이며 인사를 했다.

처음으로 다른 사람 앞에서 남을 욕했다. 뒤에서 남 얘길 하는 건 어차피 제 얼굴에 침을 뱉는 짓이라 생각해 절대 하지 않았는데.

하교 후에 경원은 집으로 돌아와 차근차근 교복을 벗었다. 주름이 지지 않도록 옷걸이에 잘 펴서 걸어 두고는 손목에 돌돌 말려 있던 고무줄로 머리를 질끈 묶었다.

낡은 장롱에 딸린 거울에 제 얼굴을 비춰 보았다. 열여덟 살 소녀의 앳된 얼굴엔 생기가 부족해 보였다.

"다신 그 입 나불대지 못하게 죽여 버리고 싶어."

교실에서 시운과 나누었던 대화가 머릿속을 떠돌았다. 자신이 알던 권시운이 그런 험한 소리를 입에 담을 줄 몰랐다. 그와 전혀 어울리지 않는 표정과 말투였다.

아직 다 드러내지 않은 이면의 모습이 더 있을까. 하지만 두렵진 않았다. 그런 사나운 소릴 하는 녀석이어도, 대수로울 건 없었다. 오히려 인간적인 면모를 엿본 것 같단 생각이 들었다. 너무 나무랄 데가 없는 존재였으니까.

"내일 가게로 나와서 주방 일 좀 도와라."

익숙하게 앞치마를 둘러맨 경원이 저녁 준비를 하고 있었을 때였다. 퇴근 후 일찌감치 집으로 돌아온 모친이 그녀의 뒤통수에 대고 말했다.

뜬금없이 날아든 소리에, 경원은 눈만 깜빡거렸다.

"들었으면 대답을 해야지. 뭘 그리 멍청하게 쳐다봐?"

"내일은 안 돼. 도서관 갈 거야."

친구 생일이란 얘기를 덧붙이려다 정정했다. 씨알도 안 먹힐 소리였다.

"집에서 공부하나, 도서관에 가서 하나 그게 그거지. 하여간에 꼭 티를 낸다니까. 내일 나오라고 말했어, 엄마는."

"나 곧 있으면 고3이야."

"누가 그걸 몰라? 네 나이면 다 그렇지, 뭘 생색이야. 나오라면 나와. 엄만 분명 말했다?"

모친은 고집불통이었다. 평범한 대화가 통하질 않았다. 가장 기본적인 공감대 형성이 부족했다. 모친은 무능력한 남편 때문에 어쩔 수 없이 가장 역할을 하며 식구들을 먹여 살리고 있었다. 헌신적이기보다 먹고살고자 어쩔 수 없이 한 선택이었다.

"그렇게 쳐다보면 뭐 어쩔 거야, 눈 똑바로 안 떠?"

"뭘. 원래 이렇게 생긴 거야."

"아니, 어디 엄마 말에 꼬박꼬박 말대꾸야?"

구수한 냄새를 풍기며 국이 끓기 시작했다. 경원은 국자로 냄비 안을 휘저으며 한숨을 내쉬었다.

모친은 일을 하기 시작하면서 더욱 드세지고 신경질적으로 변해 갔다. 기가 센 아줌마들 사이에서 일하느라 자연스레 변한 건지, 바깥일에서 겪은 스트레스가 감당하지 못할 수준으로 이른 건지.

탁! 둔탁한 소리와 함께 뒤통수에 뭔가 냅다 꽂혔다. 그녀를 맞추고 맥없이 추락한 휴지 심이 데굴데굴 바닥을 굴렀다.

"이 엄마 고생하는 것도 모르고. 건방진 년, 아주 혼자 컸지?"

엄마는 자신이 힘들게 바깥일을 하는 걸 그렇게도 생색내고 싶었던 걸까. 경원은 아무 대꾸도 하지 않았다.

갈수록 모녀의 사이는 벌어졌다. 주고받는 말이 길어져 봤자 서로 감정 상하는 일밖에 되지 않았다. 서글픈 날도 많았다.

코를 찌르는 된장국 냄새와 자신의 처지가 겹쳐 보였다. 차라리 밤을 새우다 코피가 터져도 좋으니, 눈치 보지 않고 마음 편히 공부만 하고 싶었다.

열여덟 경원은, 그런 작은 소망만 지니고 있었을 뿐이었다.

제 생일 날에 시운은 왁자지껄한 분위기 속에서 홀로 다른 생각을 하고 있었다. 자신의 생일을 축하해 주기 위해 모인 친구들 사이에서 경원이 보이지 않았다. 분명 오기로 약속했는데, 약속이라면 반드시 지키는 녀석인데. 기대했던 만큼 묵직한 아쉬움이 가슴에 내려앉았다.

시운은 오늘 이 자리의 주인공이면서도 과연 자신이 이만큼 축복받아 마땅한 존재인지 석연찮았다. 어제 저녁 집에서 있었던 일을 떠올리면 지금 이 자리에 태연한 얼굴로 앉아있는 자신의 모습이 혐오스러울 정도였다.

"무슨 약을 이렇게 쌓아 뒀대?"

전날 늦은 저녁 시간에 귀가했던 시운은 현관에 들어서자마자 표정이 굳었다.

예상치 못한 손님이 집에 와 있었다. 아버지의 여동생이자 그가 고모라고 불러야 할 사람이었다. 하지만 지금까지 얼굴을 본 횟수는 손에 꼽았다. 본가에 들르지 않으면 마주칠 일도 없었다.

시운은 우두커니 서서 고모라는 여자의 손에 쥐어진 약봉지를 보았다. 테이블은 한껏 어지럽혀져 있었다.

"그렇게 신경 쓰실 정도로 아픈 사람은 없으니까 걱정 마세요."

"내가 왜 걱정을 하니? 그냥 눈에 보이기에 물은 거지."

"그래도 제 걱정은 하시겠죠. 제가 성인이 되면 차지하게 될 아버지의 재산을요."

여자가 매섭게 눈을 부릅뜨고 자신을 노려보았다. 하지만 시운은 나긋하게 웃어 보였다. 무시당하고 싶지 않았다. 아직 어린 나이에 패기 어린 반항이었을까. 시운은 여자를 바라보는 두 눈에 가득 힘을 주었다.

"시운아, 못 써. 고모한테."

주방에서 쟁반에 음료를 받쳐 온 모친이 그에게 따끔한 소릴 했다. 그래도 오랜만에 집으로 찾아온 손님이라고 저리 대접하려는 모친의 행동이 마음에 들지 않았다.

"하여간에 제 어미 핏줄 아니랄까 봐……."

시운은 주먹을 움켜쥐었다. 겉과 다르게 속에서 끼치는 분노에 몸에 열이 오르기 시작했다.

"누가 이런 거 마신대? 치우고 얼른 도장이나 찍어. 오빠는 왜 그걸 네 명의로 해서는. 넌 참 사람 귀찮게 만들고, 신경 쓰이게 하는 게 재주야. 얌체같이 제 몫 챙기는 것도 어쩜 이리 뻔뻔한 지."

저런 식으로 상대에게 온갖 모욕을 다 주어도 결국 돈이 걸린 일에는 늦은 밤에도 달려오는구나. 시운은 새삼 감탄 스러울 지경이었다. 어머니도 그렇지, 어째서 저런 모욕적인 말을 듣고도 잠자코 있는 건지 이해되지 않았다. 시운은 거실로 이어지는 복도에 우두커니 서서 두 사람을 보고만 있는 것으로도 속이 쓰렸다.

이내 볼일을 마쳤는지 여자가 핸드백과 서류 봉투를 챙겨서 자리에서 일어났다. 현관으로 향하려다 시운과 정면으로 마주쳤다.

"참, 너 내일 생일이라며?"

여자의 입꼬리가 삐뚤게 올라갔다. 눈빛은 상대의 속내를 꿰뚫어 보겠다는 듯이 사나웠다. 그녀는 자신의 핸드백 안을 뒤적이더니 지갑을 꺼냈다. 번들거리는 에나멜 소재의 지갑에서 나온 시퍼런 지폐 몇 장이 적선하듯 그에게 내밀어졌다.

"너도 네가 태어난 날은 축하받고 싶겠지. 아직 어리니까."
"필요 없어요."

시운이 옆으로 단호하게 고갤 돌리고 무시하자 여자의 손에 들려 있던 지폐 다발이 그의 교복 셔츠 앞주머니에 쑤셔 넣어졌다.

"제발, 플리즈. 건방지게 굴지 말고 네 처지를 생각해."

놀랍지도 않았다. 고모란 사람이 이토록 막무가내로 구는 언행 따위. 하지만 역시 속이 뒤집히는 기분이었다. 서러움과 분노가 복받쳐 올랐다. 자존심이 바닥을 쳤다.
여자가 요란한 등장을 마치고 사라지자 넓은 집엔 다시 두 모자만 남았다.

"학교에서요."

싸늘한 정적을 뚫고 시운이 먼저 입을 열었다.

"옆 반 어떤 애가 병원에서 엄마를 봤대요."

속에 담아 두었던 무언가가 서서히 폭발할 것만 같았다. 그동안 괜찮은 척, 아무렇지 않은 척 겹겹이 참아 왔던 감정들이 터져 나오기 직전이었다. 그러고 싶지 않아도 애써 밝은 척, 태연한 척하는 자신의 역할이 너무도 버거웠다.

방금처럼 교양 없는 여자에게 대놓고 멸시를 받아도 묵묵히 견뎌 내는 어머니가 너무 안쓰러워 저만은 말썽거리가 되고 싶지 않았다. 그 탓에 제 솔직한 심정을 토로할 수도 없어서 가슴속에 묻어 놓아야만 했던 아픔들이 가득했다.

"엄마."

저 더는 못 하겠어요. 학교에도 가고 싶지 않아요. 아버지도 싫어요.

"그게 무슨 소리야? 누가 엄마를 봤단 거니?"

시운은 그 절실한 심정들을 차마 입 밖으로 내뱉을 수 없었다.

"시운아."

모친이 황급히 그의 앞으로 다가왔다. 양쪽 어깨를 잡아 쥐었다.

"아니라고 했어? 다른 애들도 아니?"
"엄마."
"그래, 얘기해 봐."

오늘은 기어코 하려던 말이 또다시 되삼켜지자 목이 메어 따끔거렸다. 어머니의 두 눈에는 불안한 기색이 역력했다.

"아직도 밤에 잠이 안 오세요? 괜찮아지셨다면서요."
"엄마 이제 괜찮아. 우리 아들 덕분에 정말 괜찮아졌어. 김 박사님이 외국에 나가 계신 동안 잠시 소개 받은 곳에 다녀온 거야. 인사만 나눴어. 검사를 받은 것도 아니고."

어머니는 고집스럽고 자존심이 센 사람이었다. 하지만 종종 극심한 우울증 증세를 일으켰다. 눈에 보이지 않는 불안 감에 사로잡혀서 지독한 불면증과 동반돼 괴로워하시던 모습을 잊지 못했다.

그러니 어머니한테 나만은 힘이 되어야 해. 걱정을 끼쳐서는 안 돼. 마치 제게 주어진 임무인 양 반듯한 자식 노릇을 하고 있었다.

집에서는 물론 밖에서도 흐트러짐이 없어야 했다. 선생님들에겐 싹싹하고 예의 바른 학생으로, 친구들에겐 언제나 밝고 해사한 모습만을 보이면서. 그래야 어머니가 겨우 웃는 얼굴을 볼 수 있었다. 이게 자신의 미래를 위한 바른길이라고도 생각하고 있었다.

하지만 왜 이리도 서글프게 어깨가 처지는 걸까. 남에게 보이기 위한 삶을 살아가도 괜찮은 걸까.

한참 우울한 생각을 하던 시운은 많은 친구들이 자신의 생일을 축하해 주기 위해 모였다는 걸 자각했다. 모두 밝은 얼굴로 선물과 축하 인사를 건네며 크게 환호성을 냈다.

"고마워."

평소처럼 생긋하게 웃어 보였지만 마음 한구석이 얹힌 듯한 기분은 풀리지 않았다. 그 애는 왜 이 자리에 오지 않은 걸까? 그래도 네게서 축하를 받으면 기분이 한결 나아질 거라고 기대하고 있었는데.

시운은 자리가 완전히 파할 때까지 기대를 저버리지 않고 있다가 결국 쓸쓸하게 남은 아쉬움으로 텅 빈 마음만 감싸 쥐었다.

"토요일 날 못 가서 미안해. 집에 일이 있어서."

월요일 아침, 경원은 교실에 등장한 시운이 제 옆자리에 앉자마자 기다렸단 듯이 말했다. 마치 연습하고 있던 대본을 외는 듯이 줄줄이 흘러나온 말에 그의 두 눈이 동그랗게 떠졌다.

경원은 결국 주말 동안 모친을 도와 식당 일을 했다. 꼭 와 달라고 부탁했던 그의 생일 파티에 참석하지 못한 것이 내내 마음에 걸렸다.

"아, 괜찮아. 그렇게 미안해하지 않아도 돼."

시운은 피식하고 가벼이 웃으며 대수롭지 않다는 듯이 말했다. 자신의 생일 파티에 경원이 참석하지 않았다는 것을 미처 의식하지 않고 있었다는 것처럼.

경원에겐 조금 예상외의 반응이었다. 꼭 와 달라고 부탁했으면서 용케 서운해하진 않네. 그녀는 머쓱해하며 교과서를 폈다.

바로 아랫입술을 내밀며 서운하다고 답할 줄 알았는데. 예상과 다른 그의 반응에 오히려 자신이 서운할 지경이었다. 하긴 친한 친구들 대부분이 참석했을 텐데, 그 자리 중 하나가 비었다고 해서 눈에 띌 리 없다는 건가.

경원은 수업 시작 전부터 펜을 들었지만 온 신경은 옆자리로 향해 있었다. 평소와 다름없이 친구들과 웃고 떠드는 시운의 모습에서 영문 모를 씁쓸함, 혹은 아쉬운 감정이 느껴졌다. 괜히 혼자만 진지하게 받아들였던 건가. 하긴 그에게 있을 무수히 많은 친구 중에서 자신은 그저 한 사람일 뿐이었다.

　얼마 후, 겨울방학을 앞둔 어느 날이었다. 옆 반의 문제아 하태성이 타 지역으로 전학을 가게 되었다는 소식을 들었다.
　소문에 의하면 하태성이 여기저기서 사고를 치고 다치는 바람에 퇴학당할 위기에 처하자 스스로 전학을 택한 것이라고 했다.
　아이들의 입방아에 오르내리며 퍼진 소문이라 사실인지 아닌지의 여부를 알 순 없었지만 경원은 홀로 꺼림칙했다. 설마하면서도 머릿속으로 자꾸만 하태성과 시운이 연결 지었다. 의심스러운 눈길로 옆자리를 흘깃대자 그가 평소처럼 해사한 얼굴로 고개를 갸웃해 보였다. 그리고는 잘 길들여진 반사 신경처럼 반듯하게 입꼬리를 올렸다.

　3년 동안의 긴긴 고등학교 생활이 막을 내릴 때가 찾아왔다. 고등학교뿐만 아니라 미성년자라 불리는 시기가 막을 내리고 성년을 눈앞에 둔 때였다.
　시운 역시 다른 친구들처럼 시원섭섭함과 같은 만감이 교차했다. 하루빨리 성인이 되는 날을 고대했었지만, 막상 아쉬우면서도 앞으로 자신의 행동에 책임을 져야 한다는 현실이 와닿았다.

"그래, 대학은 여기서 다니겠다고?"

소복이 쌓인 눈으로 온 세상이 하얗게 물든 오후. 시운은 성인이 된 기념으로 몇 년 만에 아버지와 단둘이 늦은 점심 식사를 하고 있었다.

"그러고 싶습니다."

시운이 고등학교를 졸업하자마자 미국으로 유학을 떠나길 바랐던 부친은 썩 탐탁지 않은 표정을 드러내 보였다.

"가고 싶은 학교는 정했고?"

무뚝뚝했지만 자식을 향한 관심이 깃들여져 있었다. 대학까지 졸업하고 난 다음에 미국으로 떠나도 큰 문제는 없었지만, 굳이 그렇게 결심한 시운에게 다른 속내가 있을 것 같았다.

"네. 그래서 아버지께서 도와주셨으면 합니다."

"어딘데 그러냐."

"한국대요."

시운은 이미 마음을 정했다는 듯이 대답했다. 한국대는 국내에서 순위권 안에 드는 대학 중 하나였다. 그의 성적으론 합격선에서 조금 모자랐기에 부친에게 생전 처음으로 부탁이란 걸 하게 되었다.

"흠."

부친이 턱을 매만지며 뜸을 들이는 시늉을 했다. 굳이 유학을 바로 떠나지 않고 대학을 마치겠다고 고집을 피우는 이유가 뭐냐 묻는다면, 시운은 말문이 막힐 터였다. 차마 이곳에 좀 더 같이 시간을 보내고 싶은 누군가가 있다는 말을 입에 담기가 민망했다.

머릿속으로 자연스레 경원의 모습이 그려졌다. 반에서 매번 1등을 놓치지 않았던 모범생인 그녀는 당연하단 듯이 한국대에 원서를 넣겠다고 말했다. 그녀의 성적이라면 합격은 이미 따 놓은 당상이었다.

시운은 제가 앞으로 나아가야 할 길이 무엇인지 알고 있었지만, 다만 몇 년 만이라도 더 경원의 곁에 머물고 싶다는 욕심이 들었다.

지금 이 감정이 뭔지는 모르겠지만 그녀만큼 저를 편하게 해 주는 사람은 없었다. 제 깊숙한 속내를 드러내도 두렵지 않을 만큼 기대고 싶은 상대였다. 그 마음이 아버지를 향해 부탁이란 걸 시도하는 용기로 이어졌다.

"좋다. 한국대 정도면 다닐 만하지."

생각보다 쉽게 허락이 떨어지자 시운은 금세 낯빛이 환해지려다가 근엄하게 덧붙여지는 말에 멈칫했다.

"단, 졸업할 때쯤엔 이 아비 말대로 미국으로 떠나. 그곳에서 공부를 마치고 일도 배우는 거다. 이의 없겠지?"

이미 자신도 예상하고 있던 시나리오였다. 시운은 입가에 피어 나오려는 웃음을 지우고 깔끔하게 대답했다.

"예. 아버지."

그렇게 시운은 이듬해 봄, 경원과 같은 대학에 진학할 수 있게 되었다.

유일하게 제 속내를 드러내었던, 혹은 드러낼 수 있을 것 같았던 그 아이로 인해서.

—fin

작가 후기

　2017년 봄. 가벼운 마음으로 끄적거리기 시작했던 글이, 반년 만에야 책으로 나오게 되었습니다. 저는 올 한 해 운이 좋았던 것 같습니다. 봄 미디어라는 출판사를 만나 이렇게 예쁜 표지의 종이책을 출간하게 되었고, 연재 당시에도 기대 이상의 관심과 사랑을 받았었으니까요.

　〈그 자리에, 있어〉는 초고에서 여러 번 수정을 거치고 탄생하게 된 작품입니다. 아직 실물을 받아 보진 못해서인지 제대로 실감이 나진 않지만, 작가 후기를 쓰고 있는 지금 이 순간이 기쁘고 행복합니다. 거창하게 드릴 말은 따로 없습니다. 그저 감회가 새롭고 너무나도 설렙니다.

　저 혼자만의 노력으로 만들어진 것이 아니라 고마운 분들도 참 많습니다. 글쟁이로서 걸음마 중인 저를 만나 그간 노고가 많으셨던 봄 미디어의 김지우 담당자님! 항상 친절하시고 꼼꼼하게 제 글을 돌봐 주셔서(☺) 정말 감사했습니다.

연재 당시에 〈그 자리에, 있어〉를 기억하고 계시던 독자님들, 혹은 새로이 알게 된 독자님들께도 무한 애정을 바치며 감사드립니다.

그리고 지칠 때마다 힘이 되는 말로 응원을 아끼지 않았던 나의 영원한 벗, JM와 EJ. 일상 속에서 힐링이 되는 작품으로 다시 나타나길 약속합니다.

어느덧 2017년의 해가 저물어져 갈 시기로 가까워지고 있네요. 시간이 어쩜 이리도 빠르게 흘러가는지요. 새해 인사는 아직 이르지만 모두가 행복하고 웃음을 잃지 않는, 그런 나날이 되었으면 하는 바람입니다.

덧붙여, 책장을 덮은 뒤 미소가 남겨졌기를 바라며.

—2017년 가을의 문턱,

조유연.